내게는 이름이 없다

我沒有自己的名字

내게는 이름이 없다

위화 단편소설집

이보경 옮김

푸른숲

십 년 만의 만남

만약 작가가 자신의 작품에 어떤 권위를 갖는다면, 아마도 그 권위는 작품이 완성되기 전까지만 유효할 것이다. 작품이 완성되면 작가의 권위는 점차 사라진다. 이제 더 이상 그는 작가가 아니라 한 사람의 독자이기 때문이다. 이것이 바로 지난 몇 년간 나의 옛 작품들을 읽으며 내가 느낀 감회다. 시간이 흐를수록, 이미 완성한 내 작품을 읽을 때 내 안에서는 종종 낯설다는 느낌이 솟아오른다.

모든 독자는 자신의 일상적인 경험과 상상력에 기초해 문학작품을 읽는다. 만약 이 작품이 누군가의 마음을 움직였다면, 분명 그의 마음속 깊은 곳에 숨어 있던 어떤 생각과 감정을 일깨웠기 때문일 것이다. 또한 이 작품에 대한 그의 이해와 감상은 다른 독자는 물론, 작가의 그것과도 전혀 다를 것이다.

나는, 작가로서, 동일한 내 작품이라도 읽을 때마다 다른 느낌을 받는다. 생활이 변했고, 감정도 변했기 때문이다. 그래서 나는 작가가 자기 작품의 서문에 쓰는 내용은 사실 한 사람의 독자로서 느낀 바라고 말하고 싶다.

모든 독자는 문학작품에서 자기가 일상에서 느껴온 것들을 찾고 싶어 한다. 작가나 다른 누군가가 아니라 바로 자기가 느껴온 것 말이다. 문학의 신비로운 힘은 여기서 나온다. 모든 작품은 누군가가 읽기 전까지는 단지 하나의 작품일 뿐이지만, 천 명이 읽으면 천 개의 작품이 된다. 만 명이 읽으면 만 개의 작품이 되고, 백만 명 혹은 그 이상이 읽는다면 백만 개 혹은 그 이상의 작품이 된다.

내 작품들이 한국에 소개된 지 십 주년이 되는 올해, 푸른숲에서 장편소설《인생》,《허삼관 매혈기》,《가랑비 속의 외침》과 중편소설집《세상사는 연기와 같다》, 단편소설집《내게는 이름이 없다》의 개정판을 출간하기로 했다고 한다. 이를 위해 올 사월 푸른숲의 김혜경 사장님이 특별히 항저우를 방문해 나와 개정판에 대한 이야기를 나누었다.

김혜경 사장님은 내가 개정판을 위한 서문을 써줬으면 하셨다. 이 다섯 권이 한국에 처음 소개될 때, 나는 이미 다섯 권 각각에 서문을 썼다. 한국 독자에게 하고 싶은 말은 그때 이미 다 했다고 생각한다. 지금은 감사의 말을 전해야 할 때다.

지난 십 년간 나를 존중하고 지지해준 김혜경 사장님과 푸른숲에 감사의 말씀을 전한다. 그분들의 노력과 열정 덕분에 내 옛 작품들이 한국에서 매년 쇄를 거듭할 수 있었다. 또한 이미 푸른숲을 떠났지만, 내 작품들이 출간될 때 정성과 심혈을 기울여준 김학원 선생과 지평님 선생께도 감사드린다. 그리고 네 분의 번역자 선생님들, 즉 백원담 교수, 최용만 선생, 박자영 선생, 이보경 선생께도 감사의 말씀 올린다. 그분들의 훌륭한 번역 덕분에 내 작품이 한국에 뿌리내리고 꽃을 피울 수 있었다. 내 작품이 출간되기 전에 남모를 도움을 주었던, 나와 같은 일을 하는 한국 친구 공지영 선생께도 감사드린다. 또 내가 존경하는 한국의 선배 작가 이문구 선생이 대단히 적극적으로 내 작품을 추천해준 일도 빼놓을 수 없다. 그 밖에 김정환, 김민기, 전인권, 최원식, 안동규 선생 등등 내가 아는, 혹은 아직 알지 못하는 모든 한국 친구들에게 이 말을 꼭 전하고 싶다. 내 감사의 마음은 유유히 흐르는 한강처럼 그렇게 언제까지나 변함없을 거라고.

2007년 5월 5일
위화

글쓰기와 인생

　이 책에 수록된 단편들은 1986년부터 1998년까지 나의 글쓰기 여정을 보여준다. 아득하기만 했던 긴 밤들과 화창하기도 했고 음울하기도 했던 낮들이 흘러가버린 지 십여 년, 세월은 무엇을 남겼는가? 기억이란 그저 점점이 나타날 수 있을 뿐이며 그마저도 눈 깜짝할 사이에 사라져버리는 것이라 생각한다. 지난 일을 회상하다 보면, 그것이 달력을 펼쳐보는 일과 닮았다 싶을 때가 있다. 예전에 일어났던 기쁨과 고통의 시간이 모두 같은 색깔로 변해버린다. 누르스름한 원고지의 필적은 한결같이 흐릿해져 분간하기 어렵다. 이것이야말로 인생의 길인 듯하다.

　체험은 언제나 회상보다 훨씬 선명한 법이다. 회상은 세월이 지나간 다음에야 일어난다. 물에 빠진 사람의 눈앞에 떠다니는 지푸라기 하나처럼, 자아의 구원은 기껏해야 상징에 지나지 않는다. 마찬가지 이유로 회상은 과거의 생활을 복원할 수도 없다. 그저 우연히 과거에 무엇을 간직하고 있었던가 하며 우리의 기억을 환기할 따름이다. 그나마 이러한 환기마저도 늘 왜곡을 일삼게 마련이다. 그럼에도 불구하고 사람들은 기둥으로 대들보를 바꿔치기하는 노릇에 불과한 회상으로 과거의 인생을 풍부하고 충만하게 변모시켜 내심의 허영을 만족시키고 싶어 한다.

나는 글쓰기가 끊임없이 기억을 환기할 수 있다는 사실을 경험했다. 이 같은 기억은 기껏해야 사사로운 일에 불과하지만, 한 시대의 형상일 수도 있다고 믿는다. 어쩌면 개인의 정신 깊은 곳에 찍힌 세계의 낙인, 아물 수 없는 흉터라고 할 수도 있겠다. 글쓰기는 내 기억 속의 수많은 욕망을 환기했다. 이러한 욕망은 과거의 생활 속에 있던 것일 수도 있고 근본적으로 없던 것일 수도 있으며, 실현한 것일 수도 있고 근본적으로 실현 불가능한 것일 수도 있다. 나의 글쓰기는 그것들을 한데 모아 허구의 현실 속에서 합법화했다.

십여 년이 지난 지금, 내 글쓰기가 현실적 체험 외에 또 다른 인생길을 만들었다는 사실을 발견했다. 그것은 현실의 인생길과 동시에 출발하여 나란히 걸어간다. 어떤 때는 겹쳐지기도 하고, 어떤 때는 영 딴 방향으로 가기도 하면서. 요즘 내 인생이 한창 완정(完整)해지고 있는 중이라고 느끼기 때문인지, 글쓰기가 심신의 건강에 이롭다는 말이 갈수록 믿을 만하다고 생각된다. 글쓰기는 내가 두 가지 인생, 즉 현실의 인생과 허구의 인생을 살도록 해주었다. 양자의 관계는 건강과 질병처럼 하나가 강해지면 다른 하나는 반드시 약해진다. 그러므로 내 현실의 인생이 무미건조해질수록 내 허구의 인생은 이상하리만치 풍부해져간다.

여기에 모은 열일곱 편의 단편소설은 내 또 다른 인생길의 기록이자, 내가 문학 체험 속에서 겪었던 기상천외한 여정의 기록이다. 나의 서술이 상상 속의 최면 상태에서 어떻게 진행되는가를 기록했고, 내 몽유 속의 기이한 화초를 기록했으며, 내 생명 속의 눅눅함과 음울함을 기록했다. 또한 내가 앓았던 광증을 기록했고, 내 성장기의 공포와 허무맹랑함을 기록했으며, 다정하면서도 불안했던 현실을 기록했다. 현실의 인생길과 달리 허구의 인생길에는 복원의 가능성이 있다. 그것도 오류 하나 없이 정확하게 말이다. 세월이 누르스름한 원고지의 필적을 흐릿하게 만들어버린다 하더라도, 이렇게 다시 출판될 때마다 그것은 새롭게 빛을 발하고 선명한 형상을 얻는다. 이것이야말로 내가 그토록 글쓰기를 사랑하는 까닭이다.

2000년 5월
베이징에서
위화

차 례

| **일러두기** |

1. 이 책의 외래어 표기는 국립국어원의 외래어 표기법 및 표기 용례를 따랐다.
   단, 〈선혈의 매화검〉에 등장하는 세 인물의 이름 청운도장, 백우소, 흑침대협은
   작품의 분위기를 고려해 우리식 한자 발음을 사용했다.
2. 괄호 안의 보충설명은 모두 옮긴이가 덧붙인 것이다.

십팔 세에 집을 나서 먼 길을 가다

十八歲出門遠行

아스팔트 길은 파도 위에 만들어놓은 것처럼 끊임없이 굽이치고 있었다. 나는 한 조각 나룻배처럼 산골 도로를 걷고 있었다. 방년 십팔 세. 아래턱에 송송 자란 노란 수염 몇 가닥이 바람에 날렸다. 처음으로 내 몸에 거처를 정한 수염이라 무척 애착이 갔다. 꼬박 하루 이 길을 걸으면서 산과 구름을 무수히 지나쳤다. 산과 구름은 저마다 친한 사람들의 얼굴을 연상시켰다. 나는 그때마다 그것들을 향해 생각나는 사람들의 별명을 불러보았다. 그 덕분인지 온종일 걸었는데도 조금도 지치지 않았다. 이렇게 새벽을 건너고 이제는 오후도 막바지로 접어들어 한 줄기 황혼마저 깃들고 있는데, 나는 여태껏 여관을 찾지 못했다.

도중에 적지 않은 사람들과 마주쳤지만 앞으로 곧장 걸어가면 어떤 곳이 나오는지, 여관이 있는지 없는지 아는 사람이 없었다. 그들은 한결같이 말했다.

"네가 가서 보렴."

그랬다. 나도 분명 직접 찾아가려고 했다. 하지만 여태 여관을 한 군데도 발견하지 못했다. 여관 찾는 데 좀더 신경을 써야 할 것 같다.

어찌 된 셈인지 온종일 겨우 자동차 한 대밖에 만나지 못했다. 한낮이었다. 차를 얻어 타볼까 하던 참이었다. 그냥 한번 타보고 싶었다. 차를 얻어 타게 된다면 얼마나 멋질까 싶었던 것이다. 길가에서 차를 향해 손을 흔들었다. 되도록 잔뜩 폼을 잡으며. 운전사는 눈길 한 번 주지 않았고, 자동차도 제기랄, 운전사처럼 본체만체 획 지나갔다. 자동차 꽁무니를 있는 힘껏 뒤쫓아 갔다. 그냥 재미있었기 때문이다. 그때까지만 해도 여관 걱정 따위는 없었다. 차가 보이지 않자 달음박질을 멈추고 혼자서 하하 한바탕 웃었다. 너무 웃어대면 숨 쉬기가 곤란해질 수 있겠다는 생각이 퍼뜩 들어 얼른 웃음을 멈췄다. 다시 보무도 당당하게 걸음을 내딛었지만 내심 후회가 되었다. 방금 멋있게 흔들던 그 손으로 돌멩이를 던졌어야 옳았다.

이제는 정말이지 차를 타고 싶다. 황혼이 가까워지는데 니미럴, 여관은 아직 제 어미 뱃속에나 있나 보다. 오후 내내 차라고는 얼씬도 하지 않았다. 지금 차를 발견한다면 이번에는 무슨 일이 있어도 놓치지 않을 텐데. 도로 한가운데 쫙 뻗어버리는 거다. 그러면

차가 내 뒷덜미쯤에서 급정거하겠지. 하지만 지금은 시동 소리조차 들리지 않는다. 그저 계속 걸어가 보는 수밖에 없다. 맞는 말이다. 걸어가 보는 거다.

　도로는 엄청 굴곡이 심했다. 꼭대기는 언제나 나를 유혹했다. 빨리 올라가 여관을 찾으라고. 하지만 매번 보이는 건 또 다른 꼭대기와 맥 빠지게 이어진 능선뿐. 그렇지만 나는 번번이 꼭대기를 향해 내달렸다. 그것도 죽기 살기로. 지금도 꼭대기를 향해 달려가는 중이다. 이번에는 다른 뭔가가 보였다. 여관이 아니라 자동차였다. 자동차는 내 쪽을 향해 멈춰 서 있었다. 도로 저 아래쪽에. 운전사의 높이 치켜든 엉덩이에 저녁놀이 걸려 있었다. 머리는 보이지 않았다. 그의 머리는 자동차 보닛 사이에 처박혀 있었다. 까뒤집힌 입술처럼 비스듬히 세워진 보닛에. 짐칸에는 광주리들이 높다랗게 쌓여 있었다. 광주리 속에는 분명 과일이 담겨 있을 것이다. 물론 바나나라면 제일 좋을 테고. 운전석에도 있겠지. 차를 탈 수만 있다면 얻어먹을 수도 있겠다. 트럭은 내가 걸어온 쪽을 향하고 있지만 방향 같은 건 아무래도 좋다. 여관을 찾고 있기는 하지만 여관이 없다면 차라도 필요한 법이니까. 그런데 눈앞에 바로 트럭이 있다.

　나는 씩씩하게 달려가 운전사에게 인사를 건넸다.

　"형님, 안녕하세요?"

　운전사는 못 들었는지 그저 무언가를 만지작거릴 뿐이었다.

　"형님, 담배 태우실래요?"

　그제야 그는 머리를 어렵사리 끄집어내고 시커먼 손을 뻗어 내가 건네준 담배를 손가락에 끼워 들었다. 얼른 담뱃불을 붙여주었다. 그는 담배를 물고 몇 모금 빨더니 다시 차 속으로 머리를 처박았다.

마음이 놓였다. 내 담배를 받았으니 날 태워줘야 할 거다. 트럭 주위를 느긋하게 돌아보았다. 광주리에 뭐가 들었나 알아내려고. 아무 것도 보이지 않아 코를 갖다 대보았다. 사과 향. 사과도 괜찮아.

그는 금방 수리를 끝냈다. 보닛을 덮고 차에서 펄쩍 뛰어내렸다. 잽싸게 다가가 말을 붙였다.

"형님, 차를 얻어 타고 싶은데요."

그가 거무튀튀한 손으로 나를 밀쳐내며 거칠게 말을 내뱉을 줄은 미처 생각지 못했다.

"썩 꺼져."

이루 말할 수 없을 만치 화가 났다. 그는 여유작작 차 문을 열고 들어갔고, 금세 시동 거는 소리가 들렸다. 이번에 놓치면 다시는 기회가 없을지도 모른다. 지금 무슨 수를 써서라도 저 차를 타야 해. 나는 반대편으로 뛰어가 차 문을 열고 들어갔다. 한바탕 실랑이라도 벌일 작정이었다. 들어가 앉자마자 그를 쏘아보며 소리 질렀다.

"형님 입술에 물고 있는 건, 내 담배잖아요."

트럭은 이미 움직이고 있었다.

뜻밖에 그는 헤헤 웃으며 아주 호의적으로 쳐다보았다. 도무지 무슨 속셈인지.

"어디로 가려구?"

"아무 데나요."

그가 다시 살갑게 물었다.

"사과 먹고 싶냐?"

그는 여전히 나를 보고 있었다.

"물으나 마나죠."

"뒤칸에서 가져와 먹으렴."

차가 이렇게 빨리 달리는데 어떻게 뒤로 넘어간단 말이야?

"됐어요."

"가져와 먹어."

그의 눈동자는 아직도 나를 쳐다보고 있었다.

"쳐다보지 말아요. 내 얼굴에 길 안 나 있거든요."

그제야 그는 고개를 돌려 도로를 바라보았다.

트럭은 내가 오던 방향으로 내달렸다. 나는 의자에 깊숙이 기댄 채 창밖을 바라보며 운전사와 이런저런 말을 주고받았다. 이제 나는 그와 친구가 된 것이다. 그는 트럭 행상을 하는 사람이다. 트럭도 그의 것이고 사과도 그의 것이다. 그의 호주머니에서 동전이 찰랑거리는 소리도 들었다.

"어디로 가세요?"

"가봐야 알겠지."

내 형제가 해주는 말처럼 아주 다정하게 들렸다. 그와 한결 가까워진 기분이었다. 차창 밖의 모든 게 낯익은 풍경으로 변했다. 산이며 구름이며 모두 친한 사람들을 떠올리게 했다. 친구들의 별명을 다시 한번 불러보았다.

이제 여관 따위는 안중에 없었다. 트럭, 운전사, 의자가 있어 마음이 편안해졌다. 트럭이 어디로 가는지는 나도 모르고 그도 모른다. 어쨌거나 앞쪽이 어떤 곳인가는 우리에게 그다지 중요하지 않았다. 우리는 트럭이 굴러가는 곳, 그곳으로 달려가 보는 거다.

트럭이 느닷없이 멈췄다. 그때 우리는 진짜 좋은 친구가 되어 있었다. 나는 그의 어깨에 손을 얹었고, 그도 내 어깨에 손을 얹었다. 그가 자신의 연애 이야기를 들려주다가 여자를 처음 안았을 때의 기분을 막 이야기하려던 참에 트럭이 고장나버린 것이다. 오르막길에서 갑자기 아무 소리도 나지 않더니 죽은 돼지새끼처럼 뻗어버렸다. 그는 다시 앞으로 걸어가 차의 윗입술을 까뒤집고 머리를 안으로 집어넣었다. 나는 운전 칸에 앉아 있었지만, 그 순간 그의 엉덩이가 높이 치켜 올라가 있을 거라는 사실을 알고 있었다. 차의 윗입술이 시야를 가려 그의 엉덩이를 볼 수는 없었다. 자동차를 수리하는 소리만이 들려왔다.

이윽고 그는 머리를 들어 올리고 보닛을 덮었다. 그의 손이 더욱 새까매졌다. 그는 더러운 손을 옷에 쓱쓱 문지르고 바닥으로 뛰어내렸다.

"다 고쳤어요?"

"끝장이야. 수리할 도리가 없군."

"그러면 어떡하죠?"

"기다려보는 수밖에."

그는 아무렇지도 않은 듯 대답했다.

나는 어떻게 해야 좋을지 몰라 그저 차 안에 앉아 있었다. 다시 여관 생각이 나기 시작했다. 해는 서산 아래로 떨어지고, 저녁놀이 증기처럼 피어오르고 있었다. 여관은 이렇게 다시 내 머릿속에 들어와 차츰 커지더니 순식간에 머리를 꽉 채웠다. 내 머리통은 사라져버리고 머리가 있던 곳에 여관이 하나 들어섰다.

운전사는 도로 한복판에서 방송 체조를 하기 시작했다. 첫 동작에서 끝 동작까지 아주 신중하게. 체조가 끝나자 트럭 주위를 뜀박질하며 돌기 시작했다. 운전석에 너무 오래 앉아 있었으니 운동할 필요도 있겠지. 그가 밖에서 움직이는 모습을 보고 있자니 안에서 혼자 앉아 있기가 뭣해서 차 문을 열고 뛰어내렸다. 하지만 나는 방송 체조도 뜀박질도 하지 않았다. 여관, 오로지 여관만 생각하고 있었다.

언덕 위에서 자전거를 타고 내려오는 다섯 사람이 보였다. 자전거 뒷자리에는 커다란 광주리가 두 개씩 끈으로 묶여 있었다. 근방의 농민이거나 채소를 팔고 돌아오는 사람일 게다. 누군가 이리로 내려오는 걸 보니 기분이 한결 나아졌다. 그들을 맞이하며 소리쳤다.

"형님들, 안녕하세요."

다섯 사람은 내 앞까지 다가와 자전거에서 내렸다. 나는 반갑게 물었다.

"근처에 여관이 있나요?"

그들은 대답은 하지 않고 오히려 나에게 물었다.

"트럭에 실려 있는 게 뭐냐?"

"사과인데요."

그들 다섯 사람은 자전거를 끌고 트럭 옆으로 갔다. 두 사람이 트럭 위로 올라가 광주리 여남은 개를 아래로 던졌다. 밑에 있던 세 사람은 광주리 뚜껑을 열고 자기 광주리에 사과를 쏟아 부었다. 순간적으로 무슨 일이 일어나고 있는 건지 알 수가 없었다. 그저 어안이 벙벙할 뿐이었다. 하지만 퍼뜩 정신을 차리고 위쪽을 향해 고함을 질렀다.

"이봐요, 뭐 하는 짓들이에요?"

누구도 내 말에 신경을 쓰지 않았다. 그저 사과를 쏟아 부을 뿐이었다. 나는 그들 중 한 사람의 손목을 틀어잡고 소리쳤다.

"사과 도둑이야!"

그 순간 주먹이 콧등으로 매섭게 날아와 나는 몇 미터 밖으로 나가떨어졌다. 간신히 일어나 손으로 코를 문질러보니 콧등이 물컹물컹한 게 얼굴에 붙어 있는 게 아니라 걸려 있는 듯했다. 붉은 피가 눈물처럼 줄줄 흘러내렸다. 정신을 차리고 나를 두들겨팬 사람을 찾았다. 그러나 그들 다섯 사람은 이미 자전거를 타고 가버린 뒤였다.

운전사가 입술을 벌리고 헉헉대며 뭉기적뭉기적 걸어오고 있었다. 뜀박질을 해서 피곤한 모양이었다. 그는 방금 일어난 일에 대해 아무것도 모르는 것 같았다. 그래서 그에게 소리를 질렀다.

"형님 사과, 다 빼앗겼단 말이에요!"

내가 뭐라고 악을 쓰든 그는 전혀 신경 쓰지 않고 뭉기적뭉기적 걷기만 했다. 정말이지 주먹을 날려 그의 코도 물컹물컹하게 만들어주고 싶었다. 뛰어가서 그의 귓구멍에 대고 소리 질렀다.

"형님 사과, 다 빼앗겼다고요!"

그는 그제야 몸을 돌려 쳐다보았다. 그의 표정이 갈수록 환해졌다. 내 코를 쳐다보고 있었던 것이다.

언덕 위에서 더 많은 사람들이 자전거를 타고 내려왔다. 자전거 뒤에는 커다란 광주리가 두 개씩 있었고, 아이들도 있었다. 그들은 벌 떼처럼 내려와 트럭 주위를 에워쌌다. 사람들이 트럭으로 뛰어 올라가 사과 광주리를 분주하게 끌어내렸다. 부서진 광주리 틈새로 사과들이 내 코피처럼 쏟아져내렸다. 모두 자신의 광주리에 사과를 미친 듯이 주워 담았다. 눈 깜짝할 사이에 트럭에 있던 사과가 모조리 바닥으로 내려왔다. 이번에는 경운기 몇 대가 털털 언덕을 내려와 트럭 옆에 멈췄다. 사내들이 뛰어내려 경운기에 사과를 싣기 시작했다. 텅 빈 광주리가 하나씩 하나씩 내던져졌다. 사과가 땅바닥에 즐비하게 나뒹굴었다. 저마다 두꺼비처럼 쪼그리고 앉아 사과를 주웠다.

나는 막무가내로 덤벼들며 고함쳤다.

"도둑이야!"

그 순간 주먹과 발길이 쉴 새 없이 날아와 내 몸을 흠씬 두들겨 팼다. 간신히 몸을 움직여 일어나는데 이번에는 아이들이 사과를 던지기 시작했다. 사과가 머리에 부딪혀 깨졌지만 다행히 내 머리통은 무사했다. 아이들에게 돌진해 주먹을 휘두르려는 찰나, 무지막지한 발길이 내 허리를 걷어찼다. 소리를 지르고 싶었으나 입술만 달싹거릴 뿐 아무 소리도 나오지 않았다. 땅바닥에 벌러덩 자빠진 채로 일어나지 못했다. 그렇게, 그들이 멋대로 사과를 훔쳐가는 모습을 물끄러미 쳐다보는 수밖에 없었다. 눈을 들어 운전사를 찾아보았다. 그 자식은 멀리서 박장대소하며 구경만 하고 있었다. 아마도 지금 내 몰골은 방금 전보다 훨씬 더 볼 만할 거다.

화낼 기력조차 없었다. 그저 분통 터지는 이 모든 광경을 멀뚱멀뚱 바라볼 수밖에 없었다. 나를 제일 화나게 한 건 바로 운전사였다.

언덕 위에서 또다시 경운기와 자전거가 내려오더니 이 거대한 약탈의 무리에 합류했다. 바닥에 나뒹굴던 과일이 차츰 줄어들었다. 한 무리가 떠나면 또 한 무리가 내려왔다. 늦게 도착한 사람들은 트럭에도 손을 대기 시작했다. 유리창을 뜯어낸다, 타이어를 빼낸다, 짐칸 바닥에 깔린 판자를 떼어낸다, 온통 난리법석이었다. 타이어가 빠져나간 트럭은 풀이 죽은 애처로운 몰골로 바닥에 엎어졌다. 아이들은 방금 내다버린 광주리까지 챙겼다. 땅바닥이 서서히 깨끗해졌고, 사람도 차츰 줄어들었다. 나는 이 모든 광경을 물끄러미 보고만 있었다. 화낼 기력조차 없었다. 쪼그리고 앉아 눈동자를 이리저리 굴려보는 게 다였다.

이제 주위는 텅 비었다. 경운기 한 대만이 꼬꾸라진 트럭 옆에 서 있었다. 한 사람이 트럭 주위를 샅샅이 살폈다. 가져갈 만한 물건이 남아 있는지 둘러보는 것이다. 이윽고 하나하나 경운기에 올라탔다. 경운기가 움직이기 시작했다.

그때 나는 경운기에 뛰어오르는 운전사를 보았다. 그 자식은 경운기 머리 쪽에 앉아서 나를 향해 하하 웃어대고 있었다. 그가 가슴에 꼭 껴안고 있는 건 내 붉은색 배낭이었다. 내 배낭을 훔쳐간 것이다. 배낭 안에는 옷과 돈, 먹을 것과 책이 들어 있다. 그런데 그가 내 배낭을 훔쳐간 것이다.

언덕을 올라간 경운기는 이내 사라져버렸다. 발동기 소리만 웅웅 들리더니 그마저 금세 사라졌다. 사방이 일순간 고요해졌고, 하늘도 어둑어둑해졌다. 나는 그대로 땅바닥에 주저앉아 있었다. 배가 고프고 추위가 몰려왔지만 이제 내게는 아무것도 남아 있지 않았다.

얼마나 그렇게 있었을까. 천천히 몸을 일으켜보았다. 너무 힘이 들었다. 움직일 때마다 엄청난 통증이 뒤따랐지만 그래도 억지로 일어났다. 비틀비틀 트럭 옆으로 다가가보니 트럭은 엄청 비참한 몰골이었다. 상처투성이 트럭이 거기에 꼬꾸라져 있었다. 내 몸도 상처투성이였다.

날은 완전히 저물었고, 주위에는 아무것도 없었다. 상처투성이 트럭과 상처투성이 나를 제외하고는. 나는 애처로운 눈으로 트럭을 바라보았다. 트럭도 슬픔에 찬 표정으로 나를 바라보았다. 손을 뻗어 그것을 어루만져보았다. 차체는 얼음처럼 차가웠다. 바람이 일기 시작했다. 매서운 바람. 산 위의 나뭇잎 소리가 마치 파도 소리 같았다. 그 소리에 더럭 무서운 생각이 들면서 내 몸도 차체처럼 얼어붙기 시작했다.

차 문을 열고 안으로 기어 들어갔다. 다행히 의자는 떼어가지 않았다. 약간 위로가 되었다. 휘발유 새는 냄새가 났다. 내 몸에서 흘러내린 피 냄새 같았다. 밖에는 바람이 점차 매서워지고 있었지만, 의자에 드러누운 나는 약간의 온기를 느꼈다. 트럭은 겉은 상처투성이였지만 그 마음만은 아직도 건강하고 따뜻한 것 같았다. 내 마음도 따뜻해졌다. 줄곧 여관을 찾아 헤맸는데, 여관이 바로 여기에 있을 줄은 생각도 못했다.

트럭의 마음에 눕자, 너무나도 맑고 따사로웠던 어느 날 오후가 떠올랐다. 햇살이 참 부드러운 날이었다. 아직도 생생하다. 한나절 신나게 놀다가 집에 돌아오니 창문으로 방 안에서 붉은색 배낭을 싸고 계시는 아버지가 보였다. 창문에 기댄 채 아버지에게 물었다.

"아버지, 어디 가시게요?"

아버지는 몸을 돌려 부드러운 목소리로 대답했다.

"아니다. 널 내보내려는 게야."

"절 내보낸다구요?"

"그래, 너도 이제 열여덟 아니냐. 바깥세상을 알 때도 됐지."

얼마 후 나는 그 멋들어진 붉은색 배낭을 짊어졌다. 아버지는 내 뒤통수를 톡톡 두들겨주셨다. 말등을 두들기듯이. 그렇게 나는 희희낙락 대문을 박차고 나왔다. 그리고 신바람 난 말처럼 아주 가볍게 내달리기 시작했다.

벗

朋友

그 이름도 쟁쟁한 쿤산이 대문을 나섰다. 한 손으로는 이쑤시개를 들고 이를 쑤시고, 다른 한 손으로는 희번덕거리는 식칼을 들고서. 스강을 죽여버리겠다고 흰소리를 치고 있었다. 목숨을 빼앗을 수 없다면 피가 잔뜩 묻어나도록 살점을 베어버리겠다고. 어느 부위의 살점이 될지는 스강이 자신의 몸을 숨기는 재주에 달려 있다고.

그날 오후, 쿤산은 눈이 잔뜩 충혈된 채 이를 쑤시면서 콧수염 사이로 담배 연기를 내뿜으며 거리를 걸어가고 있었다. 입술을 오른쪽으로 약간 일그러뜨린 채 앞을 향해서. 옷을 활짝 열어젖혀 허리 보호대가 그대로 노출되었다. 사람들은 그를 보자마자 그가 또 싸우러 간다는 걸 알 수 있었다. 그들은 쿤산의 뒤를 쫓아가며 쉬지 않고 물었다.

"누구야? 쿤산, 누구냐고? 이번엔 누구야?"

씩씩거리는 쿤산 뒤로 따라오는 사람이 차츰 늘어났다. 쿤산은 다리에서 걸음을 멈추고 이쑤시개를 다리 아래 강물로 뱉어냈다. 식칼을 다리 난간 위에 올려놓고 주머니에서 다첸먼(담배 상표) 담뱃갑을 끄집어내 두어 번 탁탁 두드렸다. 담배 한 개비를 꺼내 물고 손바닥으로 바람을 막으며 성냥을 그어 불을 붙였다. 어느 곳으로 가야할지 잠시 망설였다. 스강의 집이라면 다리에서 내려가 서쪽으로 가야 하고, 스강이 일하는 식용유 공장이라면 남쪽으로 가야 한다. 문제는 지금 이 순간 스강이 어디에 있는지를 모른다는 것이었다.

쿤산이 담배 한 모금을 깊숙이 빨아들이자 콧등이 몇 차례 움찔움찔했다. 그는 자신을 둘러싸고 있는 사람들을 쭉 훑어보았다. 음침한 얼굴로 그들의 밝은 얼굴을 쳐다보았다. 안경 낀 야윈 얼굴을 주시하며 그가 말했다.

"여보슈, 당신 식용유 공장 사람 아니오?"

야윈 얼굴이 올려다보았다.

"당신, 스강을 알고 있을 텐데."

그 사람이 고개를 끄덕이며 말했다.

"우린 같은 작업장에서 일하오만."

쿤산은 스강이 지금 식용유 공장에 있다는 걸 금세 알아챘다. 팔을 올려 시계를 들여다보았다. 벌써 한 시다. 스강은 막 오전 근무를 마치고 목욕탕으로 가고 있을 것이다. 쿤산은 희미하게 미소 지으며 그대로 다리 난간에 몸을 기대었다. 곧장 공장으로 직행하지 않은 건 아직 담배를 다 피우지 못했기 때문이다. 그는 담배를 한 모금 쭈욱 빨아들였다. 스강을 죽여버리거나 적어도 살 몇 점이라도 베어내고 말겠다는 말은 바로 이때 그가 구경꾼들에게 해준 것이다.

그때 나는 마침 식용유 공장 쪽으로 가고 있었다. 겨우 열한 살의 사내녀석인 나는 그날 점심을 먹고 책가방의 교과서를 침대 위에 쏟아놓은 다음, 그 속에 깨끗한 옷을 집어넣고 수건과 비누도 챙겨 넣은 뒤에 어머니에게 일 자오(일 위안의 십분의 일)를 달라고 했다.

"목욕 갈래요."

책가방을 메고 있던 나는 읍내 유료 대중탕에 갈 생각은 애초부터 없었다. 일 자오를 챙겨 넣고 식용유 공장의 목욕탕으로 향했다. 사월의 봄, 도로 양쪽의 오동나무가 넓은 잎사귀를 휘영청 늘어뜨리고 있었고, 태양이 밝게 내리쬐어 거리에 흩날리는 먼지까지 또렷하게 보였다.

문을 나선 시간이 열한 시 사십오 분이었다. 시간을 잘 셈해보고 나서는 길이었다. 식용유 공장의 입구에 열두 시 정각까지는 도착해야 한다. 수위를 보는 늙은이가 수위실에서 밥 먹는 시간까지는. 그는 알이 뱅글뱅글 돌아가는 안경을 쓰고 있는데, 음식물에서 뿜어내는 열기 때문에 밥을 먹을 때는 아무것도 분간하지 못한다. 하물며 머리를 음식에 박고 먹는 게 습관이니 더 말할 것도 없다. 그래서 나는 언제나 이때쯤 허리를 푹 꺾고 수위실의 창문 아래를 통과해 몰래 안으로 들어가곤 한다. 열두 시 삼십 분에는 벌거숭이 몸으로 식용유 공장의 목욕탕 욕조 안에 몸을 담그고 있어야 한다. 물은 똥구멍을 간지럽힐 정도로 뜨끈뜨근하고, 피어오르는 열기는 좁은 목욕탕을 가득 채우고, 나는 벽에 걸린 그림처럼 혼자 가만히 있는다. 한 시가 되기 전에 다 씻어야 한다. 기름투성이가 된 노동자들이 욕조에 발을 담그기 전에 몸에 칠한 비누를 말끔히 씻어낸 뒤 그들이 어깨에 수건을 걸치고 들어올 때쯤이면 몸을 깨끗이 닦아내고 있어야 한다. 그들은 욕조에 들어오자마자 더우장(콩을 갈아 만든 음료)처럼 뽀얀 비누거품을 잔뜩 풀어놓을 게 분명하기 때문이다.

그런데 이날 점심나절에 나는 다리쯤에 이르러 우뚝 멈춰 섰다. 시간을 잊어버리고, 식용유 공장의 수위 늙은이가 밥을 다 먹어간다는 것도, 밥을 다 먹은 뒤 뒷짐을 진 채 출입구를 왔다 갔다 하고 있을 거라는 것도 잊어버렸다. 그는 언제나 이렇게 왔다 갔다 하다가 목욕탕의 따뜻한 물이 다 식을 참이 되어서야 잠시 쉬러 집으로 돌아간다.

나는 다리 위에서 멈춰 섰다. 어른들의 허리 사이에 끼어서 쿤산이 다리 난간에 기댄 채 담배를 피우며 가래를 뱉어내는 모습을 쳐다보았다. 나는 이내 쿤산에게 빠져들었다. 두툼한 입술과 그 위의 콧수염. 말할 때는 바람에 날리는 깃발처럼 얼굴 근육이 실룩거렸다. 우와, 볼에 근육이 저렇게 많다니. 가슴을 보아하니 총칼로도 뚫을 수 없겠다. 저 다리, 저 팔뚝. 스강이라는 사람은 이제 끝장이다. 그때 쿤산이 말했다.

"그 새끼가 날 무시했어."

나는 쿤산의 성이 뭔지 모른다. 읍내 사람들 모두 그의 성을 모르지만 쿤산이 누군지는 다 알고 있다. 쿤산은 돈을 빌리고 갚지 않아도 되는 사람이다. 담배가 떨어지면 길거리에서 아무나 막아 세우고 허허 웃으며 큼지막한 손을 뻗어 상대의 주머니를 툭툭 친다. 담배 소리가 나면 주머니에 손을 넣어 담배를 끄집어내고는 한 개비만 돌려주고 나머지는 자신의 주머니 속에 찔러 넣는다. 우리 읍내에서 쿤산을 모르는 사람은 아무도 없다. 갓난아이조차도 쿤산이라고 말하면 벌벌 떤다. 하지만 우리는 모두 쿤산을 좋아한다. 거리에서 그와 만나면 큰 소리로 그의 이름을 부른다. 내가 다섯 살 때부터 열한 살이 된 이때까지 줄곧. 이것이 바로 쿤산이 거리를 걸을 때 언제나 얼굴에 봄바람이 가득한 까닭이다. 그는 남들이 자기 이름을 큰 소리로 불러주는 걸 좋아하고, 또 언제나 신이 나서 대답한다. 읍내 사람 모두가 자신을 알아주고 있다고 생각하는 거다.

쿤산은 담배꽁초를 다리 아래 강물로 툭 던졌다. 그는 머리를 흔들며 유감스럽게 말했다.

"스강이 날 무시했어."

"왜 스강이 당신을 무시했소?"

야윈 얼굴에 안경을 긴 사람이 느닷없이 물었다. 쿤산은 그를 빤히 쳐다보더니 서서히 손을 올려 야윈 얼굴의 남자에게 귓등을 후려치는 동작을 해 보였다.

"그 작자가 내 마누라의 뺨을 쳤다구."

순간 여기저기서 탄식 소리가 흘러나왔고, 나도 깜짝 놀랐다. 세상에, 누가 감히 쿤산의 부인을 때릴 수 있단 말인가. 누군가 내 생각과 똑같은 말을 했다.

"그 사람이 당신 부인을 때렸다구요? 스강이 누군데?"

"나도 몰라."

쿤산은 손을 뻗어 우리를 가리켰다.

"지금 내가 그 작자를 알고 싶다 이거야."

야윈 얼굴의 남자가 말했다.

"어쩌면 그 사람도 자기가 당신 부인을 때렸다는 사실을 모르고 있을 수도 있잖소."

쿤산은 고개를 저었다.

"그럴 리 없어."

누군가 말했다.

"그 사람이 알았든 몰랐든 쿤산의 부인을 때렸다니 쿤산이 그를 죽이려 하는 것도 당연하군. 쿤산의 부인에게 감히 손을 대다니."

쿤산이 그 사람에게 말했다.

"당신, 틀렸어. 내 마누라는 맞아도 싸."

쿤산은 눈을 둥그렇게 뜬 채 말문을 잊은 사람들을 쳐다보며 말을 이었다.

"남들이 내 마누라를 모른다고 설마 남편인 나도 모르겠어? 내 마누란 맞아도 싸다구. 더러운 입버릇에 가는 곳마다 시빗거리나 만들고 말이야. 그 여자가 내 마누라가 아니었다면 귀싸대기를 엄청나게 얻어맞았을 거야."

쿤산은 잠시 숨을 고르고 말했다.

"그래도 하여간에 그 여잔 내 마누라다 이거야. 그 여자가 말을 잘못했다거나 일을 잘못한 게 있으면 나를 찾아야지. 귀싸대기를 때려야 한다면 이 쿤산이 직접 때리겠다 이거야. 스강 그 새끼, 평소에는 아는 척도 안 하더니 감히 내 마누라 귓등을 때려? 이건 그 작자가 날 무시한 거라고……."

쿤산은 난간 위에 놓인 식칼을 집어 들고 얼핏 웃었다.

"그 작자가 날 무시했으니, 나 쿤산이 아무리 악랄하게 대한다 해도 할 말은 없겠지."

이윽고 쿤산이 우리 쪽으로 걸어왔다. 우리는 그를 위해 길을 내주었다. 거구의 쿤산이 걸어가는 모습은 전속력을 내는 여객선처럼 보였고, 그 주위를 떼 지어 둘러싸고 있는 사람들은 스크루가 돌아가면서 만들어내는 파도같이 보였다. 우리는 나란히 앞으로 걸어갔다. 나는 쿤산의 오른쪽에서 걷고 있었다. 좋은 자리를 잡은 셈이다. 쿤산의 손에 들린, 번뜩이는 식칼이 내 어깨 앞에서 움직였다. 그네가 왔다 갔다 하는 것처럼. 한없이 흥분했던 그날 정오 태어나서 처음으로 그렇게 많은 어른들 틈에 끼어서 걸었다. 그들은 쿤산을 둘러싸고 있는 동시에 나를 둘러싸고 있었다.

우리는 시끌벅적하게 걸어가고 있었다. 오가던 행인들도 하나같이 발걸음을 멈추고 신기한 듯 쳐다보며 호기심 어린 질문을 던졌고, 그때마다 내가 앞질러 대답했다. 쿤산이 스강의 피를 보려 한다고. '피' 자를 길게, 그리고 크게 말했다. 목이 쉴 건 생각지도 않고 말이다. 쿤산이 나를 주목하기 시작했다. 이따금 머리를 숙여 나에게 눈길을 주기도 했다. 그의 눈이 웃고 있었다. 그때 나는 마음속으로 식용유 공장으로 가는 길이 한밤중처럼 길고 길었으면 하고 바랐다. 혹시라도 학교 친구들을 만난다면 그 애들이 놀라운 눈으로 날 쳐다볼 것이 틀림없기 때문이다. 부러움을 잔뜩 담은 눈빛으로. 나는 한껏 폼을 잡으려 애썼다. 앞쪽에서 비춰오는 햇빛 때문에 실눈으로 쿤산을 올려다보았다. 그의 눈도 실눈으로 변해 있었다.

식용유 공장 정문에 도착했다. 조금 먼 곳에 수위실 늙은이가 서 있었다. 이번에는 뒷짐을 지고 왔다 갔다 하지 않고 새처럼 머리를 쭉 뽑아 우리를 보고 있었다. 우리는 그의 앞으로 걸어갔다. 그는 안경알 너머로 나를 쳐다보았다. 덜컥 겁이 났다. 어쩌면 다가와 나를 끌어낼지도 모른다. 아버지, 선생님, 형들이 그렇게 하는 것처럼. 머리끝이 쭈뼛쭈뼛해졌다. 고개를 들어 힐끔 쿤산을 쳐다보았다. 그의 얼굴은 햇볕으로 빨갛게 익어 있었다. 나는 가슴을 두근두근하며 마주 서 있는 늙은이에게 소리쳤다.

"이분은 쿤산인데……."

목소리는 약하고 가늘었다. 뿐만 아니라 나뭇잎처럼 달달 떨리기까지 했다. 하지만 말도 꺼내기 전에, 늙은이는 벌써 번개같이 한쪽으로 비켜서서 거리의 행인들처럼 신기하다는 눈빛으로 우리

를 구경하고 있었다. 우리는 거들먹거리며 안으로 들어갔다. 늙은
이가 막을 기세를 조금도 보이지 않기에 나도 주저하지 않고 들어
갔다. 저 사람은 본래 싸움을 못하는구나 생각하면서.

우리는 식용유 공장의 시멘트 길을 따라 걸었다. 길 양쪽 건물의
출입문은 방금 들어온 정문보다 훨씬 컸다. 기름때로 얼룩덜룩한
사내들이 거기에 서서 우리를 보고 있었다. 누군가 그들에게 묻는
소리가 들렸다.

"스강은 목욕탕 갔지요?"

한 사람이 대답했다.

"그렇소."

누군가가 쿤산에게 말했다.

"목욕탕 갔다는데요."

쿤산이 대답했다.

"그리로 가보자구."

우리는 공장 건물을 빙 둘러 걸어갔다. 높이 솟은 보일러실 연통
에서 짙은 연기가 뭉게뭉게 뿜어져 나와 맑은 하늘에서 흰 구름이
되었다가 차츰 사라졌다. 보일러공 둘이 손에 든 삽을 지팡이처럼
짚고 서서 우리를 바라보고 있었다. 우리는 그 곁을 지나 목욕탕
입구에 도착했다. 누군가가 목욕탕에서 나오는 중이었다. 슬리퍼
를 신고 갈아입은 옷가지를 안고서. 머리카락에서는 아직도 물이
뚝뚝 들고 있었으며 얼굴과 발은 잘 삶아진 고기처럼 발갰다. 쿤산
이 걸음을 멈추자 우리도 걸음을 멈췄다. 쿤산은 안경 낀 야윈 얼

굴에 대고 말했다.

"들어가보슈. 스강이 안에 있는지."

안경 낀 야윈 얼굴이 목욕탕 안으로 들어가고, 우리는 그대로 서서 기다렸다. 점점 더 많은 사람들이 모여들었다. 방금 본 보일러공 둘도 삽을 질질 끌면서 걸어왔다. 그중 하나가 쿤산에게 물었다.

"쿤산, 누굴 찾으슈? 누가 잘못을 저질렀지?"

쿤산은 아무런 대꾸도 하지 않았다. 누군가가 그를 대신했다.

"스강."

"스강이 어쨌다구?"

이번에는 쿤산이 대답했다.

"그 작자가 날 무시했어."

쿤산은 주머니에 손을 집어넣어 한참 뒤지더니 담배 한 개비와 성냥을 끄집어냈다. 담배를 물고 식칼을 겨드랑이에 끼운 채 불을 붙였다. 야윈 얼굴의 남자가 나왔다.

"안에 있는데요. 비누칠하고 있던데……."

쿤산이 말했다.

"가서 전하슈. 이 쿤산이 찾는다고."

야윈 얼굴의 남자가 말했다.

"벌써 말했어요. 금방 나온다고 그러던데요."

누군가가 물었다.

"스강이 놀라 자빠졌지?"

야윈 얼굴의 남자가 고개를 저었다.

"웬걸요. 그냥 비누칠만 하던걸요."

쿤산의 얼굴에 유감스러운 표정이 흘렀다. 조금 전에 다리 위에서 본 것과 똑같은. 지금 쿤산은 무시당했다고 생각하는 거다. 스강이 예상과 달리 전혀 당황하지 않았기 때문이다. 그때 누군가가 쿤산에게 말했다.

"쿤산, 들어가서 죽여버려요. 옷을 홀딱 벗고 있으니 털 뽑힌 닭새끼 꼴이잖소."

쿤산이 고개를 저으며 야윈 얼굴의 남자에게 말했다.

"들어가서 전하슈. 그 작자에게 오 분을 주겠다고. 오 분이 지나면 이 몸이 몸소 들어가서 *끄*집어내겠다고 말이오."

야윈 얼굴의 남자가 다시 들어갔다. 주위 사람들은 의견이 분분했다. 쿤산의 입만 빼고 모든 입이 움직이고 있었다. 입에 물려 있는 담배 연기가 그의 오른쪽 눈을 자극했다.

야윈 얼굴의 남자가 나와 쿤산에게 전했다.

"조급하게 굴지 말라는데요. 오 분이면 충분하대요."

누군가 웃기 시작했다. 그들이 왜 웃는지 알 수 있었다. 그들은 모두 스강이 나와서 쿤산과 한판 붙기를 바라고 있었다. 쿤산은 얼굴이 시퍼렇게 변하더니 부루퉁한 표정으로 고개를 끄덕이며 말했다.

"좋아, 내가 기다려주지."

그즈음 나는 쿤산 곁에서 벗어났다. 오던 길 내내 힘들게 고수하던 그 자리를 포기한 것이다. 사람들이 몇 번씩이나 나와 쿤산의 틈을 비집고 들어오려고 했지만, 갖은 애를 써서 그 자리를 고수했다. 하지만 이제는 스강이 나를 빨아들이고 있었기 때문에 쿤산 곁을 떠나 목욕탕으로 걸어 들어갔다. 피어오르는 열기 속으로. 안에서는 십여 명의 사람들이 욕조에 몸을 담그고 있었고, 나머지 몇몇은 그 옆에서 옷을 입고 있었다. 그들이 쿤산과 스강에 대해 이러쿵저러쿵하는 소리가 들렸다. 하나하나 살펴보았지만 누가 스강인지 짐작조차 할 수 없었다. 스강이 비누칠하고 있다는, 야윈 얼굴의 남자가 한 말이 생각나서 욕조 가운데 서 있는 사람에게 다가갔다. 마침 수건으로 머리에 칠한 비누를 닦아내고 있었다. 파리하게 야윈 편이었지만 어깨는 넓은 축이었다. 그는 머리에 묻은 비누를 말끔하게 닦아낸 다음 욕조 가장자리로 가서 앉더니 몇 차례 눈을 비볐다. 아마도 비눗물이 눈으로 흘러 들어간 것 같았다. 그렇게 한참을 비비고 나서 꼭 비틀어 짠 수건으로 눈을 닦았다. 누군가 스강을 부르는 소리가 들렸다.

"스강, 우리가 도와줄까?"

"필요 없어."

스강이 대꾸했다.

대꾸한 사람은 눈을 닦던 바로 그 사람이었다. 드디어 스강을 찾아냈다. 그가 일어서는 모습을 나는 흥분된 눈으로 바라보았다. 그는 수건으로 머리카락을 닦으며 내 쪽으로 걸어오다가 내가 비켜서지 않는 바람에 나와 부딪혔다. 그는 얼른 나를 붙들었다. 내가 미끄러지지 않게. 그가 탈의실로 들어가기에 나도 따라 들어갔다.

옷을 입고 있던 사람들도 탈의실로 들어왔다. 스강이 깨끗이 몸을 닦는 모습을 보았다. 당황하지도 서두르지도 않고 셔츠와 바지를 입었다. 이어 의자에 앉아 신발을 신고 끈을 매기 시작했다. 이때 누군가가 그에게 물었다.

"진짜로 우리 도움이 필요 없어?"

"필요 없어."

그는 일어나 벽에 걸어둔 인민복을 내려 붕대를 감듯이 왼쪽 어깨를 감았다. 그리고 수도꼭지 앞으로 수건을 들고 가 물을 틀어 푹 적셨다.

때는 이미 오후로 접어들고 있었다. 태양이 움직여 쿤산 일행이 선 곳에 그림자를 만들었다. 그들은 걸어 나오는 스강을 바라보고 있었다. 스강은 태양이 비치는 양지에 섰다. 왼쪽 어깨에는 농구공처럼 인민복이 친친 감겨 있었고, 오른손에는 물을 흠뻑 적신 수건이 들려 있었다. 덜 잠근 수도꼭지처럼 수건에서 물방울이 뚝뚝 떨어져 바닥을 흥건히 적셨다.

나는 스강 곁에 서서 쿤산 주위에 있는 사람들이 뒤로 물러서는 모습을 바라보았다. 나도 나무 아래로 물러섰다. 쿤산이 앞으로 두 걸음 내딛어 음지에서 양지로 나왔다. 그는 실눈으로 스강을 바라보았다. 나도 얼른 스강을 쳐다보았다. 햇볕이 뒤쪽에서 비추어 그의 머리카락이 반짝거리고 있었다. 그의 얼굴에는 햇볕이 비치지 않았으니, 그는 실눈을 뜰 필요가 없었다. 다만 눈썹을 찌푸린 채 쿤산을 바라볼 뿐이었다.

쿤산은 물고 있던 담배를 휙 내뱉고 스강에게 말했다.

"스강이란 작자가 바로 너였구나."

스강이 고개를 끄덕였다.

"스란이 네 동생이지?"

스강은 다시 고개를 끄덕였다.

"그래, 내 동생이다."

쿤산이 한바탕 웃음을 터뜨리고는 오른손에 쥐고 있던 식칼을 왼손에 바꿔 쥐고 앞으로 한 걸음 전진했다.

"너, 이제 보니 많이 컸다. 간이 엄청 커졌는걸."

쿤산이 스강을 향해 주먹을 휘둘렀다. 순간 스강은 고개를 잽싸게 숙여 주먹을 피했다. 쿤산은 화들짝 놀라 스강을 쳐다보았다.

"피하는 실력이 제법인데."

쿤산은 오른발을 스강의 무릎을 향해 내질렀다. 이번에도 스강이 살짝 피하는 바람에 쿤산의 두 번째 시도 역시 허탕으로 끝났다. 쿤산의 얼굴에는 놀라는 기색이 뚜렷했다. 그는 두어 차례 히히 웃음소리를 내고는 고개를 돌려 구경하는 우리에게 말했다.

"저 자식, 대단한데."

쿤산이 얼굴을 돌리는 순간 스강이 손을 뻗어 물이 뚝뚝 듣는 수건으로 쿤산의 얼굴을 내리쳤다. 짝 하고 엄청난 소리가 들렸다. 손바닥으로 뺨을 칠 때와는 비교도 안 될 정도로 큰 소리였다. 쿤산은 엉겁결에 소리를 내질렀다. 왼손에 들고 있던 식칼이 땅바닥으로 떨어졌다. 그는 오른손으로 얼굴을 가린 채 꿈쩍도 않고 서 있었다. 스강도 두어 걸음 물러나 수건을 꼭 쥐고 쿤산을 쳐다보았다. 쿤산이 얼굴에서 손을 떼자 그의 얼굴에 잔뜩 묻어 있는 물방울이 보였다. 왼쪽 눈과 뺨은 시뻘겋게 변해 있었다. 쿤산은 허리를 굽혀 식칼을 집어 들었다. 오른손으로 식칼을 들고 왼손으로 얼굴을 가렸다. 그리고 식칼을 휘두르며 스강을 향해 돌진했다. 스강은 다시 번개처럼 피했다. 그러자 쿤산이 발로 스강의 다리를 공격했다. 스강은 연신 뒤로 물러나다가 하마터면 땅바닥에 고꾸라질 뻔했다. 그가 중심을 잡을 즈음 쿤산의 식칼이 그를 향해 날아왔다. 피할 도리가 없었던 스강은 인민복으로 친친 동여맨 어깨를 추켜올렸다. 쿤산의 식칼이 스강의 어깨를 찍었다. 그와 동시에 스강의 수건은 다시 한 번 쿤산의 얼굴을 때렸다.

나는 이때껏 이처럼 극악무도한 싸움을 본 적이 없었다. 쿤산의 식칼은 한 차례 또 한 차례 스강의 왼쪽 어깨를 찍었고, 스강의 수건은 한 차례 또 한 차례 쿤산의 얼굴을 때렸다. 어깨를 친친 동여맨 인민복이 스강의 방패 노릇을 했다. 스강은 피할 도리가 없을 때마다 어깨를 치켜세웠다. 스강의 수건을 막아주는 쿤산의 방패는 그의 왼손이었다. 물이 뚝뚝 흐르는 수건이 쿤산의 얼굴을 때릴 때마다 그는 왼손으로 그것을 막아냈다. 햇살이 그림자를 길게 늘어뜨리는 오후에 그 두 사람은 귀뚜라미처럼 이리 뛰고 저리 뛰며 악전고투를 벌였다. 불시에 고통스러운 비명 소리가 비어져 나오기도 했고, 숨소리도 차츰차츰 무거워졌다. 하지만 그들은 싸움을 그만둘 생각이 조금도 없는 것처럼 보였다. 너 죽고 나 죽자는 식으로 물고 뜯었다.

그 사이에 더 이상 참을 수 없을 만치 방광이 팽창해버린 나는 변소를 찾기 시작했다. 식용유 공장에는 변소가 어디 있는지 몰라 거리로 달려 나갔다. 거의 부두까지 와서야 겨우 변소를 발견할 수 있었다. 공장으로 되돌아갈 때는 정문 수위실 늙은이의 존재를 미처 생각하지 못하고 쏜살같이 지나쳤다. 늙은이가 뒤에서 욕하는 소리가 들리는 듯도 했다. 하지만 그를 신경 쓸 틈 따위는 없었다. 목욕탕 앞에 도착해보니, 아이고 하늘이 고맙고 땅이 고마워라, 그들은 아직도 치고받기를 그만두지 않고 있었다.

그때까지 이렇게 오래 끄는 싸움, 이렇게 지칠 줄 모르는 싸움은 본 적이 없었다. 그들은 이리 뛰고 저리 뛰며 난리를 피웠다. 어쩌면 마라톤 레이스보다 더 긴 거리를 뛰었는지도 모른다. 끝장을 볼 때까지 도저히 기다리지 못하겠다는 듯 인내심 부족한 사람들이 그곳을 떠나자, 야간 근무자들이 그들을 대신해 좋은 자리를 차지하고 흥미진진하게 구경했다. 스강의 수건이 두어 차례 말라버렸다. 바싹 마른 수건은 휘둘러도 흐느적거리기만 할 뿐 아무런 힘이 없었다. 그때마다 그의 친구들이 수건에 물을 흠뻑 적셔 그에게 건네주었다. 스강은 그러잖아도 피둥피둥한 쿤산의 얼굴을 한층 빵빵하게 만들어버렸다. 그리고 쿤산의 식칼은 어깨를 친친 동여맨 스강의 인민복을 대걸레처럼 갈가리 찢어놓았다. 바로 옆 식당에서 흘러나오는 지글지글거리는 소리를 듣고서야 나는 사람들의 손에 도시락이 있는 걸 보았다.

마침내 물이 뚝뚝 듣는 스강의 수건이 쿤산의 오른손을 때려 식칼을 땅에 떨어뜨렸다. 쿤산은 그 자리에서 꼼짝도 하지 않았다. 바보처럼 멍하니 스강을 쳐다볼 뿐이었다. 그의 눈은 충혈되고 팅팅 부어 있었지만 그래도 벌겋게 부어오른 얼굴보다는 나은 편이었다. 그는 스강이 보이지 않는 듯했다. 스강이 오른쪽으로 두어 걸음 비켜섰지만 여전히 그 방향을 쳐다보고 있었다. 이윽고 그는 옷자락을 끌어올려 조심스럽게 아픈 눈을 문지르기 시작했다. 스강은 두 손을 내리고 한쪽에 서 있었다. 입을 반쯤 벌리고 숨을 헐떡이며 쿤산을 물끄러미 바라보았다. 잠시 후 그는 자신도 모르게 오른손을 풀었다. 그러자 수건이 툭 떨어졌다. 다시 쿤산을 한참 쳐다보더니, 오른손을 들어 왼쪽 어깨를 싸고 있는 인민복을 힘겹게 내렸다. 일찌감치 걸레가 된 두터운 인민복을. 스강은 그것을 바닥으로 내던졌다. 그제야 피와 살점이 뒤엉킨 스강의 왼쪽 어깨가 드러났다. 스강은 오른손으로 왼쪽 어깨를 떠받치고 몸을 돌려 앞으로 걸어갔다. 그의 친구들이 뒤를 따랐다. 쿤산은 옷자락을 내리고 눈을 깜박거렸다. 자신의 눈이 무사한지 시험이라도 하듯이. 노을이 내리기 시작했다.

　나는 수건 한 장으로 칼을 이기는 장면을 두 눈으로 목도했다. 물을 잔뜩 머금은 수건의 위력이 무지막지하다는 사실도 더불어 알게 되었다. 그때부터 수건을 물에 흠뻑 적셔 팔에 걸고 거리를 따라 집으로 돌아올 때면 용기가 불뚝 솟아났다. 나는 물이 뚝뚝 듣는 수건을 들고 학교 운동장을 왔다 갔다 하며 도전자를 찾아다

넜다. 그러면 학교 친구들이 떼 지어 나를 둘러쌌다. 그때 우리들이 쿤산을 에워쌌던 것처럼.

그렇게 아름다운 나날들이 계속되었다. 어느 날 수건을 잃어버릴 때까지. 수건을 왜 잃어버렸는지는 도무지 생각이 나지 않는다. 그때도 수건은 물을 뚝뚝 흘리고 있었는데, 그것을 나뭇가지에 걸어두었던 것 같기도 하다. 고무공을 가지고 놀다 집으로 돌아왔던 것만 기억이 난다. 돌아와 보니 내 수건이 없어진 것이다. 가난한 어머니는 한바탕 욕설을 쏟아냈고, 마찬가지로 가난한 아버지는 따귀를 두 대 때렸다. 이가 족히 일주일은 얼얼할 만큼.

나는 풀이 죽은 채 집을 나와 강물을 따라 걸어갔다. 난간을 잡고 노을이 어른거리는 강물을 바라보았다. 마음은 타고 남은 재처럼, 진흙처럼 서늘했다. 다리에 도착한 바로 그때 쿤산을 보았다. 부은 얼굴은 온데간데없었고, 예전의 왕성한 기운을 회복했는지 거들먹거리며 걸어오고 있었다. 나는 느닷없이 흥분하기 시작했다. 동시에 스강이 보였기 때문이다. 그는 반대쪽에서 걸어오고 있었다. 상처 입었던 팔뚝을 자유자재로 흔들며 쿤산 쪽으로 가고 있었다.

순간적으로 호흡이 멎는 듯했고 심장이 팔딱팔딱 뛰기 시작했다. 그들의 조마조마한 싸움이 곧 시작될 거다. 이번에는 쿤산도 식칼을 들고 있지 않고, 스강에게도 수건이 없다. 둘 다 무기라곤 아무것도 없다. 주먹과 가죽신을 신은 발, 운동화를 신은 발이 있을 뿐이다. 쿤산이 스강의 코앞으로 가는 게 보였다. 그는 스강의 앞을 막아섰다. 곧이어 쿤산의 우렁찬 목소리가 들렸다.

"여보슈, 담배 있수?"

스강은 아무런 대꾸도 없이 그 자리에 서서 쿤산을 빤히 쳐다보았다. 쿤산은 스강의 주머니를 뒤적거리더니 손을 집어넣어 담배를 끄집어냈다. 쿤산이 싸움을 거는데도 스강은 꿈적도 않고 가만히 있었다. 쿤산이 스강의 담뱃갑에서 담배 한 개비를 꺼내 스강에게 건네고 나머지를 자신의 주머니에 집어넣을 줄 알았다. 그런데 벌어진 상황은 완전 딴판이었다. 쿤산은 한 개비를 입에 물고 스강을 쳐다보더니 나머지를 모두 되돌려주었다. 이어서 놀라 자빠질 만한 일이 또 벌어졌다. 스강이 한 개비를 입에 물더니 남은 담배를 모두 쿤산의 주머니에 넣어준 것이다. 쿤산은 웃으며 성냥을 꺼내더니 스강에게 먼저 담뱃불을 붙여주고 자신의 담배에도 불을 붙였다.

이날 해질 무렵, 두 사람은 난간에 기대어 무언가 끝없이 대화를 나누고 간간이 웃음을 터뜨렸다. 노을이 그들의 몸을 붉게 물들일 때부터 어둠이 그들을 포옥 감쌀 때까지. 담뱃불이 난간에 기대고 있는 그들의 손가락 끝에서 깜박이고 있었다. 그날 저녁 나는 줄곧 거기에 서서 그들의 대화를 엿들었지만 아무 말도 귀에 들어오지 않았다. 그 후로 오랫동안 나는 늘 그들이 피운 담배의 상표가 무엇이었는지를 기억하려 애썼다. 하지만 언제나 네 가지 상표가 한꺼번에 떠올랐다. 다첸먼, 페이마, 리췬, 그리고 시후.

내게는 이름이 없다

我沒有自己的名字

어느 날 나는 보따리를 짊어진 채 다리를 건너고 있었다. 들창코 쉬아산이 죽었다고 수군덕거리는 소리가 들렸다. 보따리를 내려놓고 목에 둘렀던 수건으로 얼굴에 흘러내린 땀을 닦으며, 나는 들창코 쉬아산의 죽음에 대해 사람들이 숙덕거리는 소리를 듣고 있었다. 가래떡에 목이 막혀 죽었다고 했다. 가래떡을 먹고 죽었다는 이야기는 난생 처음 들었다. 땅콩에 목이 막혀 죽었다는 이야기는 들은 적이 있다. 그들이 나를 향해 소리쳤다.

"쉬아산! 들창코 아산!"

고개를 숙인 채 나는 "응?" 하고 대꾸했다. 그들은 하하 웃어대더니 나에게 물었다.

"손에 들고 있는 게 뭔감?"

나는 들고 있던 수건을 슬쩍 내려다보며 대답했다.

"수건."

그들은 와르르와르르 웃어대더니 다시 물었다.

"얼굴은 왜 닦고 있남?"

"땀 닦았네."

대체 왜 그렇게 좋아하는지 알 수가 없었다. 그들은 바람에 이리 눕고 저리 눕는 갈대처럼 웃어댔다. 그중에서 배꼽 잡고 웃어대던 사람이 말했다.

"저 녀석, 세상에, 따, 땀을, 아는구먼."

다리 난간에 기대고 있던 사람이 나를 향해 소리쳤다.

"쉬아산! 들창코 아산!"

그가 두 번 부르기에 나도 두 번 대답했다. 그는 두 손으로 배를 두드리며 물었다.

"쉬아산이 누군감?"

나는 그를 한 번 쳐다보고, 주위에 있는 사람들을 둘러보았다. 그들은 입을 쫙 벌리고 눈을 둥그렇게 뜬 채 물었다.

"누가 들창코 쉬아산인감?"

내가 말했다.

"쉬아산은 죽었네."

그들은 둥그렇게 뜬 눈을 깜박거렸다. 또 그들의 입은 더욱 크게 찢어졌고, 웃음소리는 쇠 두들기는 소리보다 훨씬 크게 울렸다. 그 중 두 사람이 바닥에 앉아 깔깔대며 웃더니 한 명이 씩씩거리며 내게 물었다.

"쉬아산이 죽었다고 했으니…… 그럼 자넨 누군가?"

내가 누구냐고? 나는 그들이 히히 웃는 모습을 바라보았다. 어떻게 대꾸해야 좋을지 몰랐다. 내게는 이름이 없다. 하지만 일단 길거리에 나섰다 하면 누구 못지않게 이름이 많다. 사람들은 자기가 부르고 싶은 대로 나를 불렀다. 재채기를 하다가 만나면 재채기라 불렀다. 막 변소에서 나왔다면 화장지라고 불렀을 것이다. 나한테 손짓할 때는 '이리 와'라고 불렀고, 나를 향해 손을 내저을 때는 '썩 꺼져'라고 불렀다. 이 외에 늙은 개새끼, 마른 돼지새끼 따위도 있다. 그들이 어떻게 부르더라도 나는 거기에 대답했다. 이름이 없기 때문이다. 그들이 다가와 나를 쳐다보며 소리치면 나는 언제라도 즉각 대답한다.

생각이 났다. 그들이 가장 많이 부른 이름은 바로 '어이'였다.

나는 그들을 떠보듯이 말했다.

"난…… 어이야."

그들은 눈을 커다랗게 뜨고 물었다.

"자네가 누구라고?"

말을 잘못했나 싶어 그들을 쳐다보았다. 감히 다시 대답할 엄두가 나지 않았다. 그들 중 하나가 다시 물었다.

"자네가 누구라고?"

나는 고개를 저으며 말했다.

"난…… 어인데."

그들은 서로 쳐다보더니 까르르 웃기 시작했다. 그곳에 선 채로 그들이 웃는 걸 보며 나도 따라 웃었다. 다리를 건너던 사람이 우리가 큰 소리로 웃는 걸 보더니 하하 따라 웃었다. 알록달록한 셔츠를 입은 사람이 나를 불렀다.

"어이!"

나는 재빨리 대꾸했다.

"응."

알록달록한 셔츠를 입은 사람이 다른 사람을 가리키며 말했다.

"이 사람 마누라와 같이 잔 적 있지?"

고개를 끄덕이며 나는 대답했다.

"응."

그 사람은 이 말을 듣더니 욕설을 내뱉었다.

"저, 씹새끼!"

그가 다시 알록달록한 옷을 입은 사람을 가리키며 말했다.

"저 사람 마누라와 잘 때 정말 좋았지?"

고개를 끄덕이며 내가 대답했다.

"응."

모두 하하 웃었다. 그들은 언제나 이렇게 물었다. 심지어 자기 어머니와 잔 적이 없는지 물은 적도 있다. 천 선생은 생전에, 그러니까 그가 들창코 쉬아산처럼 죽지 않았을 적에 처마 아래서 나를 가리키며 이런 말을 했다.

"자네들이 이렇게 말하는 건 오히려 저 사람만 좋도록 하는 게

아닌가? 그게 사실이라면 저 사람과 함께 잔 여자가 트럭 한 대에
싣고도 남는단 말이잖나."

그들이 웃는 모습을 보자 천 선생의 말이 떠올라 이렇게 말했다.

"자네들 마누라랑 다 자봤다."

내 말에 그들은 순식간에 웃음을 멈추고는 눈을 똑바로 뜨고 나
를 쏘아보았다. 한참 동안 그렇게 쏘아보더니 알록달록한 셔츠를
입은 사람이 걸어와 갑자기 내 귀싸대기를 올려붙였다. 귀에서 웅
웅거리는 소리가 났다.

천 선생은 생전에 언제나 약방 계산대 뒤에 서 있었다. 그의 머
리 뒤에는 열려 있기도 하고 닫혀 있기도 한 작은 서랍들이 가득
들어차 있었다. 그리고 천 선생의 마르고 긴 손에는 항상 저울이
들려 있었다. 이따금 천 선생은 약방 문 앞에 나와 다른 사람들이
나를 부르고, 내가 그에 대꾸하는 모습을 바라보았다. 천 선생은
그 자리에서 말했다.

"자네들, 지금 죄를 짓고 있는 거라네. 그렇게들 좋아하다니, 하
늘이 자네들을 벌할 걸세……. 사람이라면 누구나 이름이 있는 법
일세. 물론 저 사람에게도 이름이 있지. 라이파라고."

천 선생이 나한테도 이름이 있다며 나를 라이파라고 부르자 가
슴이 두근거렸다. 아버지는 생전에 문지방에 서서 나를 불러대곤
했다.

"라이파, 찻주전자 좀 들고 오너라……. 라이파, 네가 올해 다섯
살이구나……. 라이파, 책가방 받아라……. 라이파, 벌써 열 살인

데 아직도 빌어먹을 일 학년이냐……. 라이파, 공부 그만둬라. 아빠 따라 석탄이나 줍자꾸나……. 라이파, 몇 년만 지나면 네 힘이 나만큼 되겠는걸……. 라이파, 아빠가 곧 죽을 것만 같구나. 금방이라도 죽을 것 같아. 의사가 폐에 종양이 자라고 있다고 하더구나……. 라이파, 울지 마라. 라이파, 내가 죽으면 아빠도 엄마도 없게 되겠구나……. 라이파, 라이, 파, 라이, 라이, 파아……."

아버지가 죽은 뒤 천 선생이 내 어깨를 두드리며 이렇게 말했다.

"라이파, 네 아버지가 돌아가셨구나……. 라이파, 이리 와서 만져보렴. 네 아버지 몸이 딱딱하게 굳었구나……. 라이파, 봐라. 네 아버지가 눈을 뜨고 널 바라보고 계신다……."

아버지가 죽은 뒤로는 나 혼자 석탄을 주우러 이리저리 돌아다녔다. 석탄을 배달하러 다니다 보면 읍내 사람들이 웃으며 물었다.

"라이파, 니 아버지는?"

"돌아가셨어요."

그들은 하하 웃으며 다시 물었다.

"라이파, 니 엄마는?"

"돌아가셨어요."

"라이파, 너 바보 아니니?"

나는 고개를 끄떡였다.

"전 바보예요."

아버지는 생전에 나에게 이렇게 말하곤 했다.

"이 바보 같은 녀석! 삼 년이나 배웠으면서 아직 한 글자도 못

읽다니. 라이파, 하지만 널 탓하진 않는다. 굳이 탓하려면 니 에미
나 탓해야지. 니 에미가 널 낳을 때 니 머릴 너무 세게 눌렀나 보
다. 라이파, 그렇다고 해도 니 에미만 탓할 수도 없다. 니 머리가
너무 컸거든. 니 에민 그걸 견디지 못해 죽었지……."

　그들이 나에게 물었다.
　"라이파, 니 엄만 어떻게 죽었니?"
　"아기 낳다가 죽었어요."
　"누굴 낳다가?"
　"저요."
　그들은 다시 물었다.
　"널 어떻게 낳다가?"
　"엄마는 한쪽 다리로 관을 꼭 밟고서 절 낳았어요."
　그들은 이 말을 듣더니 한참 동안 하하 웃었다. 그러고 나서 다.
시 물었다.
　"나머지 한쪽 다리는?"
　나머지 한쪽 다리는 무얼 밟고 있었는지 나도 모른다. 천 선생이
말해주지 않았던 것이다. 그는 다만 여자가 아이를 낳는 건 한쪽
다리로 관을 밟는 거라고만 했지, 나머지 한쪽 다리로 무얼 밟고
있는지는 말해주지 않았다.

　그들이 나를 불렀다.

"어이, 너희 아버진 누구냐?"

"아버진 돌아가셨어요."

"거짓말 마라. 니 아버진 잘 살고 있다구."

나는 눈을 동그랗게 뜨고 그들을 바라보았다. 그들은 나한테로 걸어와 나지막하게 말했다.

"니 아버진 나야."

나는 고개를 숙인 채 잠시 생각해보고는 대꾸했다.

"알겠어요."

그들은 다시 나에게 물었다.

"내가 니 아버지냐 아니냐?"

나는 머리를 끄덕끄덕하며 말했다.

"내 아버지예요."

그들이 킥킥 웃는 소리가 들렸다. 천 선생이 걸어와 말했다.

"너, 그 사람들 상관 마라. 네 아버진 한 사람밖에 없어. 누구라도 아버진 한 사람뿐인 게야. 아버지가 여러 명이라면 네 어머니가 어떻게 감당할 수 있었겠니?"

아버지가 죽은 뒤, 읍내 남자들은 나이가 몇 살이든 간에 대부분 나의 아버지가 된 적이 있다. 아버지가 한 명 늘어날 때마다 이름도 하나하나 늘어갔다. 하루동안 불린 새 이름만 해도 저녁에 꼽아보면 손가락이 모자랄 지경이었다.

천 선생만이 나를 라이파라고 불렀다. 천 선생이 내 이름을 부를 때마다 나는 심장이 마구 뛰었다. 천 선생은 약방 문 앞에서 두 손을 소맷자락에 넣은 채 나를 바라보았고, 나도 그 자리에 서서 천 선생을 쳐다보았다. 어떤 때는 헤헤 웃음이 나오기도 했다. 한동안 그렇게 서 있으면 천 선생이 손을 흔들며 말을 걸었다.

"어서 돌아가라. 여태까지 석탄을 줍고 있느냐?"

한번은 곧장 돌아가지 않고 그 자리에 서서 소리쳤다.

"천 선생님!"

천 선생은 두 손을 소맷자락에서 빼더니 눈을 휘둥그렇게 뜨고 말했다.

"뭐라고 불렀냐?"

가슴이 동동 뛰는데, 천 선생이 다가오며 말했다.

"너, 방금 뭐라고 불렀냐?"

"천 선생님요."

천 선생은 웃으면서 말했다.

"보아하니 너 그래도 바보는 아닌 모양이구나. 내가 천 선생인 줄 알아보는 걸 보니. 라이파……."

천 선생은 다시 내 이름을 불렀다. 나도 천 선생처럼 그렇게 웃기 시작했다. 천 선생이 말했다.

"네가 라이파라는 것도 알고 있니?"

"네, 알아요."

"한번 불러보렴. 나도 좀 들어보자꾸나."

나는 조용히 말했다.

"라이파."

천 선생은 박장대소했다. 나도 입을 벌리고 소리내어 웃었다. 천 선생은 한참 웃고 난 뒤 나에게 말했다.

"라이파, 이제부터 다른 사람이 라이파라고 부르지 않으면 대꾸하지 마라. 알아들었지?"

나는 웃으면서 천 선생에게 말했다.

"알겠어요."

천 선생은 고개를 끄덕끄덕하더니 나를 쳐다보며 외쳤다.

"천 선생님!"

나는 재빨리 대답했다.

"예!"

천 선생이 말했다.

"내가 날 부르는데 네가 왜 대답을 하는고?"

천 선생이 자신을 부르리라곤 생각도 못한 터라 웃음이 비어져 나왔다. 천 선생은 고개를 갸우뚱하며 나에게 말했다.

"그러고 보니 바보가 틀림없구나."

천 선생은 일찌감치 죽었다. 며칠 전에는 들창코 쉬아산도 죽었다. 그 사이에 또 다른 많은 사람들이 죽었다. 쉬아산과 나이가 비등비등한 사람들은 모두 백발에 흰 콧수염을 달고 있었다. 요 며칠 새에 그들도 곧 죽게 될 거라는 말을 자주 들었다. 나도 곧 죽게 되지 싶었다. 모두 내 나이가 들창코 쉬아산보다 많다고들 했다. 그들은 나에게 물었다.

"어이, 바보. 자네가 죽을 땐 누가 와서 시신을 수습해주나?"

나는 머리를 흔들었다. 내가 죽은 뒤에 누가 묻어줄지는 나도 모를 일이었다. 그들이 죽은 뒤에는 누가 시신을 수습해주느냐고 묻자 그들은 이렇게 대답했다.

"우리는 아들자식이 있고 손자도 있다네. 딸도 있고, 마누라도 아직 죽지 않았지. 자네는 아들이 있나, 손자가 있나? 게다가 마누라도 없잖나?"

나는 쥐 죽은 듯이 가만히 있었다. 나에게는 아무도 없다. 심지어 쉬아산조차도 그런 사람이 있다. 들창코 쉬아산의 시신을 화장하던 그날, 그의 아들과 손자, 그리고 집안 사람들이 울며불며 지나가는 걸 보았다. 나는 텅 빈 보따리를 지고 그들을 따라 화장터로 갔다. 거기까지 가는 길은 정말 시끌벅적했다. 나도 아들과 손자가 있었으면. 집안에 그렇게 많은 사람이 있다면 그보다 더 좋은 일이 있을까. 쉬아산의 손자 곁으로 다가갔다. 그 아이는 누구보다 큰소리로 곡을 했다. 아이가 훌쩍거리며 내게 물었다.

"어이, 내가 니 아버지 아니냐?"

나이가 나와 엇비슷한 사람들은 더 이상 내 아버지가 되려고 하지 않았다. 이전에 그들은 나에게 많은 이름을 지어주었다. 그런데 이제 와서는 오히려 나에게 이렇게 물었다. 내 이름이 뭐냐고.

"자네, 도대체 이름이 뭔가? 자네가 죽으면 누가 죽었는지는 우리가 알아야 하지 않겠나. 생각해보게나. 쉬아산이 죽었을 때 쉬아산이 죽었다고 했잖은가. 자네가 죽으면 우리는 뭐라고 불러야 할지 아무도 모르지 않겠나. 자넨 이름조차도 없으니……."

나는 내 이름을 알고 있다. 라이파다. 전에는 천 선생이라도 내 이름을 기억해주었는데, 천 선생이 죽고 나니 내 이름을 아는 사람이 아무도 없었다. 이제서야 그들은 내 이름을 알고 싶어 한다. 그러나 나는 그들에게 알려주지 않았다. 그들은 하하 웃었다. 바보라고 하면 바보인 거다. 살아서도 바보고 죽어서 관에 누운 뒤에도 바보다.

나도 내가 바보이고, 이 바보가 늙어버렸으며, 머지않아 죽을 거라는 사실을 잘 알고 있다. 가끔은 그들의 말에도 일리가 있다는 생각이 든다. 아들도 없고, 손자도 없고, 죽은 뒤에 울며불며 화장해줄 사람도 없다. 이제껏 이름이 없었으니 죽은 뒤에도 누가 죽었는지 모를 것이다.

요 며칠, 언젠가 보았던 개 한 마리가 자꾸만 떠올랐다. 누렁이는 처음에는 마르고 자그마했지만 점점 크고 튼튼하게 자랐다. 그들은 누렁이를 바보라고 불렀다. 그건 누렁이를 욕하는 거였다. 나는 절대 누렁이를 바보라고 부르지 않았다. 대신 이렇게 불렀다.

"어이!"

그때는 도로가 지금처럼 넓지 않았고 집도 지금처럼 높지 않았다. 천 선생이 약방 문 앞에 서 있을 때, 그의 머리카락은 모두 새까맸다. 들창코 쉬아산도 젊고 결혼도 하지 않았던 시절이었다. 그때 그는 이렇게 말하곤 했다.

"나처럼 스무 살 먹은 사람들은……."

그때도 아버지는 이미 이 세상에 없었다. 나는 석탄을 주워 집집마다 날랐다. 나 혼자 석탄 나르는 일을 한 지도 몇 년이 지났다. 길거리를 오가며 그 개를 보곤 했다. 마르고 작았으며, 헤벌어진 주둥이 밖으로 혓바닥을 축 늘어뜨린 채 거리 곳곳을 핥고 다니는 탓에 몸뚱어리가 언제나 축축하게 젖어 있었다. 얼마나 자주 보았던지 들창코 쉬아산이 그 개 이야기를 끄집어낼 때 나는 단번에 알아들을 수 있었다. 쉬아산이 나를 불러 세웠다. 그는 다른 사람들과 함께 자기 집 문 앞에 서 있었다.

"어이, 너 마누라 얻고 싶지 않나?"

맞은편에서 그들이 히히 웃는 것을 보며 나도 따라 히히 웃었다.

"이 바보가 마누라를 얻고 싶어 하면, 저 바보가 웃을 거야……."

쉬아산이 거듭 말했다.

"너, 마누라 얻고 싶지 않나?"

"마누라 얻는 게 뭔데?"

"뭐냐고?"

쉬아산이 말했다.

"너랑 같이 지내는 거지……. 같이 잠도 자고, 밥도 먹고……. 왜, 얻고 싶냐?"

쉬아산이 이렇게 말하는 걸 듣고 고개를 끄덕였다. 내가 고개를 끄덕거리자 그들이 그 개를 끌고 왔다. 쉬아산이 개를 나에게 건네주었다. 목덜미를 붙잡힌 개는 네 다리를 버둥거리며 멍멍 짖어댔다. 쉬아산이 말했다.

"어이, 어서 데리고 가."

그들은 하하 웃었다.

"바보야, 어서 데리고 가라니깐. 이게 니 마누라야."

나는 머리를 가로저으며 말했다.

"그건 내 마누라가 아니야."

쉬아산이 대들듯이 소리 질렀다.

"이게 니 마누라가 아니라고? 그럼 이건 도대체 뭐냐?"

"그건 개야. 강아지라고."

그들은 하하 웃음을 터뜨리며 말했다.

"이 바보가 개를 알고 있네……. 강아지도 알고……."

"쓸데없는 소리 집어치워."

쉬아산은 눈을 둥그렇게 뜨고 나에게 말했다.

"이건 여자라구. 잘 봐……."

쉬아산은 개의 두 뒷다리를 들어 올려 쩍 벌리더니 나에게 보여주었다. 그리고 다시 나에게 물었다.

"이런데도 여자가 아니라고 할 거냐?"

나는 고집스럽게 머리를 흔들며 말했다.

"그건 여자가 아니야. 그건 암캐라구."

그들은 와그르르 웃기 시작했다. 들창코 쉬아산은 무릎을 꿇고 앉아 뒷다리를 쫙 벌리고 개 대가리를 쓰다듬었다. 강아지가 컹컹 짖어댔다. 나도 그들 곁에 서서 웃었다. 한동안 웃고 난 뒤 쉬아산이 일어나 나를 가리키며 그들에게 말했다.

"저게 그래도 이 개가 암캐라는 걸 알아보네."

그는 말을 마친 후 쪼그려 앉더니 또다시 킥킥거리기 시작했다. 또 매앰매앰 매미처럼 웃어댔다. 그가 손을 조금 늦추자 개는 숨을 크게 내쉬더니 도망쳐버렸다.

그날부터 들창코 쉬아산 일행은 나를 보기만 하면 놀리지 못해 안달이었다.

"어이, 마누라는……. 어이, 니 마누라 똥통에 빠졌어……. 어이, 니 마누라 지금 다리 벌리고 오줌 싸고 있어……. 어이, 니 마누라가 우리 집 고기를 훔쳐먹었다구……. 어이, 니 마누라 임신한 것 같아……."

그들은 하하하하 쉬지 않고 웃어댔다. 그들이 신나게 웃는 걸 보며 나도 따라 웃었다. 나도 그들이 그 개 이야기를 하고 있다는 걸 알았다. 그들은 모두 언젠가는 내가 그 개를 아내로 맞이해 함께 생활하기를 바라고 있었다.

그들은 날마다 이렇게 이야기했고, 날마다 이렇게 나를 쳐다보며 하하 웃었다. 이렇게 생활하다 보니, 그 개를 다시 보았을 때는 마음이 조금 야릇해졌다. 개는 여전히 마르고 작았으며, 혓바닥을 늘어뜨린 채 이곳저곳을 핥고 다녔다. 나는 보따리를 지고 개 곁을 지나가다 문득 멈춰 섰다. 그리고 가만히 불러보았다.

"어이."

개는 내 목소리를 듣고는 멍멍 짖었다. 먹다 남은 찐빵을 주자 그것을 물고 반대편으로 달아났다.

찐빵을 얻어먹은 뒤로는 개도 나를 기억하는 것 같았다. 나를 보기만 하면 멍멍 짖었다. 개가 짖으면 찐빵을 먹여야 했다. 몇 번 이런 일이 있고 나서는 주머니에 먹을 걸 좀더 많이 넣어두어야겠다고 생각했다. 길거리에서 부딪혔을 때 개가 좋아하도록. 개는 내 손이 주머니 속으로 들어가는 걸 보면 금세 알아채고는 앞다리를 세우며 낑낑거리기도 하고 찐빵을 잡아채기도 했다.

이윽고 개는 매일 나를 따라다니기 시작했다. 나는 앞에서 보따리를 진 채 걸었고, 개는 뒤에서 쫄랑쫄랑 따라왔다. 길목에 도착해 고개를 돌려보면, 개는 여전히 뒤에서 멍멍 짖으며 나를 향해 꼬리를 흔들고 있었다. 또 다른 길목에 도착해 돌아보면 개가 보이지 않을 때도 있었다. 어디로 갔는지 알 수 없었다. 한동안 기다리고 있으면 갑자기 어디선가 튀어나와 다시 나를 따라 걸었다. 어느 때는 이렇게 달아났다가 깜깜해서야 돌아오고, 또 어느 때는 침대에 누워 잠들고 난 뒤에 돌아와 문 앞에 쪼그리고 앉아 멍멍 짖어대는 통에 문을 열고 아는 척을 해주어야만 했다. 내가 나가 아는 척을 하면 개는 그제야 짖기를 멈추고 꼬리를 흔들어 보이고는 몸을 돌려 쫄랑쫄랑 길거리로 되돌아갔다.

개와 함께 걷고 있노라면, 들창코 쉬아산 패거리가 히히 웃으며 놀려댔다.

"어이, 자네 부부 산보 나가는감? 어이, 자네 부부 돌아오는감? 어이, 어제 저녁 잠잘 때는 누가 누구를 끌어안았는감?"

그러면 또 나는 그에 대꾸했다.

"어젯밤에 우리 같이 안 잤어."

"거짓말. 부부란 밤에 같이 자는 거라구."

"우린 같이 안 잤어."

"이런 바보 같으니라구. 부부는 원래 밤에 같이 자는 걸 기다리
는 법이라구."

쉬아산은 전기 스위치 당기는 시늉을 해 보이며 나에게 말했다.

"찰칵, 전등이 꺼지면 즐거워지는 법이지."

들창코 쉬아산 패거리는 내가 개와 밤을 함께 보내길 바랐다. 하
지만 아무리 생각해봐도 개와 함께 보낸 적은 없다. 개는 날이 어
두워지면 쫄랑쫄랑 대문 밖으로 나갔다. 개가 어디로 가는지는 나
도 몰랐다. 그리고 날이 밝으면 돌아와 문 앞에서 우물쭈물 문 열
어주기를 기다렸다.

물론 낮에는 함께 보냈다. 나는 석탄을 줍고, 개는 한쪽 옆에서
따라다녔다. 누구 집에 석탄을 배달하러 들어가면 개는 그 근처에
서 마음 내키는 대로 뛰놀다 내가 나오면 바로 따라왔다.

이렇게 며칠을 함께 보내자, 개는 살이 붙어 둥글둥글해지고 키
도 많이 자랐다. 곁에서 걸으면 뱃살이 출렁출렁하는 게 보였다.
쉬아산 패거리가 그것을 보며 말했다.

"저 암캐, 저것 좀 봐라. 살찐 암캐……."

하루는 그들이 길거리에서 나를 막아섰다. 쉬아산은 심각한 얼
굴로 말했다.

"어이, 왜 아직 결혼 사탕도 안 돌리는 거야?"

그들이 나를 가로막자 개가 멍멍 짖어댔다. 그들은 길 맞은편의 상점을 가리키며 말했다.

"보여? 계산대 위에 있는 유리병 말이야. 병 속에 사탕이 들어 있어. 보이냐? 어서 가자."

"가서 뭐 하려구?"

그들이 말했다.

"사탕 사야지."

"사탕은 뭐 하러 사?"

"우리가 먹게."

쉬아산이 말했다.

"제기랄, 여태 결혼 사탕도 안 돌렸잖아! 그런데 결혼 사탕이 뭔 말인지 알긴 알아? 우리가 니들 중매해줬잖아!"

그는 내 주머니에 손을 집어넣어 안에 있는 돈을 만지작거렸다. 개는 그것을 보더니 짖고 날뛰고 난리도 아니었다. 쉬아산이 발로 걷어차자 개가 낑낑거리며 몇 걸음 뒤로 물러섰다. 쉬아산은 다시 그 앞으로 몇 걸음 다가갔다. 그러자 개는 쏜살같이 도망가버렸다. 그들은 앞주머니에 있던 돈을 전부 꺼내더니 이 자오짜리 두 장을 남기고 나머지 돈은 도로 주머니에 넣었다. 그러고는 내 돈을 높이 치켜든 채 웃으면서 맞은편 상점으로 뛰어갔다. 그들이 달려간 뒤에 개가 뛰어왔다. 개는 내 근처에서 얼쩡거리다가 그들이 상점에서 나오는 걸 보자마자 또다시 금세 도망을 쳤다. 쉬아산 패거리는 사탕 몇 개를 내 손에 쥐여주며 말했다.

"이건 너희 부부 거야."

그들은 사탕을 물고 하하하하 웃으며 가버렸다. 날이 어두워질 무렵이었다. 나는 그들이 준 사탕을 쥐고 집으로 향했다. 개는 내 앞뒤를 왔다 갔다 하며 꽤나 시끄럽게 짖어댔다. 집으로 돌아오는 내내 짖더니, 집에 도착해서도 연신 짖으며 돌아가려 하지 않았다. 나는 문 앞에서 머리를 치켜들고 나를 올려다보는 개에게 말했다.

"어이, 그만 짖어."

그래도 멈출 기세를 보이지 않았다.

"들어와라."

여전히 꼼짝도 않고 목을 곧추세운 채 연방 짖기만 할 뿐이었다. 나는 개를 향해 손짓을 했다. 그러자 개는 짖기를 그치고 집 안으로 폴짝 뛰어 들어왔다.

이날부터 개는 내 집에서 함께 살게 되었다. 볏짚을 구해 와 집 모퉁이에 가지런히 펴서 깔개로 썼다.

이날 저녁, 나는 일의 자초지종을 곰곰이 따져보았다. 개를 집 안으로 들인 게 마누라를 들이는 것과 조금 닮은 것 같기도 했다. 나도 이제 짝이 생겼다. 천 선생이 말한 것처럼.

"마누라를 얻는다는 건 짝을 찾는 거라네."

나는 개에게 말했다.

"남들은 우리더러 부부라고 해. 하지만 사람하고 개는 부부가 될 수 없어. 기껏해야 짝이 될 수 있을 뿐이지."

나는 볏짚에 앉았다. 나의 개도 함께 앉았다. 나의 개는 나에게 멍멍 짖었고, 나는 개를 향해 웃어 보였다. 웃음소리를 듣고 개는 또다시 멍멍 짖었다. 나는 다시 소리내어 웃었고, 개도 다시 짖었다. 나는 웃고 개는 짖었다. 그렇게 한참 동안 있었다. 갑자기 주머니 속에 든 사탕이 생각나 끄집어냈다. 사탕 껍질을 벗기고 개에게 말했다.

"이건 사탕이야. 사람들이 말하던 결혼 사탕……."

내 입에서 흘러나온 결혼 사탕 소리에 나는 슬그머니 웃음을 머금었다. 사탕 두 개를 벗겨 하나는 개 주둥이에 넣어주고 나머지 하나는 내 입에 넣었다.

"달어?"

개가 사탕을 뿌지직 깨무는 소리가 들렸다. 소리가 정말 컸다. 나도 사탕을 뿌지직 깨물어보았다. 이번에는 개가 낸 소리보다 훨씬 더 컸다. 우리는 같이 뿌지직 깨물었다. 몇 번 깨물기를 반복하자 하하 웃음이 터져 나왔다. 내가 웃자 개도 멍멍 짖기 시작했다.

개와 함께 거의 이 년을 지냈다. 개는 매일 나와 같이 대문을 나섰다. 보따리가 무거울 때면 멍멍 짖어대며 앞에서 뛰어갔고, 보따리가 비었을 때면 뒤에서 뭉기적뭉기적 따라왔다. 읍내 사람들은 우리를 보고 히히덕거리길 좋아했다. 그들은 우리에게 손가락질을 했다.

"어이, 니네 부부 아냐?"

나는 속으로 응, 하고 대답하며 고개를 숙인 채 지나갔다.

그들이 말했다.

"어이, 너 혹시 수캐 아냐?"

그래도 여전히 응, 그랬다. 그들은 나 들으라고 소리를 쳤다.

"어이, 바보! 어이, 바보 개새끼! 어이, 개잡놈! 어이, 개씹새끼! 아니, 씹개새끼! 어이, 언제 애비 개가 되냐……."

이런 소리가 들릴 때마다 나는 그저 응, 하고 대꾸할 뿐이었다. 그러자 천 선생이 나를 붙잡고 말했다.

"자네만큼 단정한 사람이 개하고 무슨 부부를 하겠다고……."

나는 고개를 가로저으며 대답했다.

"사람하고 개는 부부가 될 수 없어요."

천 선생이 고개를 끄덕였다.

"알면 됐네. 다음에 또 사람들이 그렇게 부르면 대꾸하지 말게나……."

나는 고개를 끄덕이며 네, 했다. 천 선생이 또 말했다.

"나한테도 네, 하지 말고. 내 말 명심해야 되네."

또 머리를 끄덕이며 네, 했다. 천 선생은 손을 휘저으며 말했다.

"됐네, 됐어. 그만 가보게."

나는 보따리를 들고 그 자리를 떠났다. 개는 앞에서 쫄랑쫄랑 뛰어가고 있었다. 녀석은 날마다 살이 포동포동 오르는 것 같았다. 얼마 안 가 더욱 튼실해지고 더욱 많이 자랄 것이다. 개는 자랄수록 성질이 거칠어졌다. 언젠가는 하루 종일 찾아도 보이지 않았다. 어디로 도망갔는지 종잡을 수가 없었다. 그런데 날이 어둑해지자 언제 돌아왔는지 문 앞에서 낑낑거리고 있는 거였다. 문을 열어주자 미끄러지듯 들어와 모퉁이의 볏짚 위에 엎드렸다. 그러고는 대가리를 땅에 박은 채 비스듬히 나를 올려다보았다. 나는 그때 개에게 이렇게 말했다.

"그저께 쌀집 근처에 가서 뒤돌아보니 니가 없더라. 어제는 목제가구점에서 돌아보니 니가 없었고, 오늘은 약방 앞에서 돌아보니 니가 어디 가고 없고……."

말을 채 끝내기도 전에 개의 눈은 이미 감겨 있었다. 잠시 생각하다 나도 눈을 감았다.

나의 개는 잘 자랐고 튼튼했다. 들창코 쉬아산 패거리는 나를 만나기만 하면 이렇게 말했다.

"어이, 바보. 이 개새끼 언제 잡을 거냐?"

그들은 침을 꿀꺽 삼키며 말했다.

"눈 내릴 때 잡는 게 어때? 물 붓고, 간장 넣고, 계피 껍질도 좀 넣고, 다섯 가지 향료를 골고루 섞은 다음, 꼬박 하루를 천천히 고면…… 제기랄, 그 냄새란……."

그들이 나의 개를 먹어치우고 싶어한다는 걸 알았기 때문에 서둘러 보따리를 지고 그 자리를 벗어났다. 개도 나를 따라 달아났다. 나는 그들의 말을 기억했다. 눈이 내릴 때 나의 개를 먹겠다고 했다. 천 선생한테 가서 물어보았다.

"언제 눈이 내려요?"

천 선생이 설명해주었다.

"아직 이르지. 자넨 지금 러닝셔츠를 입고 있잖나. 자네가 솜옷을 입을 때가 되면 눈이 내릴 걸세."

천 선생 말을 들으니 마음이 조금 놓였다. 하지만 아직 솜옷도 입지 않았고 눈도 내리지 않았는데, 들창코 쉬아산 패거리는 나의 개를 먹어치우려 했다. 그들은 뼈다귀로 나의 개를 꼬인 다음 쉬아산의 집으로 데려갔다. 문을 닫고 몽둥이로 나의 개를 두들겨 패려 했다. 그렇게 죽인 다음에는 불에 하루 종일 푹 고아낼 것이다.

나의 개도 그들이 자기를 패 죽여 먹어치우려 한다는 걸 알고 있었다. 개는 쉬아산의 침대 밑으로 숨어 들어가 나오지 않았다. 쉬아산 패거리는 몽둥이로 침대 밑에 숨어 있는 개를 쿡쿡 찔렀다.

쉬아산의 집에 들어서자마자 시끄럽게 울부짖는 개 소리가 들렸다. 나는 발걸음을 멈추고 우뚝 섰다. 쉬아산 패거리가 나를 발견하고 말했다.

"어이, 바보. 마침 널 찾으려 했지······. 어이, 바보. 어서 들어가니 개를 불러내봐라."

그들은 개 목걸이를 내 손에 쥐어주며 말했다.

"그걸 개 모가지에 건 다음 확 잡아당겨. 숨 막혀 죽게."

나는 연신 고개를 저으며 개 목걸이를 내던졌다.

"아직 눈도 내리지 않았는걸."

그들이 수군덕거리기 시작했다.

"저 바보 뭐라 그러는 거야?"

"아직 눈도 안 내렸다는데."

"눈이 안 내렸다니? 대체 무슨 말이야?"

"몰라. 그걸 안다면 나도 바보게."

개는 그때까지 멍멍 짖고 있었다. 누군가가 아직도 몽둥이로 개를 찌르고 있는 모양이었다. 쉬아산은 내 어깨를 툭툭 두드리며 말했다.

"어이, 친구. 빨리 들어가 개를 불러내봐."

그들은 나를 질질 끌고 들어갔다.

"이게 친구라고? 무슨 친구가 이래? 자, 이제 쓸데없는 고집 그만 피우시지……. 개 목걸이를 들고 가서 목 졸라 죽이라고……. 안 가? 안 가면 니 목을 조를 거니까 알아서 해."

쉬아산은 그들을 말리면서 말했다.

"저 새낀 바보라고. 저 새끼 또 놀라게 하면, 저 새낀 정말 뭐가 뭔지 모를 거란 말이야. 저 새끼 속이려면……."

그들이 동시에 말했다.

"저걸 속인다구? 그래도 마찬가질걸."

그때 천 선생이 걸어오는 게 보였다. 천 선생은 두 팔을 소맷자락에 끼운 채 한 발짝 한 발짝 다가왔다.

그들이 쉬아산을 보챘다.

"이왕 이렇게 된 거 아예 침대를 부숴버리는 건 어때? 저놈의 개 어디로 숨는가 두고 보자."

쉬아산이 그들을 말렸다.

"침대를 부술 순 없어. 저 개새낀 이미 안달이 날 대로 났다구.

한 번 더 성질 건드리면 사람을 물어버릴지도 몰라."

그들이 다시 나에게 말했다.

"이 수캐야, 수놈아, 부스럼딱지 개새끼야······. 지금 우리가 널 부르고 있잖아. 그런데 들은 척도 안 해!"

나는 고개를 숙인 채 어물거렸다. 천 선생이 한쪽에 서서 말했다.

"자네들이 저 사람 도움을 바란다면 저 사람 이름을 불러야지. 이렇게 소리치고 욕하고 해서 되겠는가? 저 사람도 도와주고 싶지 않을 거란 말일세. 바보라고들 말하지만 바보 같지 않을 때도 있단 말이네."

쉬아산이 말했다.

"맞아요. 저 사람 이름을 불러야겠습지요. 하지만 저 사람 이름을 아는 이가 있습니까요? 이름이 뭐냐구요? 저 바보 이름이 뭐냐 굽쇼?"

그들이 물었다.

"천 선생님은 아십니까?"

"알고말고."

쉬아산 패거리가 천 선생 주위를 에워싸며 물었다.

"천 선생님, 저 바보 이름이 뭡니까?"

천 선생이 말했다.

"라이파네."

천 선생이 라이파라고 말하는 소리가 울려퍼지자 내 마음이 별 안간 쿵 내려앉았다.

쉬아산이 다가와 어깨를 잡아당기며 나를 불렀다.

"라이파……."

심장이 쿵덕쿵덕 뛰기 시작했다. 쉬아산은 나를 끌고 자기 방으로 가며 말했다.

"라이파, 너와 난 오랜 친구잖아……. 라이파, 개를 불러내봐……. 라이파, 니가 침대 근처에만 가면……. 라이파, 살짝 한마디만 하면……. 라이파, '어이' 하고 부르기만 하면……. 라이파, 너한테 달려 있어."

쉬아산의 방에 도착했다. 쪼그리고 앉아 나의 개가 침대 아래에 웅크리고 있는 걸 보았다. 몸뚱어리 전체가 피투성이였다. 나는 가만히 불러보았다.

"어이!"

개는 내 목소리를 듣고 펄쩍 뛰어나와 내 품으로 파고들었다. 또 대가리와 몸뚱어리를 내 몸에 비벼댔다. 피투성이 몸뚱어리를 내 얼굴에 문질렀다. 개는 어엉어엉 짖어댔다. 여태껏 한 번도 들어본 적이 없는 소리였다. 그 울음소리에 마음이 아려 개를 꼭 안아주었다. 내가 개를 안자마자 그들은 개 목걸이로 목을 걸어 힘껏 끌어당겼다. 개가 내 품에서 빠져나갔다. 개를 안았던 손이 허전하다는 사실을 미처 깨닫기도 전에 개 울음소리가 들렸다. 외마디도 채 못다 내지르고 네 다리로 잠깐 버둥거리는 듯도 했으나, 금세 축 늘어져 버렸다. 그들은 개를 질질 끌고 나갔다. 나는 그들에게 말했다.

"아직 눈도 안 내리잖아!"

그들은 고개를 돌려 쳐다보더니 하하하하 웃으며 집을 나갔다.

그날 저녁, 나는 개가 잠자던 볏짚에 홀로 누워 이런저런 생각을 해보았다. 나의 개는 진작에 죽었을 것이다. 물을 붓고, 간장을 넣고, 계피가루도 좀 넣고, 거기다 갖가지 향료를 뿌린 다음 온종일 푹 고아낼 것이다. 내일이면 그들은 푹 고아낸 개를 먹어치울 것이다.

나는 혼자서 아주 오랫동안 골똘히 생각해보았다. 실은 내가 개를 죽인 거다. 쉬아산의 침대 밑에 숨어 있는 개를 내가 불러냈기 때문에 개가 목 졸려 죽은 것이다. 그들이 나를 라이파라고 불렀을 때 심장이 쿵덕쿵덕 뛰는 바람에 나도 모르게 침대 밑에 숨어 있던 개를 불러낸 것이다. 생각이 여기에 미치자 나는 고개를 흔들었다. 아주 오랫동안 정신없이 마구 흔들었다. 그러고 나서 나는 맹세했다. 나중에 누가 라이파라고 부르더라도 절대로 대꾸하지 않을 거라고.

왜 음악이 없는 걸까

爲什麼沒有音樂

내 친구 마얼은 점심이나 저녁 때마다 똑같은 모습으로 나타난다. 입을 헤벌린 채 식탁 앞으로 걸어온다. 입을 벌리고 있다고 해서 웃는 건 아니다. 허리를 굽혀 의자에 앉은 다음 머리를 숙인다. 머리를 식탁과 평행이 되는 지점까지 숙이고 음식을 입에 넣기 시작한다. 씹는 소리는 아주 조용하지만, 음식물을 입속으로 들여보내는 속도는 엄청나게 빠르다. 밥을 다 먹어치우고서야 그는 머리를 들어 올린다. 다 먹기 전까지는 이마와 식탁의 평행을 절대로 파괴하지 않는다. 밥 먹을 때는 말을 걸어도 머리를 숙인 채 대꾸한다.

그래서 마얼이 밥 먹는 걸, 우리는 식사로 들어간다고 말한다. 식사로 들어간다는 건 사실 매우 예의를 차린 말이다. 적절한 옷을 입고 적절한 식탁에 앉아 적절한 방식으로 먹어야 할 것을 먹는다면, 매우 고상한 말이 된다. 이에 비해 밥을 먹는다는 표현은 대충하는 그저 그런 말이다. 식탁에 앉아서 먹을 수도 있고, 문 앞에 앉아서 먹을 수도 있고, 밥그릇을 들고 이웃집에 가서 먹을 수도 있다. 우리가 어렸을 때 늘 하던 게 이런 짓이다. 어떤 때는 변소에 밥그릇을 들고 들어가 똥을 누면서 밥을 먹기도 했다.

마얼은 이때껏 밥을 먹은 적이 없다. 그는 언제나 식사로 들어갔다. 우리 모두가 기껏해야 열 살이 될까 말까 했을, 그를 처음 만나던 그 무렵부터 그는 식사로 들어갔다. 그는 글짓기를 하듯이 진지하게 먹었다. 머리를 숙인 채. 그의 이마는 그때도 식탁과 평행을 이루었다. 먹고 나면 손에 든 밥그릇은 씻은 듯이 깨끗했고, 식탁도 닦아낸 것 같았으며, 먹다 남은 생선 가시는 접시에 생선과 똑같은 모양으로 누워 있었다.

이런 게 바로 마얼이었다. 우리는 길을 걸을 때면 언제나 마치 기차 시간에라도 대는 것처럼 서두른다. 그러나 마얼은 늘 조금도 서두르지 않고 느릿느릿 길을 걷는다. 두 손을 바지 주머니에 찌른 채 앞쪽을 응시하며 태연자약하게 걷는다. 이런 게 바로 그였다. 무슨 일을 하든지 서두르지 않으면서도 조금의 빈틈도 없었다. 말할 때도 발음이 또렷또렷했고 속도도 언제나 일정했다. 게다가 단어 고르는 데도 대단히 신중했다.

마얼은 남이야 어떻게 생각하든 자신이 좋아하는 것만 생각했다. 스물여섯 살 때, 그는 우리 모두가 알고 있는 뤼위안을 알게 되었다. 우리는 함께 밥을 먹었다. 우리가 뤼위안을 부른 것이다. 뤼위안은 또 다른 아가씨 두 명을 데리고 나왔다. 우리 쪽에는 남자가 다섯이었다. 우리는 모두 마음속으로 그들의 마음을 헤아려보고 있었다. 세 명의 아가씨도 마음속으로 우리 중 누군가를 고르고 있었을 것이다. 그렇게 우리는 밥을 먹고 하잘것없는 잡담을 늘어놓기도 하고 히히덕거리기도 했다. 저마다 애써 자신을 뽐내려 했다. 남자들의 말솜씨는 유창했고 여자들의 교태는 사랑스러웠다.

다만 마얼 혼자 아무 소리도 내지 않고 있었다. 진지하게 식사로 들어가는 중이었기 때문이다. 그의 머리는 곧바로 식탁과 평행이 되었다. 식사가 끝난 뒤에도 그는 잔잔한 미소를 흘리며 우리가 웃고 떠드는 모습을 바라보기만 할 뿐이었다. 그날 저녁 그는 겨우 몇 마디밖에 하지 않았다. 들어간 요리가 너무 적다고. 겨우 새우 여섯 마리 먹고, 맥주 한 잔밖에 못 마셨다고.

우리는 금방 그의 존재를 잊어버렸다. 처음에는 이따금씩 그에게 얼핏 눈길을 주기도 했다. 그가 맥주를 꾸물꾸물 마시고 젓가락으로 새우를 집어 입으로 넣는 게 보였다. 곧 양쪽 볼이 탱탱 부풀어올랐고 입이 우물거리기 시작했다. 우리는 더 이상 그를 아는 척하지 않았다. 그렇게 우리가 그를 깨끗이 잊고 있을 때, 뤼위안이 느닷없이 비명을 내질렀다. 뤼위안은 눈을 동그랗게 뜬 채 손가락으로 마얼의 식탁 앞을 가리켰다. 마얼 앞에는 어슷비슷한 새우 다섯 마리가 나란히 놓여 있었다. 투명한 새우 껍질이 등불 아래서 반짝반짝 빛을 내고 있었다. 새우의 속살은 이미 마얼이 말끔하게 먹어치운 다음이었다. 순간 나머지 두 아가씨도 엉겁결에 소리를 질렀다.

그때 마얼은 그날 저녁 마지막으로 남은 새우 한 마리를 집어 올리고 있었다. 그는 숙이고 있는 머리와 비슷한 높이로 팔을 뻗었다. 그리고 젓가락으로 새우를 집자마자 새우 집게처럼 빠른 동작으로 팔꿈치를 굽혀 자신의 입속으로 떨어뜨렸다.

그제야 그는 머리를 들어 놀란 우리를 침착하게 바라보았다. 입술을 다물자 그의 양쪽 볼이 부풀어올랐다. 그의 입이 십이지장처럼 꿈틀꿈틀 연동운동을 시작했고, 목덜미의 목울대도 빠르게 상하로 움직였다. 오 분쯤 지나자 빵빵하던 두 뺨이 별안간 푹 꺼졌다. 이와 동시에 목울대도 한 번 올라갔다가 그 자리에서 멈추었다. 바로 그때, 새우를 삼키고 있던 것이다. 대단히 품위 있고 조심스러운 모습이었다.

이윽고 목울대가 미끄러져 내려가고 입이 벌어졌다. 우리가 눈을 둥그렇게 뜨고 입을 벌려야 할 때가 온 것이다. 그가 입에서 조금도 부서지지 않은 완전무결한 새우 한 마리를 끄집어내는 모습이 너무도 또렷하게 보였다. 더욱 놀라운 건 살은 이미 다 삼킨 다음이란 사실이었다. 그는 어디 한 군데 부서진 데 없이 살만 쏙 빼먹은 새우를 식탁에 내려놓았다. 이미 먹어치운 다섯 마리 곁에 가지런하게. 그 모습을 보며 세 여자가 연신 소리를 질렀다.

후에, 정확하게 말해 반년 후에 뤼위안은 마얼의 아내가 되었다. 그때 함께 있던 다른 두 여자도 결혼했다. 그들은 우리가 모르는 두 남자한테 시집을 갔다.

뤼위안은 마얼과 결혼한 뒤로 마얼을 우리와 떨어뜨려놓았다. 우리와 함께 밥을 먹으며 식사로 들어가던 마얼은 없어져버렸다. 솔직히 말하면 우리는 마얼이 없는 식탁에 익숙해지지 못했고, 식탁 한쪽에 있던 평행선이 얼마나 흥미로운 건지 그제야 의식하기 시작했다. 마얼의 머리와 식탁의 표면, 둘 사이의 변하지 않는 거리는 부두와 해안 같은 것이었다. 마얼이 창가에 자리 잡고 앉아 있을 때 햇살이 창문으로 들어오면 그의 머리는 식탁 위에서 그의 분신을 맞이했다. 어스름한 그림자가 햇살의 움직임에 따라 서서히 납작한 원형에서 가느다란 선으로 변했다. 그렇게 길고 가느스름한 머리는 그때껏 본 적이 없었다. 만화에서조차도 찾아보기 힘든 그런 괴상한 모양이었다.

언젠가 우리는 어두컴컴한 방 안에 앉아 있었다. 어슬어슬한 전구가 매우 낮게 걸려 있는 방이었다. 나는 일어나다 머리를 전구에 부딪히고 말았다. 정수리가 따끔따끔하고 뜨근뜨끈했다. 전구가 심하게 요동쳤고 마얼 머리의 그림자도 식탁 위에서 굉장히 빠르고 격렬하게 흔들거렸다. 이때 식탁의 그림자는 마얼이 평생 동안 할 수 있을 만큼의 고갯짓을 다 했다.

마얼이 결혼한 뒤로, 궈빈 혼자만 마얼과 이따금씩이나마 연락을 하고 살았다. 그는 해질 무렵이면 회색 바바리를 입고 두 손을 주머니에 찌른 채 이 도시에서 가장 긴 거리를 걸어갔다. 이쪽 끝에서 출발하여 저쪽 끝에 있는 마얼의 집 앞에 도착하면 길쭉한 손가락을 오므려 마얼의 집 대문을 두드렸다.

귀빈이 친구들에게 말했다. 마얼의 신접살림에서는 뤼위안의 분위기만 풍길 뿐이라고. 침실과 거실의 벽은 뤼위안의 인생사로 가득 채워져 있는데, 벽에 걸린 스물세 장의 사진은 생후 한 달부터 현재까지 뤼위안의 역사를 보여준다고. 또 그 가운데 세 장에만 마얼의 미소가 들어 있는데, 매혹적으로 미소 짓는 뤼위안의 얼굴이 그 곁에 머문다고.

"자세히 들여다보지 않으면 마얼은 보이지도 않을 거야."

귀빈은 친구들에게 속속들이 알려주었다. 가구는 흰색을 기조로 한 분홍빛이며, 카펫도 미색이고, 벽도 미색이고, 마얼의 옷도 결혼 후에 산 건 모조리 미색 계통이라고 했다. 귀빈은 이런 게 모두 뤼위안의 취향과 생각에서 나온 거라고 여겼다. 그가 친구들에게 물었다.

"니들, 전에 마얼이 미색 옷 입은 거 봤어?"

"아니."

우리의 대답과 동시에 그가 말을 이었다.

"마얼이 미색 옷을 입으니까 좀 뚱뚱해 보이고 허옇게 보이더라."

귀빈은 마얼의 집이 독신 여자의 거처 같다고 했다. 장식품이 집안에 가득했는데, 책꽂이에서 찬장까지 모두 동물 인형이었다고 했다. 플란넬로 만든 거, 유리로 만든 거, 대나무로 만든 거 등등 없는 게 없다는 것이다. 심지어는 침대 위에도 크고 뚱뚱하고 보송

보송한 곰 인형이 놓여 있다고 했다. 마얼 거라곤 책상 위의 볼펜 조차도 찾아볼 수 없었다고. 베란다에 걸려 있는 아직 덜 마른 그의 옷을 보고서야 그 집에서 그의 실낱 같은 흔적을 발견할 수 있었다고. 마얼의 침대에 놓인 곰 인형 이야기를 할 때 귀빈은 하릴 없이 웃으면서 친구들에게, 그리고 자기 자신에게 물었다.

"뤼위안이 결혼한 뒤에도 곰 인형을 껴안고 잔단 말이지?"

시간이 흐를수록 마얼의 집에 대한 귀빈의 이해는 점차 깊이를 더해갔다. 그는 마얼의 집에서 눈을 감고 반 시간을 돌아다녀도 의자에 부딪히지 않을 수 있다고 허풍을 떨었다. 무슨 물건이 어디에 놓여 있는지 친구들이 호기심을 비치기만 하면 뭐든지 알려줄 수 있었다.

"침대 머리맡에 놓여 있는 작은 탁자에 서랍이 있는데, 그 안에는 두 사람과 관련된 모든 증명서와 그들 부부의 예금통장이 들어 있지. 물론 서랍은 자물쇠로 채워져 있고. 서랍 아래에는 뤼위안의 팬티와 브래지어, 양말과 목도리 같은 게 층층이 개켜 있고……."

마얼의 팬티와 양말, 목도리 같은 건 어디 한곳에 정리되어 있는 게 아니라 겨울 거든 여름 거든 봄가을 거든 할 것 없이 옷 궤짝 속에 엉망으로 쌓여 있다고 했다. 언젠가 귀빈은 마얼이 러닝셔츠를 찾느라 무척 애먹는 모습을 보았다. 폐품 더미에서 폐품 하나를 골라내는 것처럼, 마얼은 머리를 궤짝 안에 처박고 어깨까지 그 속으로 집어넣었다가 반 시간이 지나서야 몸을 다시 밖으로 드러냈다. 손에 팬티 하나를 달랑 들고서. 그는 팬티를 카펫 위에 던져놓고는 자신의 모든 옷가지를 바닥에 쏟아놓았다. 그러자 카펫에 작은 산이 만들어졌다. 그는 그 작은 산 앞에 쪼그리고 앉아 다시 반 시간을 허비하고서야 러닝셔츠를 찾을 수 있었다.

귀빈은 자신이 마얼과 뤼위안의 이상한 관계를 잘 알고 있노라고 했다. 그들의 관계는 우리가 상상할 수 있는 범위를 벗어난다고 했다. 그는 친구들에게 자신의 말이 믿을 만하다는 걸 입증하기 위해 예를 들어 설명하기 시작했다.

그저께 그가 마얼의 집 대문 앞에 도착하여 손을 들고 문을 두드리려 하는데 안에서 우는 소리가 들렸다. 아주 낮고 가는 울음소리가 한동안 계속되어 안쪽에서 눈물 빼는 슬픈 일이 벌어진 모양이라고 생각했다. 그래서 들어 올린 손을 다시 내리고 마얼의 집 대문 앞에서 한참을 기다리고 있었다. 울음소리가 잦아들어 더 이상 들리지 않을 때까지. 그러는 동안 그는 뤼위안이 왜 우는 걸까, 무슨 일이 일어났기에 저렇게 슬퍼하는 걸까, 마얼이 그녀에게 상처를 준 건 아닐까, 이런저런 생각을 해보았다. 하지만 그는 마얼이 그녀에게 호통치는 소리를 듣지 못했다. 말하는 소리조차도 들리지 않았던 것이다.

이윽고 울음소리가 그치고, 한동안 시간이 흘렀다. 귀빈은 뤼위안이 이미 눈물을 닦았을 거라 생각하고 다시 손을 들어 대문을 두드렸다. 문을 열어준 마얼을 보고 귀빈은 깜짝 놀랐다. 마얼의 눈에 눈물이 어른거리고 있었기 때문이다. 뤼위안은 리모컨을 들고 천하태평으로 소파에 기댄 채 텔레비전을 보고 있었다. 그는 그제야 방금 운 사람이 뤼위안이 아니라 마얼이라는 사실을 깨달았다.

"알겠나?"

궈빈은 희미하게 웃으며 친구들에게 묻더니 자기 의자로 가서 편안한 자세로 앉았다.

그날, 그러니까 1996년 6월 30일 오후 마얼이 궈빈의 집으로 찾아왔다. 그의 아내 뤼위안은 그 전날 상하이로 출장을 갔다. 그래서 마얼은 비디오 테이프를 많이 소장하고 있는 궈빈에게서 테이프 몇 개를 빌려와 독신 생활을 좀 멋있게 지내볼까 했던 것이다.

마얼이 왔을 때 궈빈은 마침 낮잠을 자던 중이었다. 그는 팬티를 입고 문 앞으로 가서 문을 열어주었다. 그는 마얼을 보자마자 천천히 하품을 했다. 그러고는 눈물이 그렁그렁 맺힌 눈으로 물었다.

"뤼위안 갔어?"

마얼은 조금 이상했다. 그가 어떻게 뤼위안이 출장 간 걸 아는 걸까. 그래서 궈빈에게 물었다.

"뤼위안이 간 거 어떻게 알아?"

궈빈은 눈에 맺힌 눈물을 닦으며 대꾸했다.

"니가 말해줬잖아."

"내가 언제 너한테 말했어?"

마얼은 도무지 생각이 나지 않았다.

"그럼 뤼위안이 말해줬나."

궈빈은 말하면서 화장실로 갔다. 그는 문을 닫지 않은 채 소변을 보았다. 마얼은 소파에 앉아 화장실에 있는 귀빈을 바라보았다. 귀빈은 또다시 하품을 하더니 한 손으로 눈물을 닦고 다른 손으로 물통의 줄을 잡아당겼다. 쏴르르 물 내려오는 소리가 나면서 귀빈이 화장실에서 나왔다. 그는 마얼이 앉아 있는 소파 앞으로 와서 잠시 주저하는 듯하더니 몸을 돌려 침대에 누웠다. 그렇게 비스듬히 누워서 마얼을 바라보았다.

베란다 한쪽 모퉁이에 비디오 카메라가 걸려 있는 게 보였다. 그는 귀빈에게 물었다.

"저거 누구 카메라야?"

귀빈이 말했다.

"내 거. 한 달 전에 샀어."

마얼은 고개를 끄덕이고 나서 다시 말했다.

"비디오 테이프 몇 개 빌리고 싶은데."

귀빈이 그에게 물었다.

"폭력적인 거? 아니면 애정 영화?"

마얼은 잠시 생각하다 대답했다.

"둘 다."

"니가 가서 골라."

귀빈은 마얼에게 비디오 테이프가 있는 곳을 알려주었다.

"폭력 영화는 책꽂이 셋째, 넷째 칸에 있고, 애정 영화는 다섯째 칸에 있어. 그리고 여섯째 칸 오른편에도 있고."

귀빈은 연신 눈곱을 떼어내고 늘어지게 하품을 하며 말했다.

마얼은 책꽂이 앞으로 가서 눈을 바짝 갖다 대고 자세히 살펴보았다. 셋째, 다섯째 칸에 있는 비디오 테이프를 하나씩 끄집어냈다. 그는 비디오 테이프 두 개를 들고 몸을 돌렸다. 궈빈의 눈이 감겨 있었다. 마얼은 머뭇거리다 나지막하게 말했다.

"두 개 가져간다."

궈빈은 눈을 뜨고 몸을 일으켜 고개를 삐딱하게 한 채로 침대에 앉았다. 마얼은 그에게 말했다.

"자라. 나 갈게."

궈빈의 얼굴에 웃음이 피어났다. 그의 웃는 모습이 점점 괴상해졌다.

"황색 비디오는 보고 싶지 않아?"

마얼의 얼굴에도 웃음이 묻어났다. 순식간에 침대에서 뛰어내린 궈빈은 무릎을 꿇고 앉아 침대 밑에서 상자 하나를 끄집어냈다. 마얼은 상자의 반 정도를 채우고 있는 비디오 테이프를 보았다. 궈빈은 으스대며 그에게 말했다.

"전부 황색 비디오야."

잠시 후 궈빈이 마얼에게 물었다.

"홍콩이나 타이완 거 볼래? 아니면 외국 거 보든지."

"잘 모르겠는데."

마얼이 대답했다.

궈빈은 마얼이 허둥지둥하는 모습을 보고는 일어나 그의 어깨를 두드렸다.

"네가 하나 골라봐. 아무거나 하나 집으면 돼."

마얼은 손 가는 대로 하나를 집었다. 그날 저녁 마얼은 혼자 침대에 누워 눈물이 줄줄 나는 애정 영화를 보고, 이어 모골이 송연해지는 폭력 영화를 보았다. 마지막으로는 황색 비디오를 보기로 작심했다.

그는 열이 나 뜨거워진 비디오 데크에 테이프를 집어넣었다. 그러고는 테이프가 돌아가는 틈을 타 화장실에 다녀왔다. 그가 화장실에서 나오자 테이프는 이미 다 돌아가 자동으로 시작되고 있었다. 모니터에 하얀 반점이 몇 분 동안 반짝이더니 화면이 나왔다. 한 여자가 홀딱 벗고 침대에 누워 있었다. 그녀의 얼굴은 부드러운 베개에 묻혀 있었고, 두 다리는 굽힌 채로 꼬여 있었다. 남자의 팔이 화면의 왼쪽에서 흔들리기 시작했다. 계속해서 팔과 이어진 어깨, 그리고 등짝 전부가 보였다. 마얼은 남자가 침대를 향해 가다 침대 끝에 서는 걸 보았다. 그는 무릎걸음으로 침대에 기어 올라가 여자의 꼬여 있는 다리를 풀고 자기 몸을 포갰다.

마얼은 으음 하는 희미한 소리를 들었다. 남자의 몸이 여자의 몸 위에서 움직이기 시작했다. 마얼은 남자의 들썩거리는 엉덩이를 주시했다. 얼어 죽겠다는 듯이 떨고 있었다. 마얼은 남자가 헐떡거리는 소리를 들었다. 이때 여인의 거친 신음 소리가 연달아 나왔다. 화면에는 계속 아무런 변화가 없었다. 침대 위에서 포개진 채 떨고 있는 두 몸이 가볍게 흐느적거렸다. 이렇게 똑같은 화면이 계속되는 동안 마얼은 그들의 신음 소리를 듣고 있었다.

이윽고 포개진 두 몸이 동작을 멈췄다. 마치 느닷없이 죽어버린 것처럼. 잠시 후 남자가 몸을 뒤집더니 여자의 몸에서 내려왔다. 마얼은 여인이 아양을 떨며 으음 하는 긴 소리를 들었다. 몸을 뒤집어 내려온 남자는 침대 위에 꿇어앉았다. 렌즈를 등진 채 고개를 숙이고 무언가를 하고 있었다.

마얼은 그들의 일이 모두 끝났다는 걸 알 수 있었다. 하지만……. 마얼이 중얼거렸다.

"왜 음악이 없지?"

정말 이상했다.

"황색 비디오에는 음악이 원래 없는 걸까?"

남자가 다시 누웠다. 여자와 어깨를 나란히 하고 누웠다. 두 사람은 다리를 치켜들어 함께 담요를 끌어당겼다. 벌거벗은 두 몸뚱이가 모두 가려졌다.

마얼은 남자가 묻는 소리를 들었다.

"어때?"

여자가 대답했다.

"정말 좋았어."

잠시 침묵하던 남자가 돌연 마얼의 이름을 꺼냈다. 마얼은 깜짝 놀랐다. 마얼은 그의 목소리를 들었다.

"내가 마얼보다 세?"

여자의 목소리도 들었다.

"세고말고."

마얼은 자기가 잘못 들은 게 아닌가 의심했다. 남자는 다시 한 번 그의 이름을 꺼냈다.

"마얼은 어떻게 하는데?"

여자가 남자를 때리며 대답했다.

"지겨워, 자기한테 말했잖아."

그래도 남자는 막무가내였다.

"한 번 더 듣고 싶어."

여자는 웃기 시작했다. 한참을 웃고 나서 말했다.

"그 사람은 조금도 움직이지 않아."

"어떻게 조금도 움직이지 않아?"

"아유, 지겨워."

여자가 웃으며 말했다.

남자는 계속해서 물었다.

"어떻게 조금도 움직이지 않는데?"

"그 사람, 이불 속으로 들어오면 조금도 움직이지 않는다고…….
아이, 정말 지겨워 죽겠네."

여자는 또 손을 들어 남자를 두들겼다.

"개 몸은 어디에 있고?"

남자가 또다시 물었다.

"그 사람은 몸으로 나를 누르기만 해. 조금도 움직이지 않고 나
를 누르는걸. 숨도 못 쉴 지경이라고……. 됐어?"

"개는 조금도 움직이지 않고 너를 얼마 동안 누르고 있어?"

"어떤 때는 길게, 어떤 때는 짧게. 날 누르면서 잠들어버린 적도 여러 번 있어……."

"걔가 잠들어버리면 넌 뭐 해?"

"난 있는 힘껏 몸을 뒤집어 그 사람을 밀어버리지 뭐……. 됐어?"

두 사람은 하하 웃기 시작했다. 한바탕 웃고 난 뒤, 남자가 갑자기 일어나 앉았다. 얼굴을 렌즈와 마주하고서 침대에서 내려왔다.

"우리가 찍은 비디오 보자."

마얼은 걸어오는 남자가 궈빈이라는 걸 확인할 수 있었다. 궈빈의 뒤에 여자가 와서 앉았는데, 마얼의 눈에 들어온 건 뤼위안의 얼굴이었다.

일주일 후, 뤼위안은 집에 돌아와 문을 밀고 들어서면서 베란다 앞 식탁에 앉아 있는 마얼을 보았다. 그는 마침 식사로 들어가고 있었다. 뤼위안은 말할 필요도 없이 두 개의 평행선을 보았다. 김이 모락모락 나는 국수에 마얼의 얼굴이 붉게 익어가고 있었다. 그녀는 핸드백을 소파에 내던지고 말했다.

"가방 들고 와."

마얼은 머리를 들어 그녀에게 잠깐 눈길을 던지고는 계속해서 식사로 들어갔다. 뤼위안은 주방으로 가서 수도꼭지를 틀고 얼굴에 물을 끼얹었다. 그런 다음 손바닥으로 얼굴을 가볍게 톡톡 두들겼다. 그리고 선반에서 세안 로션을 내려 얼굴을 깨끗하게 씻었다. 세수를 마치고 거실로 와보니 마얼은 여전히 조금의 빈틈도 없이 식사로 들어가고 있었다. 그녀는 사방을 살펴보았지만 자신의 가방이 보이지 않았다. 마얼에게 물었다.

"내 가방은?"

마얼은 식사로 들어가느라 여념이 없었다. 이번에는 머리도 한번 들지 않았다. 뤼위안은 짜증스럽게 소리쳤다.

"내 가방!"

마얼은 그래도 대꾸하지 않았다. 뤼위안의 목소리가 느닷없이 커졌다. 그녀는 마얼을 향해 소리를 버럭 질렀다.

"아래층으로 내려가란 말이야!"

마얼은 머리를 들어 올렸다. 식탁의 냅킨 통에서 냅킨 한 장을 뽑아 문화인답게 입술을 닦았다. 그러고 나서 뤼위안에게 물었다.

"너, 왜 내가 조금도 움직이지 않는다고 말했어?"

노기등등한 뤼위안은 마얼의 말을 들을 준비가 되어 있지 않았다. 그녀는 아무런 반응도 하지 않고 여전히 무섭게 소리쳤다.

"내 가방 들고 오라니깐!"

그러나 마얼은 미동도 하지 않은 채 다시 물었다.

"너, 왜 내가 조금도 움직이지 않는다고 했어?"

뤼위안은 비로소 무슨 일이 일어났는지 깨달았다. 그녀는 더 이상 소리 지르지 않고 눈을 똑바로 뜬 채 마얼을 쳐다보았다. 마얼이 냅킨 한 장을 다시 뽑아 문화인답게 이마의 땀을 닦는 게 보였다.

마얼이 조용히 말했다.

"사실, 나도 움직였다고……."

마얼은 잠시 입을 다물었다가 다시 말을 이었다.

"제일 중요한 순간엔 나도 움직였어!"

말을 마친 그는 다시 고개를 숙이고 마지막으로 두 입 남짓 남은 국수로 들어갔다. 뤼위안은 아무 소리도 못하고 침실로 들어갔다. 그녀는 침대에 멍하니 앉아 있었다. 그러다 역시 아무 말 없이 내려가 스스로 가방을 들고 올라왔다.

그러고는 아무 일도 일어나지 않았다. 내 친구 마얼은 비디오 테이프 세 개를 궈빈에게 되돌려주지 않았다. 궈빈도 마얼에게 그 일을 끄집어내지 않았다. 이따금 궈빈은 예전에 하던 대로 회색 바바리를 입고 손을 주머니에 찌른 채 도시의 긴 거리가 끝날 때까지 걸어가 마얼의 집 대문 앞에 도착하면 길쭉한 손가락을 굽혀 대문을 두드렸다.

난 쥐새끼

我膽小如鼠

1

쥐새끼 같은 겁쟁이라는 속담이 있는데, 바로 내 이야기이다. 선생님이 나한테 한 말이다. 초등학교에 다닐 때였다. 어느 가을, 첫 국어 시간이었다는 걸 아직도 기억하고 있다. 우리 선생님은 강단에 서 있었다. 짙은 카키색 중산복에 깨끗한 와이셔츠를 받쳐 입은 차림새였다. 그때 나는 제일 앞줄 가운데쯤에 앉아 얼굴을 들고 선생님을 바라보고 있었다. 선생님 손에는 교과서가 들려 있었고 손가락에는 붉은색, 흰색, 노란색 분필 가루가 잔뜩 묻어 있었다. 그는 교과서를 읽는 중이었는데 얼굴과 손, 손에 든 책이 모두 나보다 위쪽에 있었기 때문에 내 얼굴로 끊임없이 침이 쏟아졌다. 나는 연신 그의 침을 닦아낼 수밖에 없었다. 그가 자신의 침이 내 얼굴에 떨어지고 있다는 걸 의식하는 순간, 그리고 그의 마지막 침이 날아오는 찰나, 나는 겁에 질려 눈을 찔끔 감았다. 그는 읽기를 멈추고 교과서를 내려놓았다. 강단을 한 바퀴 획 돌고서 내 앞으로 다가왔다. 그러더니 분필 가루가 잔뜩 묻은 오른손을 뻗어 세수를 해주듯 내 얼굴을 닦아주었다. 그러고는 다시 몸을 돌려 교탁에 놓인 교과서를 집어들고 교실을 왔다 갔다 하며 책을 읽기 시작했다. 침은 말끔하게 지워졌지만 내 얼굴에는 그 대신 붉고 희고 노란 분필 가루가 잔뜩 묻었다. 히히, 시시, 꺼억꺼억, 하하, 웃음소리가 교실 안에 울려퍼졌다. 모두 내 얼굴이 나비처럼 알록달록해졌기 때문이었다.

마침 우리 선생님은 '쥐새끼 같은 겁쟁이'라는 대목을 읽고 있었다. 그는 들고 있던 교과서를 자신의 대퇴부 쪽으로 내려놓고 말했다.

"쥐새끼 같은 겁쟁이가 뭘 두고 하는 말이냐면, 바로 담이 쥐새끼처럼 작다는 뜻인데…… 이건 속담으로…….

선생님은 말을 멈춘 뒤에도 계속 입을 벌리고 있었다. 무슨 말인가를 찾고 있는 모양이었다.

"예를 들어…….

그의 눈이 교실 안을 이리저리 쓸고 지나갔다. 그는 지금 적절한 비유를 찾고 있는 거다. 우리 선생님이 가장 좋아하는 게 바로 비유다. 그는 '생기발랄하다'라는 말을 할 때면 뤼첸진을 일으켜세운다.

"예를 들어, 뤼첸진은 생기발랄하다 할 수 있지. 엉덩이에 언제나 지푸라기가 묻어 있어 제대로 앉지도 못할 정도니 말이야."

'입술이 없으면 이가 시리다'라는 말을 할 때면 자오칭을 일으켜
세운다.

"예를 들어, 자오칭이 왜 이렇게 고생스럽냐 하면 아버지가 일찍
죽었기 때문이지. 아버지가 입술인데, 입술이 없으니 이가 떨리는
게 당연하지."

우리 선생님은 늘 이런 비유를 좋아했다.

"예를 들어 쑹하이는……. 예를 들어 팡다웨이는……. 예를 들
어 린리리는……. 예를 들어 후창은……. 예를 들어 류지성
은……. 예를 들어 쉬하오는……. 예를 들어 쑨훙메이는……."

이번에 그는 나를 찍었다.

"양가오."

내 이름을 듣고 나는 벌떡 일어섰다. 우리 선생님은 한동안 나를
쳐다보더니 손을 휘저으며 말했다.

"앉아."

나는 도로 앉았다. 우리 선생님은 교탁을 두드리며 말했다.

"호랑이 무서워하는 학생 손들어."

교실 안에 있던 학생 모두가 손을 들었다. 선생님은 우리를 쭉
훑어보더니 손을 내리라고 했다.

우리는 모두 손을 내렸고 선생님은 말을 바꾸었다.

"개 무서워하는 학생 손들어."

나는 손을 올렸다. 히히, 웃음소리가 들렸다. 여학생은 모두 손

을 들고 있었지만 남학생 중에서 손을 든 사람은 한 명도 없었다.

"내려."

나는 여학생들과 같이 손을 내렸고 선생님은 또다시 말을 바꾸었다.

"거위 무서워하는 학생 손들어."

나는 또다시 손을 들었다. 와글와글거리는 웃음소리를 듣고서야 이번에는 손을 든 사람이 나 혼자밖에 없다는 걸 알게 되었다. 학생 모두가 찢어져라 입을 벌린 채 웃고 있었다. 우리 선생님만 웃지 않았다. 그가 힘껏 교탁을 내리치자 웃음소리가 잦아들었다. 그의 눈은 앞쪽을 보고 있었다. 그는 나를 보고 있지 않았다.

"내려."

나 혼자 손을 내렸다. 내가 손을 내린 다음에야 그의 눈동자는 나를 응시했다.

"양가오."

나는 일어서서 그가 내뻗은 손을 보았다. 그의 손가락은 나를 향하고 있었다.

"예를 들어, 양가오는 거위조차도 무서워하니……."

선생님은 여기서 멈추더니 갑자기 큰소리로 말했다.

"쥐새끼 같은 겁쟁이라는 말은 바로 양가오……."

2

나는 확실히 쥐새끼처럼 간이 조그마한 겁쟁이다. 감히 물가에 얼씬거리지도 못하고 나무에 올라타지도 못한다. 아버지가 생전에 늘 이렇게 말했기 때문이다.

"양가오, 학교 운동장에 가 놀든지, 길거리에 나가 놀든지, 친구 집에 가서 놀든지, 아무 데나 가도 좋아. 하지만 물가로 가거나 나무 타는 건 절대 안 돼. 물에 빠지면 익사할지도 모르고, 나무에서 떨어지면 죽을 수도 있어."

나는 여름 햇살 아래 가만히 서 있거나 친구들을 멀리서 바라보는 것밖에 달리 할 수 있는 일이 없었다. 뤼첸진을 바라보고, 자오칭을 바라보고, 쑹하이를, 팡다웨이를, 후창을, 류지성을, 쉬하오를 바라보고. 언제나 그들이 강물에서 노는 모습을 지켜보았다. 기름기가 잘잘 흐르는 까만 머리카락과 하얗고 윤기 나는 엉덩이가 보였다. 하나하나 물속으로 첨벙첨벙 뛰어 들어갔고, 하나하나 물속에서 엉덩이를 불쑥불쑥 드러냈다. 그들은 이 놀이를 '호박 팔기'라고 불렀다. 그들은 물속에서 나에게 소리쳤다.

"양가오, 빨랑 들어와! 양가오, 빨리 호박 팔어!"

나는 고개를 저으며 말했다.

"빠져 죽을지도 몰라."

"양가오, 린리리와 쑨훙메이도 못 봤어? 계집애들도 모두 들어오는데 말이야. 넌 남자잖아."

나도 물론 린리리와 쑨훙메이를 봤다. 꽃무늬 팬티에 꽃무늬 러닝셔츠를 입고 있었다. 그 애들도 물속으로 뛰어 들어갔지만, 나는 고집스럽게 고개를 흔들며 말했다.

"빠져 죽을지도 몰라!"

그들은 내가 물속에 들어가지 않으리라는 걸 알고는 나무에 올라타게 하려고 했다.

"양가오. 물에 들어오지 않을 거라면 나무라도 타는 게 어때?"

"난 나무 타기 못해."

"우린 다 할 수 있는데, 왜 너만 유독 못해?"

"나무에서 떨어지면 죽을 수도 있어."

그들은 물속에서 한 줄로 죽 늘어섰다. 그러자 뤼첸진이 말했다.

"하나, 둘, 셋, 질러!"

그들은 일제히 고함을 질렀다.

"쥐새끼 같은 겁쟁이가 누구게?"

나는 가만히 대답했다.

"나."

뤼첸진이 나에게 소리쳤다.

"안 들려."

나는 목소리를 높여 다시 대답했다.

"그건 나라구."

그들은 내 목소리를 듣고 나서야 대열을 무너뜨리고 물속으로 다시 들어갔다. 강물은 다시 통통 튀기 시작했다. 나는 나무 그늘 아래 앉아 그들이 물속에서 희희낙락하는 모습을 물끄러미 쳐다보았다. 그들은 하얗고 윤기 나는 엉덩이 호박을 팔고 있었다.

나는 고지식한 사람이다. 내가 하는 말이 아니라 어머니가 한 말이다. 어머니는 언제나 사람들에게 자식 자랑을 늘어놓았다.

"우리 집 양가오는 정말 고지식해. 말 잘 듣지, 부지런하지. 시키는 대로 뭐든지 척척 한다구. 이때껏 밖에 나가 사고 한 번 친 적 없다니까. 싸운 적도 없고, 욕하는 소리도 아직 못 들어봤어."

어머니 말이 맞다. 나는 이제까지 욕해본 적도 없고 싸워본 적도 없다. 사람들이 소매를 팔뚝까지 걷어붙이고 바지를 무릎 위로 말아올린 뒤 나를 가로막고 서서 손가락으로 내 코를 찌르고 얼굴에 침을 뱉으며 "양가오, 우리랑 싸울래?" 해도 나는 이렇게 말한다.

"감히 니들이랑 어떻게 싸워."

"그러면……."

그들은 말한다.

"우리한테 욕할 거야 안 할 거야?"

"어떻게 욕을 해."

"그렇다면……."

그들은 말한다.

"우리가 너한테 욕해주지. 잘 들어, 이 개새끼야! 개새끼! 개새끼! 개새끼! 개새끼! 개새끼! 개새끼에다가 쌍놈의 새끼!"

린리리와 쑨훙메이는 여자다. 여잔데도 나를 가만 내버려두지 않았다. 한번은 다른 여자 애들이 이 두 여자 애한테 말하는 소리를 들었다.

"니들 둘 말이야, 우리 여자를 못살게 굴 게 아니라 진짜 힘이 있다면 남자랑 싸워야 되는 거 아니야?"

린리리와 쑨훙메이는 얼굴을 붉히면서 말했다.

"우리가 언제 안 한다고 그랬어?"

그러고는 내 쪽으로 걸어왔다. 하나는 앞에 하나는 뒤에 섰다.

"양가오, 우린 남자랑 싸우고 싶은데 말이야, 너랑 한번 싸워보지 뭐. 우리는 이 대 일로 싸우고 싶진 않아. 일 대 일 어때? 우린 린리리, 쑨훙메이 이렇게 두 사람이니까 니가 둘 중 하나 마음대로 골라."

나는 고개를 저으면서 말했다.

"안 고를 거야. 니들과 싸우지 않아."

그 상황에서 빨리 벗어나고 싶었지만 린리리는 나를 제지했다.

"말해. 우리와 싸우고 싶지 않은 거야, 아니면 감히 못 싸우는 거야?"

"내가 어떻게 감히 니들이랑 싸워?"

그래서 린리리는 나를 놓아주었지만, 이번에는 쑨훙메이가 붙잡았다. 그녀는 린리리에게 말했다.

"이렇게 놔줄 순 없어. 쥐새끼 같은 겁쟁이라고 말하게 해."

린리리가 나에게 물었다.

"쥐새끼 같은 겁쟁이라는 속담 있잖아? 누구 이야기지?"

"내 이야기야."

3

아버지는 생전에 자주 어머니에게 이렇게 말했다.

"양가오 이 녀석은 담이 너무 작아서 탈이야. 여섯 살이 돼서도 다른 사람과 말하려 하지 않더니, 여덟 살이 돼서도 잠도 혼자 못 자고, 열 살이나 먹어도 다리 난간 쪽으로는 가지도 못해. 이제 벌써 열두 살이나 처먹었는데도 거위를 무서워하다니……."

아버지 말은 틀린 게 없다. 거위를 보면 두 다리가 마구 떨린다. 제일 무서운 건 거위들이 떼거리로 달려드는 것이다. 목을 쭉 빼고 날개를 편 채 나한테로 돌진해 오면 있는 힘껏 내빼는 수밖에 없다. 그렇게 내빼다 뤼첸진의 집 대문 앞을 지나고, 또 쑹하이의 집 대문 앞을 지나고, 팡다웨이의 집과 린리리의 집을 지날 때까지 거위들은 찢어지는 소리를 내며 나를 쫓아온다. 한번은 꽥꽥거리며, 양자농(거리 이름)을 지나고 제팡(거리 이름)을 지나 학교까지 계속 따라왔다. 나는 운동장을 가로질러 갔다. 많은 사람들이 나를 둘러쌌다. 뤼첸진 패거리가 나한테 소리쳤다.

"양가오, 발로 차버려!"

나는 몸을 돌려 가운데 있는 거위를 겨냥해 힘없이 발길질을 해 보았다. 그러자 거위 떼는 흉칙한 소리를 내며 무섭게 돌진해 왔다. 나는 재빨리 몸을 돌려 앞으로 걸어갔다.

뤼첸진 패거리가 소리쳤다.

"뻥 차버리라구! 양가오, 차!"

나는 걸음을 재촉하며 고개를 잽싸게 돌려 말했다.

"내가 발로 차도 무서워하지 않는걸."

뤼첸진 패거리가 다시 소리 질렀다.

"돌을 던져!"

"돌이 없는걸."

그들은 하하 웃으며 말했다.

"그렇다면 빨리 도망가!"

나는 연신 고개를 저으며 말했다.

"도망 못 가겠어. 내가 한 발짝이라도 도망가면 너희가 비웃을 거잖아."

그들이 또 소리쳤다.

"우린 벌써부터 웃고 있는데?"

그들을 자세히 살펴보았다. 입술이 모두 둥그렇게 벌어져 있었고, 눈은 다 감겨 있었다. 그들은 몸을 비틀어대면서 하하하하 웃었다. 그 말이 맞는 것 같았다. 그들은 벌써부터 나를 비웃고 있었다. 그래서 두 발을 힘차게 내딛으며 도망가기 시작했다.

나중에 어머니가 말했다.

"일이 뭔가 잘못됐다면 오리 눈을 탓할 수밖에……. 오리 눈엔 뭐든지 원래보다 작게 보여. 그래서 오리가 그렇게 대담한 거야."

어머니는 덧붙여 말했다.

"오리 눈으로 보면 우리 집 대문도 조그만 틈새로밖에 안 보일 거야. 우리 집 창문은 바짓가랑이 폭 정도나 될까 몰라. 우리 집은 오리 둥지만 할 거고……."

그렇다면 난? 밤에 혼자 침대에 누워 있을 때면 내가 오리 눈에 얼마만 해 보일까 궁금증이 일었다. 기껏해야 오리만 하겠지.

4

어릴 때, 사람들이 내 담이 작다고 말하는 소리를 자주 들었다. 내가 말하는 사람들이란 뤼첸진의 어머니와 쑹하이의 어머니, 그리고 린리리의 어머니와 팡다웨이의 어머니이다. 그들은 여름날이면 나무 그늘에 앉아 다른 사람들에 관해 이러쿵저러쿵했다. 그들이 재잘거리는 소리는 나무에 앉아 있는 매미 소리보다 시끄러웠다. 그들은 이야기를 하다 보면 결국은 내 이야기에 이르렀다. 내가 용기가 없어 저지른 수많은 일들에 대해 입방아를 찧기 시작했다. 한번은 아버지 이야기를 했는데, 아버지도 나처럼 간이 작다고 했다.

이 말을 들은 나는 괴로운 마음에 혼자 문지방에 앉아 있었다. 전에는 모르던 이야기였던 것이다. 그들은 아버지가 세상에서 차를 가장 천천히 모는 운전사라고 했다. 아버지의 차를 타고 싶어 하는 사람은 아무도 없다고, 다른 운전사는 세 시간이면 도착할 길을 아버지는 다섯 시간이 걸려도 도착하지 못한다고 했다. 왜냐? 아버지가 담이 작아서라고 했다. 차를 빨리 운전하는 걸 두려워한다는 것이다. 뭘 두려워하냐고? 교통사고로 죽을까 봐.

뤼첸진 패거리가 나 혼자 문지방에 앉아 있는 걸 보고는 내 앞으로 다가왔다. 그들이 웃으면서 말했다.

"니네 아버진 담이 작다며? 너처럼 말이야. 니가 담이 작은 게 유전이라는 얘긴데, 아버지가 물려준 거라면 니네 아버진 니네 할아버지한테 물려받은 거고, 니네 할아버진 할아버지의 할아버지한테 물려받은 거고……."

그들은 단번에 나의 십 대 조상까지 들먹거렸다.

"니네 아버지 눈감고 운전할 수 있어?"

나는 고개를 저었다.

"몰라. 물어본 적 없어."

뤼첸진은 자기 아버지가 단번에 요크셔 한 마리를 삼킬 수 있다고 말했다. 뤼첸진의 아버지는 돼지 잡는 사람이다.

"너 눈 똑똑히 뜨고 봐. 우리 아버진 요크셔보다 튼튼하잖아."

쑹하이의 아버지는 외과 의사이다. 쑹하이는 아버지가 자주 자기 몸을 수술한다고 했다.

"한밤중에 일어나 보면 아버지가 식탁 옆에 앉아 머리를 숙이고 있어. 입에는 손전등을 물고 말이야. 손전등으로 배를 비추면서 자기 배를 꿰매고 있는 거지."

또 팡다웨이의 아버지도 있다. 팡다웨이는 자기 아버지가 한 주먹으로 벽을 뚫을 수 있다고 했다. 류지성의 아버지는 살이 거의 없을 정도로 빼빼 말라서 일 년에 절반은 병원에 누워지낸다. 하지만 류지성은 그가 쇠못을 이빨로 끊을 수 있다고 말했다.

"그러면 니네 아버진?"

그들은 나에게 물었다.

"니네 아버진 무슨 재주가 있어? 눈감고 운전할 수 있어?"

나는 여전히 고개를 저었다.

"몰라."

그들은 곧바로 말을 받았다.

"빨리 가서 니네 아버지한테 물어봐."

그들이 떠난 뒤에도 나는 문지방에 오도카니 앉아 있었다. 아버지가 오길 기다렸다. 해질 무렵 어머니가 먼저 돌아왔다. 내가 문지방에 멍하니 앉아 있는 걸 보고 어머니가 물었다.

"양가오, 뭐 하니?"

"여기 앉아 있잖아요."

"네가 문지방에 앉아 있는 건 나도 알아. 거기 앉아서 뭐 하고 있냐고?"

"아버지가 오시길 기다려요."

어머니는 저녁 준비를 했다. 물통에서 물을 퍼내 쌀을 씻으며 말했다.

"양가오, 이리 와서 채소 좀 씻어줄래?"

나는 안으로 들어가지 않고 그대로 문지방에 앉아 있었다. 어머니가 여러 차례 불렀지만 그냥 문지방에 앉아 있었다. 깜깜해진 뒤에 아버지가 돌아올 때까지. 느릿느릿한 아버지의 발걸음 소리가 깜깜한 길에서 들려왔다. 모퉁이를 도는 아버지가 보였다. 손에는 다 낡아빠진 가죽 가방이 들려 있었다. 아버지는 자신의 검은 그림자를 내 앞으로 옮겨왔다. 집 안의 등불이 새어 나와 아버지의 발을 비추었다. 등불이 발에서 빠르게 올라가 가슴을 비출 즈음 발걸음이 멈췄다. 나를 내려다보며 아버지가 물었다. 머리는 아직도 어둠 속에 있었다.

"양가오, 여기서 뭐 하니?"

"아버지 기다렸어요."

나는 일어나 아버지와 함께 집 안으로 들어갔다. 아버지는 의자에 앉아 오른쪽 팔뚝을 식탁에 올리고 나를 쳐다보았다. 그제야 나는 입을 열었다.

"아버진 눈감고 운전할 수 있어요?"

아버지는 웃음을 터뜨리면서 말했다.

"눈감곤 운전 못하지."

"왜요?"

내가 또 물었다.

"아버진 왜 눈감고 운전 못하세요?"

"눈감고 운전하면 말이다……."

아버지는 또 웃으면서 말했다.

"교통사고가 나서 죽을 수도 있거든."

5

어머니 말이 맞다. 나는 고지식한 사람이다. 나는 지금 좋은 직업을 가지고 있다. 기계 공장의 청소부다. 뤼첸진과 같은 공장, 같은 작업장에서 일한다. 그는 조립공이다. 온 손이 기름투성이고 옷도 마찬가지지만 그는 대단히 만족스러워한다. 그는 자신이 하는 건 기술적인 일이라며 내 일을 우습게 안다. 내 일은 기술적인 일이 아니라는 거다. 내 일에 특별한 기술이 필요없는 건 분명한 사실이다. 빗자루를 들고 작업장의 콘크리트 바닥을 깨끗하게 쓸기만 하면 그만이다. 나는 기술이 없다. 하지만 손이나 옷에 기름 따윈 묻히지 않는다. 반면에 뤼첸진의 손가락은 거무끄름하다. 입사한 뒤로 뤼첸진의 손가락은 언제나 그렇게 거무끄름했다.

사실 공장에 막 들어왔을 때는 뤼첸진이 청소부였고 내가 조립공이었다. 뤼첸진은 청소부 노릇 하기를 싫어했다. 그래서 줄칼을 들고 공장장을 찾아갔다. 줄칼을 공장장의 책상 틈새로 밀어 넣으며 청소부 노릇은 하기 싫으니 다른 일로 바꿔달라고 으름장을 놓았다. 그래서 나와 뤼첸진의 일이 뒤바뀌어 그가 조립공이 되고 내가 청소부가 되었다. 뤼첸진은 조립공이 된 뒤 그 줄칼을 나에게 주었다. 공장장의 책상 틈으로 줄칼을 밀어 넣어보라고 했다. 내가 그에게 물었다.

"왜?"

"줄칼을 한 번만 사용하면 너도 청소부 같은 건 안 해도 돼."

나는 거푸 그에게 물었다.

"왜 나더러 청소부 못하게 해?"

"이런 제기랄, 정말 바보 아냐?"

그가 목소리를 높여 말했다.

"청소부가 가장 천한 직업이라는 것도 모른단 말이야?"

내가 대답했다.

"알아. 너희 모두 청소부는 하고 싶어 하지 않는다는 것도 알고."

그는 나를 밀어내며 말했다.

"알면 실천해. 어서 가봐."

그는 나를 작업장 밖으로 밀어냈다. 나는 앞쪽으로 몇 발자국 옮기다가 작업장으로 되돌아갔다. 뤼첸진이 나를 가로막았다.

"왜 또 돌아왔어?"

"줄칼을 공장장 책상 틈으로 밀어 넣었는데도 공장장이 계속 청소부 하라고 하면 어떡해?"

"그럴 리 없어."

뤼첸진이 말했다.

"니가 줄칼을 이렇게 쑥 밀어 넣기만 하면 공장장도 무서워할 거야. 널 다시 조립공으로 되돌려놓을 거야."

나는 고개를 저었다.

"공장장이 그렇게 금방 날 무서워할 리 없어."

"어째서?"

뤼첸진은 두 손으로 나를 마구 밀어냈다.

"나도 그 사람을 잔뜩 겁 먹게 했잖아."

"공장장은 널 무서워하지."

나는 잠시 뜸을 들이고 말했다.

"하지만 날 무서워하진 않을 거야."

뤼첸진은 나를 찬찬히 살펴보더니 두 손을 거두어들였다.

"니 말도 맞네. 공장장이 널 무서워할 리가 없지. 제기랄, 누가 널 무서워하겠어? 너 같은 재수 없는 놈은 태어나면서부터 청소가 팔자다."

뤼첸진 말도 맞다. 나는 청소할 팔자를 가지고 태어났다. 나는 청소하는 걸 좋아한다. 우리 작업장이 말끔하게 청소되어 있으면 기분이 좋아진다. 빗자루를 들고 작업장 이곳저곳을 청소하면 기분이 좋다. 앉아서 쉬는 시간에도 빗자루를 안고 있는 게 좋다. 작업장에 있는 사람들은 나에게 이렇게 말하곤 했다.

"양가오, 빗자루를 안고 있는 폼이 꼭 여자 안은 것 같네."

사람들이 비웃어도 난 개의치 않는다. 새삼스러울 게 없다. 언제나 그렇게 비웃기 때문이다. 정말 알 수 없는 일이다. 그들은 왜 날 비웃는 게 좋은지 모르겠다. 청소를 할 때도 하하 웃고, 길을 걸을 때도 손가락질하며 하하 웃는다. 일찍 출근해도 비웃고 늦게 퇴근해도 비웃는다. 사실 나는 출퇴근 시간이 늘 정확하다. 공장에서 정해준 시간에 맞추는데도 나는 비웃음을 당한다. 그들은 언제나 늦게 출근하고 일찍 퇴근하기 때문이다. 한번은 뤼첸진이 나한테 말했다.

"양가오, 남들은 다 늦게 출근하고 일찍 퇴근하는데, 넌 왜 정시에 출퇴근하는 거냐?"

"왜냐면 난 고지식한 사람이니까."

뤼첸진은 나를 보며 고개를 저었다.

"넌 담이 너무 작아."

내 생각에 나는 담이 작지 않다. 그저 이 일을 좋아할 뿐이다. 뤼첸진은 자신의 일을 좋아하지 않는다. 줄칼로 바꾼, 기술을 요구하는 조립 일도 좋아하지 않는다. 그래서 매일 아주 늦게야 출근한다. 아주 늦을 뿐만 아니라 낡아빠진 돗자리를 작업장 모퉁이에 가져다놓고 잠을 자기 일쑤다. 어느 때는 쑹하이와 팡다웨이가 와서 놀기도 한다. 그들은 근무 시간인데도 몰래 빠져나온다. 하루는 뤼첸진이 돗자리에서 코를 갈갈거리며 자는 모습을 보고 그들이 소리를 질러 깨웠다.

"이 씹새끼, 정말 늘어졌네. 근무 시간에 잠을 다 잔단 말이야? 아예 집에서 침대를 옮겨와라."

그때 뤼첸진이 눈을 비비고 일어나 헤실헤실 웃으며 말했다.

"니들 오늘 출근 안 했어?"

그들도 웃으며 말했다.

"출근했지. 그런데 슬금슬금 빠져나왔다 이거지."

뤼첸진이 소리쳤다.

"그럼 뭐가 달라 이 씹새끼야. 니네도 한가한 건 마찬가지구만."

그들은 나더러 그쪽으로 오라고 했다.

"양가오, 우린 니가 청소하는 모습 외에는 본 적이 없다. 넌 도대체 언제 뤼첸진처럼 돗자리에서 잠 한번 자볼래?"

나는 고개를 저었다.

"난 안 자."

"왜?"

빗자루를 껴안으며 말했다.

"난 이 일이 좋은걸."

그들은 내 말을 듣더니 하하하하 한바탕 웃음을 터뜨렸다. 정말 이상하게 여기는 모양이었다.

"세상에, 청소를 좋아하는 사람도 있다니."

나는 내가 전혀 이상하지 않다. 그냥 작업장을 깨끗하게 청소하는 게 좋아서 작업장에 있는 모든 기계를 말끔하게 닦아놓는 것이다. 우리 작업장은 내가 있기 때문에 공장에서 제일 깨끗한 작업장이 되었다. 다른 작업장 사람들이 하나같이 나를 데려가려 하지만 우리 작업장 사람들이 동의하지 않는다. 공장에 있는 모든 사람이 이 일을 알고 있을 뿐더러 공장 바깥 사람들도 알고 있다. 옛 동창인 린리리와 쑨훙메이조차도 안다. 언젠가 그들이 나한테 말했다.

"양가오, 네가 너희 공장에서 일을 제일로 열심히 하는 사람이라며? 그런데 봉급을 올리거나 집을 분배할 때는 너한테 안 돌아온다며? 뤼첸진 좀 봐라. 출근해서 잠만 자면서도 봉급이 오를 때면 오르고, 집을 분배할 때는 분배받고. 걘 아무 일도 안 하면서 좋은 건 다 독차지하잖아······."

"난 뤼첸진이랑 달라. 뤼첸진은 수완 있는 사람인걸. 난 그렇게 못해. 난 아무런 수완도 없거든."

"뤼첸진이 무슨 수완이 있겠어? 칼 들고 공장장을 을러댄 것밖에 없잖아."

그들의 말은 옳지 않다. 뤼첸진은 칼로 우리 공장장을 위협한 적이 없다. 공장에 입사할 때 줄칼을 들었던 걸 빼면 나중에는 아무것도 들지 않았다. 그는 공장에서 노동자 몇 명에게 봉급을 올려준다는 소문을 듣고 빈손으로 공장장을 찾아갔다. 그는 공장장의 사무실로 출근했다. 더 이상 우리 작업장으로 출근하지 않았다. 매일 공장장의 사무실에 들어가 공장장의 의자에 앉아 공장장의 차를 마시고 공장장의 담배를 피우면서 공장장과 끝도 없는 대화를 나누었다. 드디어 어느 날, 공장장이 그에게 말했다.

"뤼첸진, 이번 봉급 승급자 명단이 내려왔네. 물론 자네 이름도 있지."

뤼첸진은 다시 우리 작업장으로 출근했다. 뤼첸진이 돌아온 뒤부터 작업장 모퉁이의 낡은 돗자리가 빌 날이 없다. 온종일 누군가가 누워서 잠을 잤다.

뤼첸진의 봉급이 또다시 올랐다. 하지만 나의 봉급은 여전히 조금도 변동이 없다. 뤼첸진이 나를 교육하기 시작했다.

"양가오, 생각 좀 해봐라. 입사할 때 우리 둘은 봉급이 똑같았잖아. 그런데 요 몇 년 동안 난 날마다 잠만 자고 넌 날마다 일만 하는데 내 봉급이 너보다 많잖아. 왜 그런지 아냐?"

"왜 그렇지?"

"이걸 두고 굶어 죽는 건 담이 작은 놈이고, 배 터져 죽는 건 담이 큰 놈이라고 말하는 거지."

나는 그의 말에 동의하지 않았다.

"내가 공장장을 찾아가지 않은 건 내가 소심해서가 아니야. 내가 받는 봉급으로도 충분하거든. 네 봉급보다 적다는 게 신경 쓰이지 않아."

뤼첸진은 나의 좋은 친구이다. 그는 언제나 나를 염두에 두고 있다. 공장 안에 아파트를 새로 지었을 때의 일이다.

"양가오, 너 봤어? 아파트가 드디어 완공됐어. 빌어먹을, 삼 년이나 걸리다니. 양가오, 공장장을 찾아가면 우리한테 새 집을 분배해줄 거야. 명심해야 돼. 이번에 분배하고 나면 십 년 안에는 다시 아파트 지을 일이 없어. 그러니까 목숨을 걸어서라도 집을 챙겨야 해."

"어떻게 목숨을 걸어?"

"오늘부터 난 공장장 집에 가서 잘 거야."

뤼첸진은 말을 뱉으면 그렇게 하는 사람이다. 날이 어두워지자 그는 이불을 안고 히히 웃으며 공장장의 집으로 갔다. 뤼첸진은 공장장의 집에서 겨우 사흘 밤을 잤을 뿐인데, 새 집 열쇠를 수중에 넣었다. 그는 열쇠를 내 눈앞에서 요리조리 흔들었다.

"봤어? 이걸 열쇠라고 하는 거야. 새 집 열쇠."

나는 뤼첸진의 열쇠를 받아 자세히 살펴보았다. 진짜로 새 열쇠였다. 내가 그에게 물었다.

"네가 이불 들고 공장장 집에 가니까 공장장이 뭐라 그러든?"

"공장장이 뭐라 그랬냐고?"

뤼첸진은 잠시 생각하더니 고개를 저으며 말했다.

"그자가 뭐라 했는지는 다 잊어버렸어. 내가 그자한테 한 말은 기억하고 있지. 우리 집이 너무 작아서 잘 데가 없다고. 그래서 당신 집에 자러 왔다고……."

나는 그의 말을 자르며 말했다.

"너희 집은 다른 사람들 집보다 훨씬 크잖아. 어째서 잘 데가 없다는 거야?"

"이걸 수완이라고 하는 거야."

뤼첸진이 설명했다.

"그렇게 말한 건 공장장한테 호소하기 위해서지. 만약 그자가 새집을 주지 않으면 그 집에서 계속 살려고 했어. 실은 그자도 우리집이 크다는 걸 다 알고 있으면서도 나한테 열쇠를 준 거라구."

뤼첸진은 호흡을 고르고 나서 다시 말했다.

"양가오, 너한테 한 가지 방법을 알려주지. 오늘부터 작업장 쓰레기를 모두 공장장 집 대문 앞에 가져다놓는 거야. 사흘도 못 가서 공장장은 니 손에 새 열쇠를 쥐어줄걸."

그러면서 그는 자기 열쇠를 내 코앞으로 가져왔다.

"이거랑 똑같은 새 열쇠를 말이야."

나는 고개를 저었다.

"우리 집은 크진 않지만 어머니랑 둘이 살기에는 넓은 편이야. 새 집 갖고 싶은 생각 같은 건 없어."

내 말에 뤼첸진은 헤실헤실 웃으며 내 어깨를 툭툭 두드렸다.

"넌 확실히 담이 작아. 니네 아버지랑 똑같이."

6

그들은 하나같이 우리 아버지가 담이 작다고 말한다. 우리 아버지는 다른 사람한테 화를 내본 적이 없다. 심지어 큰 소리로 말하지도 못한다. 사람들이 손가락으로 아버지 콧등을 찔러도 좋고, 가슴을 움켜쥐어도 좋고, 욕을 해도 좋단다. 아버지는 그때마다 한마디도 맞받아치지 못했다. 그들은 아버지가 누굴 만나도 머리를 숙이고 굽실거린다고 했다. 설령 빌어먹는 거지를 만나더라도 미소를 지어 보인다고 했다. 만일 다른 사람이라면 문 앞에서 발길질을 했을 테지만, 아버지는 그에게 먹을 것 마실 것을 갖다 바칠 뿐만 아니라 활짝 미소까지 짓는다고 했다. 그들은 아버지가 담이 작아서 생긴 일들을 무수하게 늘어놓다가 마지막에 가서는 아버지가 담배도 술도 안 한다는 사실까지 걸고 넘어졌다.

하지만 그들은 아버지가 트럭에 앉아 있을 때 얼마나 우쭐해하는지 몰랐다. 아버지가 제팡(차의 종류)이 세워진 데로 걸어갈 때는 발걸음 소리가 보통 때보다 훨씬 크게 울린다. 팔도 보통 때보다 훨씬 크게 흔든다. 차 문을 열고 안으로 들어가 앉아 느릿느릿 하얀 비단 장갑을 낀다. 그런 다음 장갑 낀 손을 핸들에 올려놓고 액셀을 밟으면 아버지의 제팡이 움직이기 시작한다.

그들은 아버지가 다른 사람을 욕해본 적이 없다고 했다. 자기 마누라나 아들 녀석한테도 욕 한 번 못한다고 했다. 틀린 말이 아니다. 아버지는 어머니에게나 나에게나 한 번도 욕을 한 적이 없다. 하지만 아버지는 트럭을 타고 속도를 내며 운전할 때는 머리를 창밖으로 쑥 빼낸 다음 걸어가는 사람들에게 소리를 질렀다.

"이게 죽으려고 환장했나!"

언젠가 나는 아버지 옆자리에 앉아 나뭇잎과 나뭇가지가 차창을 스치며 지나가는 모습을 바라보았다. 앞쪽으로 보이는, 햇볕이 내리쬐는 도로가 아찔아찔하게 지나가는 모습을 보고 있었다. 도로 양편에 출몰하는 행인들은 모두 내 아래쪽에 있었다. 그들 가운데 한 사람이 무단횡단을 하려고 눈치를 보고 있었다. 아버지가 얼른 소리쳤다.

"이게 죽으려고 환장했나!"

아버지는 소리치고 나서 고개를 돌려 나를 힐끗 쳐다보았다. 아버지의 눈이 반짝반짝 빛을 내고 있었다. 아버지는 우쭐해하며 말했다.

"양가오, 잘 봐둬라. 다음엔 니가 소리쳐."

나는 눈을 동그랗게 뜨고 도로의 행인들을 바라보았다. 앞에서 누군가가 함부로 길을 건너려고 하다가 다시 한쪽 옆으로 물러났다. 나는 두 손으로 트럭의 창틀을 잡고 입을 찢어져라 벌렸다. 하지만 아무런 소리도 나오지 않았다. 무서웠던 것이다.

아버지가 웃으며 말했다.

"무서워하지 마. 저들은 절대로 우리 트럭을 따라잡지 못해."

우리 트럭은 그의 곁을 쌩쌩 지나쳐 갔다. 그 사람은 뒤로 가면서 순식간에 작아졌다. 아버지의 말이 옳다. 길을 걷고 있는 사람들은 절대로 우리를 쫓아오지 못한다. 저 사람들에게 대담하게 소리를 질러도 괜찮을 것이다. 나는 다시 창틀을 잡고 길 가는 사람들을 꼼꼼히 살폈다. 또 한 사람이 무단횡단을 하려 했다. 나는 느닷없이 온몸이 덜덜 떨렸다. 기어 들어가는 목소리로 그에게 소리를 질렀다.

"이게 죽으려고 환장했나!"

"너무 작잖아. 목소리가 너무 작아."

백미러로 그 사람이 순식간에 멀어지는 게 보이자 나는 힘껏 소리쳤다.

"이게 죽으려고 환장했나!"

그러고는 의자에 푹 기댔다. 기력이 다 빠져나간 듯 피곤했다. 아버지가 핸들을 잡고 하하 웃는 게 보였다. 잠시 후 나도 따라 웃었다.

7

나는 뤼첸진과 함께 있는 게 좋다. 뤼첸진은 대담하기 때문이다. 그는 자오칭, 쑹하이, 팡다웨이, 후창, 류지성, 쉬하오보다 더 대담했다. 제일 작고 말랐지만 제일 대담했다. 난 언제나 이렇게 생각했다. 뤼첸진의 눈도 거위 눈처럼 다른 사람을 모두 자신보다 더 마르고 작게 보는 건 아닌지. 그래서 그가 아무도 겁내지 않는 건 아닌지. 그의 얼굴에는 칼자국이 세 군데나 있는데 모두 자기 손으로 그은 것이다. 그는 사람들과 싸우다 지면 곧장 집으로 달려가 식칼을 가져온다. 먼저 자기 얼굴을 찍 그은 다음 식칼을 들이대면, 상대는 그를 무서워하게 된다.

언젠가 쑹하이와 그 무리들이 말했다.

"식칼로 자기 얼굴을 긋고 싶어 하는 사람은 아무도 없어. 뤼첸진만 그렇게 하니까 모두 무서워하는 거지."

나는 뤼첸진에게 물어본 적이 있다.

"넌 왜 니 얼굴에 상처를 내는 거지?"

"그건 바로 상대방에게 이렇게 알리는 거야. 난 목숨 같은 건 아랑곳하지 않는다고. 이걸 두고 담이 작은 사람은 담이 큰 사람을 무서워하고, 담이 큰 사람은 목숨을 아랑곳하지 않는 사람을 무서워한다고 하지."

뤼첸진은 대담한 사람보다 훨씬 대담하다. 그는 목숨을 아랑곳하지 않는다. 나는 그에게 물었다.

"그럼 목숨을 아랑곳하지 않는 사람은 누굴 무서워하지?"

"목숨을 아랑곳하지 않는 사람은 아무것도 무서워하지 않아."

이 말은 옳지 않다. 사실 목숨을 아랑곳하지 않는 사람도 무서워할 때가 있다. 뤼첸진이 바로 그렇다. 어느 날 저녁, 매우 늦은 밤이었다. 그날 나와 뤼첸진은 모두 야간반이었다. 내가 먼저 공장에서 나와 가로등이 꺼져 있는 거리로 걸어갔다. 마침 비가 내리기에 처마 밑에서 비를 긋고 있었다. 십 분 남짓 됐을 즈음 어둠 속에서 누군가 걸어오는 소리가 들렸다. 너무 컴컴했기 때문에 누군지 알아볼 수가 없었다. 다만 아주 조그마한 몸집이 희미하게 보일 따름이었다. 가까이 다가온 뒤에야 옷을 걸치고 고개를 숙인 채 걸어오는 사람이 보였다. 그 사람이 내 곁을 스쳐 지나가면서 기침을 한 덕분에 나는 그가 누군지 알 수 있었다. 그는 바로 뤼첸진이었다. 뤼첸진이 감기로 기침을 시작한 지 꼭 하루가 지났을 때였다. 그가 기침을 할 때면 토하는 소리보다 더 듣기 괴로웠다. 그는 목구멍이 모래로 꽉 막힌 듯이 "어아하어어아아치!" 하며 내 곁을 지나갔다.

어둑한 처마 밑에서 십여 분이나 기다린 뒤였다. 비는 얼굴까지 적시진 못했지만 신발은 온통 축축해져 있었다. 뤼첸진이 곁을 지나가기에 나는 기쁜 마음에 곧장 따라가 뒤에서 그를 안았다. 뤼첸진의 온몸이 순식간에 오그라드는 걸 느낄 수 있었다. 엉겁결에 내지른 소리도 들었다.

"난 남자야! 남자라구! 남자!"

나는 그때껏 수탉의 울음소리 같은 이런 비명을 들어본 적이 없었다. 그 소리는 조금도 뤼첸진의 목소리 같지 않았다. 뤼첸진은 이런 목소리로 말하거나 소리친 적이 없었다. 그는 내 손에서 억지로 벗어나 죽을힘을 다해 도망쳤다. 순식간에 어딘가로 달아나버렸다. 하도 잽싸게 도망치는 바람에 그에게 내가 양가오라고 말해줄 겨를이 없었다. 또 내가 막 그를 붙잡았을 때는 어찌나 놀라던지 나도 덩달아 깜짝 놀랐다. 정신을 차리고 보니 그는 이미 흔적조차 찾을 수 없었다.

그날 저녁, 나는 그가 왜 "난 남자야!"라고 소리 질렀는지 도무지 알 수가 없었다. 뤼첸진이 남자라는 사실은 나도 알고 있다. 설령 몰랐다고 하더라도 왜 그런 소릴 질렀을까? 그렇게 소리 지르지 않았더라도 그가 남자라는 걸 알 수 있었을 텐데 말이다. 그 다음날, 쑹하이의 집에서 나는 뤼첸진, 자오칭, 쑹하이, 팡다웨이, 후창, 류지성, 쉬하오와 함께 있으면서 그제야 뤼첸진이 왜 그렇게 소리쳤는지 알게 되었다.

그때 뤼첸진은 내 맞은편에 앉아 있었다. 담배를 피우고 차를 마시며 우리에게 말했다.

"어제 저녁에 강간범을 만났어. 날 강간하려고……."

쑹하이가 그에게 물었다.

"여자가 널 강간하려고?"

"남자야."

뤼첸진이 고개를 저으며 말했다.

"그자가 날 여자로 착각했던 모양이야……."

"그자가 어떻게 널 여자로 착각해?"

팡다웨이가 그에게 물었다.

"난 알록달록한 옷을 걸치고 있었거든."

뤼첸진이 주위를 둘러보며 말했다.

"퇴근할 즈음 비가 내리기에 작업장에 있는 여공의 외투를 들고 나와 머리에 둘러썼지. 막 공장을 나와 쉬에쿤로(도로 이름)로 들어서는데 제기랄, 그 거리에는 가로등이 하나도 없잖아. 그런데 갑자기 그 강간범이 뒤쪽에서 돌진해 오는 거야. 그러더니 나를 꽉 안잖아……."

그 순간 난 신나서 소리쳤다.

"그래서 넌 비명을 질렀지. 난 남자라구! 그러니까 넌 여자 옷을 걸치고 있었던 거구나……."

그들은 내 말을 뭉텅 잘라버리고 뤼첸진에게 물었다.

"그자가 널 안았다고? 너는 어떻게 했어?"

뤼첸진은 나를 보면서 그들에게 말했다.

"난 그자의 두 손을 붙잡고 허리를 비틀었지. 그러자 등에 메고 있던 가방 때문에 그자가 땅에 넘어졌어."

"그다음은?"

뤼첸진은 또 나를 쳐다보며 말을 이었다.

"난 발로 그자의 입술을 지그시 누르며 말해줬지. 난 남자라구……."

뤼첸진이 하는 말을 듣고는 쑹하이 무리가 모두 머리를 돌려 나를 물끄러미 보았다. 그들은 그제야 내가 방금 한 말이 생각난 것 같았다. 쑹하이가 나를 가리키며 말했다.

"쟤, 방금 뭐라고 말한 것 같은데……."

나는 신이 나서 웃었다. 그러나 그들은 아랑곳하지 않고 다시 뤼첸진에게 물었다.

"그다음에는?"

"그다음에……."

뤼첸진은 나를 주시하면서 말을 계속했다.

"난 그자에게 세 번쯤 발길질을 해주었지. 그리고 그를 일으켜세우고는 귀싸대기를 세 번쯤 때려주고, 그다음에…… 그 다음에……."

뤼첸진은 내가 점점 더 신이 나서 웃는 모습을 보더니 두 눈을 부릅뜨고 나에게 말했다.

"양가오, 왜 웃는 거야?"

"사실, 난 몰랐는걸. 니가 여자 옷을 걸치고 있었는지. 날이 그렇게 어두웠는데, 니가 무슨 옷을 걸치고 있었는지 어떻게 알아."

뤼첸진의 얼굴이 시퍼렇게 변하기 시작했다. 그 순간 쑹하이 일행이 모두 나를 쳐다보며 물었다.

"너 방금 뭐라고 말했어?"

나는 내 코를 가리키며 그들에게 말했다.

"어제 저녁 쟤를 안은 건 바로 나였다구."

그들은 내 말을 듣고 모두 어벙벙해졌다. 나는 뤼첸진을 보면서 말을 이어나갔다.

"어제 저녁에 너 정말 빠르더라. 내가 양가오라고 말해줄 틈도 없이 말이야. 흔적을 못 찾겠더라구."

뤼첸진은 시퍼렇게 변한 얼굴로 일어섰다. 그는 내 앞으로 다가와 양쪽 귀싸대기를 때렸다. 정신이 나가고 눈앞이 어찔어찔했다. 그는 곧바로 내 가슴을 움켜쥐고 나를 의자에서 일으켜세웠다. 먼저 무릎으로 배를 찼다. 강과 바다가 뒤집히는 것처럼 참기 힘들었다. 그다음에는 가슴을 겨냥해 모질게 주먹을 내질렀다. 그 순간 나는 숨이 끊어질 것 같았다.

8

나는 겨우겨우 몸을 일으켜 쑹하이의 집을 나섰다. 제팡로를 따라 천천히 앞으로 걸어가다 양차오 다리에 이르러 걸음을 멈추었다. 다리 난간에 기대니 한낮의 햇살이 눈부셨다. 온몸의 통증은 약해졌지만 멈추지는 않았다. 다리 아래로 배가 지나가는 소리가 들렸다. 강물을 가르며 내는 소리가. 아버지가 생각났다. 열두 살 때 돌아가신 아버지가. 아버지가 돌아가시던 그해 여름에는 제빵 트럭 외에도 낡은 경운기가 있었다.

아버지는 트럭에 나를 태우고 상하이로 갔다. 엄청나게 큰 도시였다. 아버지의 트럭은 여름의 도로 위를 잽싸게 달렸다. 햇볕에 반짝거리는 바람을 맞아 머리카락이 날리고 러닝셔츠가 펄럭펄럭거렸다.

"아버지, 눈 한번 감아보세요."

"눈감곤 운전할 수 없어."

"왜요? 아버진 왜 눈감고 운전 못해요?"

"앞쪽에 있는 경운기 보이냐?"

앞쪽에 경운기 한 대가 보였다. 털털거리며 가고 있었다. 경운기에는 열 명 남짓한 농민들이 앉아 있었다. 그들은 하나같이 웃통을 드러내고 있었는데 몸이 전부 미꾸라지처럼 까무잡잡하고, 반들거렸다.

"보이는데요."

"내가 눈을 감고 운전하면 앞에 있는 경운기를 박을 수도 있어. 그러면 우린 죽을지도 모르고."

"아주 잠깐만 감아보라는 건데요 뭐."

나는 아버지를 졸랐다.

"아버지가 아주 잠깐만 눈을 감는다면, 난 뤼첸진 패거리들한테 말할 수 있잖아요. 우리 아버진 눈감고 운전한다고."

"좋아, 그럼 잠깐만 감아보마."

나의 아버지가 말했다.

"자, 내가 눈감는 거 보라구. 셋 하면 감을게. 하나, 둘, 셋……."

아버지는 드디어 눈을 감았다. 내 눈으로 아버지가 눈을 감는 모습을 보았다. 아주 잠시 동안이었다. 그가 눈을 떴을 때, 우리의 트럭은 앞에 있는 경운기를 들이받기 일보직전이었다. 경운기는 정신없이 왼쪽으로 달아났고, 아버지는 핸들을 힘껏 아래로 돌렸다. 우리의 트럭은 경운기의 오른쪽을 스치고 지나갔다.

경운기에 앉아 있던, 미꾸라지처럼 까무잡잡한 사람들이 모두 우리를 향해 주먹을 휘둘렀다. 그들은 우리를 욕하고 있었다. 아버지는 머리를 밖으로 내밀어 그들에게 고함질렀다.

"이것들 죽으려고 환장했나!"

그러고서 아버지는 고개를 돌려 득의만만한 미소를 지어 보였다. 나도 아버지를 따라 웃었다. 우리의 트럭은 여름날의 도로를 달리고 있었다. 나뭇잎과 나뭇가지들이 눈앞에서 싹싹 스쳐 지나갔다. 들판에는 농작물이 층층이 펼쳐져 있었고, 강물이 구불구불 흘러가고 있었다. 농가가 보이고 논두렁을 오가는 사람들도 보였다.

아버지의 트럭이 갑자기 멈추었다. 아버지는 차에서 내려 보닛을 열고 제팡을 수리하기 시작했다. 나는 그대로 차 안에 앉아 있었다. 아버지를 보고 싶었지만 앞에 세워진 보닛이 시야를 가렸다. 보이진 않았지만 수리하는 소리는 들을 수 있었다. 아버지는 보닛 아래에서 뭔가를 끊임없이 두드리고 있었다.

한참 만에 아버지는 차에서 뛰어내린 뒤 보닛을 덮고 내 쪽으로 걸어왔다. 아버지는 내 의자 아래에서 수건을 꺼내 손에 묻은 기름을 닦으며 트럭의 반대쪽으로 걸어갔다. 차 문을 열고 올라타려고 하는데, 방금 전의 그 경운기가 다가왔다. 경운기는 우리 앞에서 멈추었고, 미꾸라지처럼 까무잡잡한 사람들이 모두 경운기에서 뛰어내렸다. 그들은 우리 쪽으로 걸어왔다.

아버지는 차 문을 잡은 채 그들이 우리 앞으로 걸어오는 모습을 쳐다보고 있었다. 그들은 아버지의 가슴을 움켜잡았다. 세 명의 손이 한꺼번에 달려들었다.

"누가 죽으려고 환장했다는 거야? 너냐 우리냐?"

아버지는 아무 대꾸도 하지 못하고 도로 가운데로 끌려갔다. 그들의 손이 아버지의 주머니 속으로 미끄러져 들어갔다. 그들은 아버지의 돈을 찾아내 자기 주머니 속으로 집어넣었다. 그러고 나서 주먹으로 아버지의 얼굴을 쳤다. 열 명 남짓한 사람들이 한꺼번에 아버지를 두들겨 팼다. 아버지는 땅바닥에 쓰러졌다.

나는 차 안에서 엉엉 울었다. 아버지가 보이지 않았다. 그들이 아버지를 둘러쌌기 때문이다. 나는 차 안에서 대성통곡했고, 그들은 차 밖에서 아버지를 발로 차고 있었다. 잠시 후 그들이 흩어지기 시작하자 아버지의 모습이 보였다. 아버지는 몸을 보호하려는 듯 땅바닥에 잔뜩 웅크리고 있었다. 나는 죽을 것처럼 울면서 그들 중 네 사람이 바짓가랑이를 벌리는 걸 보았다. 그들은 아버지의 얼굴에, 아버지의 다리에, 아버지의 가슴에 오줌을 쌌다. 나는 엉엉 울었다. 쏟아지는 눈물 사이로 그들이 경운기로 걸어가는 모습이 보였다. 경운기가 털털거리기 시작했다. 그들은 경운기를 몰고 앞으로 나아갔다.

나는 울음을 그칠 수가 없었다. 아버지가 땅에서 천천히 일어나는 모습이 보였다. 일어나 아주 잠시 그대로 서 있었다. 몸을 잔뜩 웅크린 채 거기에 서 있었다. 내가 죽을 것처럼 울어대는 동안 아버지는 차 쪽으로 걸어왔다. 차 옆으로 와서 문을 열었다. 얼굴에는 피와 흙먼지가 엉겨붙어 있었고, 머리카락과 옷은 흠뻑 젖어 있었다. 기침을 하며, 아버지는 차 안으로 겨우 기어 들어왔다. 나는 몸을 덜덜 떨고 있었다. 아버지는 손을 뻗어 기름이 잔뜩 묻은 손으로 내 얼굴을 닦아주었다. 부드럽게 나의 얼굴을 어루만지며 눈물을 닦아주었다. 그런 다음 핸들 위에 손을 얹고 앞에 있는 경운기를 뚫어져라 쳐다보았다. 잠시 후 아버지는 발 옆에 있는, 차통을 끄집어내 나에게 건네주었다.

"양가오, 목이 마르구나. 강가에 가서 물 좀 받아오너라."

나는 울음을 꿀꺽 삼키며 아버지의 손에서 병을 받아들었다. 차 문을 열고 차에서 뛰어내려 강가로 걸어갔다. 고개를 돌려 아버지를 한 번 쳐다보았다. 아버지도 마침 나를 바라보고 있었는데, 두 눈에서 눈물이 줄줄 흘러내렸다. 나는 강가로 걸어갔다.

병에 물을 가득 채워 일어서려는데 아버지의 트럭이 움직이기 시작했다. 나는 죽을힘을 다해 언덕으로 달려갔다. 병 속의 물이 모두 쏟아질 정도로 힘껏 달렸지만 트럭은 떠나버리고 없었다. 나는 도로에 앉아 엉엉 울었다. 달려가는 트럭을 보며 엉엉 울었다. 나는 아버지를 향해 소리쳤다.

"아버지, 날 버리고 가면 어떡해요? 날 버리지 말아요!"

나는 울며불며 앞으로 뛰어갔다. 아버지가 나를 원하지 않는다고, 아버지가 나를 버리려 한다고 생각했다. 아버지는 날아가는 듯한 속도로 운전했다. 아버지의 트럭은 그 경운기를 쫓아갔다. 그리고 잠시 후 커다란 굉음이 들렸다. 트럭이 경운기를 들이받은 것이다. 저 멀리 앞쪽에서 거대한 먼지가 일었다. 검은 연기가 흙먼지 속에서 올라왔다.

나는 우뚝 멈춰 섰다. 거기 그렇게 오랫동안 서 있었다. 한참이 지나고서야 앞쪽으로 걸어갈 수 있었다. 많은 자동차가 그곳에 멈춰 서 있었다. 차 안에 있던 사람들이 모두 뛰어 내려와 그 주위를 에워쌌다. 나는 줄곧 그곳을 향해 걸어갔다. 그곳은 대단히 멀었다. 내가 도착했을 때는 이미 날이 저물고 있었다. 아버지의 트럭 옆으로 갔다. 트럭의 보닛이 쑥 들어가 있었고, 차 문도 완전히 구겨져 있었다. 그리고 아버지는 핸들 위에 엎어져 있었다. 아버지의 머리가 깨진 유리조각으로 뒤덮여 있었다. 핸들은 아버지의 옷을 찢고서 아버지의 가슴을 받치고 있었다. 아버지는 죽었다. 피가 아버지의 온몸을 붉게 물들였다. 경운기에 앉아 있던 사람들도 모두 땅에 자빠져 있었다. 몇 사람은 꼼짝도 하지 않았고, 몇 사람은 신음하고 있었다. 곳곳에 쓰러져 있는 참새들도 보였다. 참새들은 무시무시한 굉음에 놀라 죽은 것이다. 나뭇가지에서 즐겁게 놀고 있었는데, 아버지의 트럭이 경운기를 들이받는 바람에 느닷없이 죽은 것이다.

9

양차오 다리를 떠나 집으로 돌아왔다. 어머니는 집에 없었다. 어머니가 새벽같이 빨래를 해서 창문 앞에 있는 대나무 빨랫대에 널어둔 덕분에 옷이 뽀송뽀송 말라 있었다. 옷을 걸어 잘 개킨 다음 옷장에 넣었다. 이어서 어머니가 새벽같이 청소한 바닥을 다시 한 번 쓸고, 어머니가 새벽같이 닦아놓은 탁자를 다시 한 번 닦고, 어머니가 윤이 나도록 닦아놓은 구두에 다시 한 번 윤을 내고, 어머니의 잔에 물을 가득 채웠다. 그런 다음 주방에 있던 식칼을 들고 대문을 나섰다.

나는 식칼을 들고 뤼첸진의 집으로 향했다. 쑹하이의 집 대문 앞을 지날 때 쑹하이가 나를 불러 세웠다.

"양가오, 너 어디 가? 식칼 들고 뭐 하는 거야?"

"뤼첸진네 가. 뤼첸진을 죽여버리려고."

쑹하이가 하하하하 웃었다. 뒤쪽에서 그의 말이 들려왔다.

"팡다웨이, 봤어? 양가오가 식칼 들고 있는 거 말이야. 뤼첸진을 죽여버리겠다나."

팡다웨이가 마침 나를 향해 걸어오고 있었다. 쑹하이의 말을 듣고 그는 발걸음을 멈추었다.

"진짜로 뤼첸진을 죽이려고?"

나는 고개를 끄덕였다.

"그래, 정말 죽이려고 해."

팡다웨이가 하하 웃는 소리가 들렸다. 그의 웃음소리는 쑹하이와 꼭 같았다. 그는 쑹하이에게 말했다.

"쟤 진짜로 뤼첸진 죽이러 간다는데."

쑹하이가 고개를 끄덕였다.

"그래 그렇게 말했어."

두 사람이 함께 하하 웃는 소리가 들렸다. 그들은 내 뒤를 따라왔다. 내가 뤼첸진을 죽이는 걸 두 눈으로 직접 보겠다며. 그래서 나는 앞에서 걷고, 그들은 뒤에서 따라왔다. 우리가 류지성의 집 앞에 도착했을 때, 쑹하이와 팡다웨이가 소리쳤다.

"류지성! 류지성!"

류지성이 문 앞에 나타났다.

"왜 불러?"

쑹하이와 팡다웨이가 그에게 말했다.

"양가오가 뤼첸진을 죽이겠대. 가서 구경하고 싶지 않아?"

류지성이 나를 이상하다는 듯이 보며 물었다.

"뤼첸진을 죽이겠다고?"

나는 고개를 끄덕였다.

"그래, 뤼첸진을 죽여버릴 거야."

류지성도 쑹하이, 팡다웨이와 마찬가지로 웃기 시작했다. 그는 재차 물었다.

"니가 뤼첸진을 죽이겠다고? 게다가 식칼로 찔러 죽인다고?"

"죽이지 못하더라도 최소한 중상은 입힐 거야."

세 사람은 내 말을 듣자마자 배꼽을 잡고 웃기 시작했다. 뭐가 그렇게 우스운지 도대체 알 수가 없었다. 나는 그들에게 물었다.

"뤼첸진은 니들 친구잖아. 내가 그를 죽이겠다는데, 그렇게도 좋아?"

이번에 그들은 쪼그리고 앉아 웃기 시작했다. 웃음소리가 크크 크크 귀뚜라미 울음처럼 변했다. 나는 더 이상 그들을 상관 않기로 하고 혼자서 앞으로 걸어갔다. 후창의 집 앞을 지날 때, 쑹하이와 그 무리가 뒤에서 고함치는 소리가 들렸다.

"후창! 후창! 후창!"

그제야 그들이 내 뒤를 따라오고 있었다는 사실을 알았다. 뤼첸진의 집 앞에 도착했을 때, 내 뒤에 있는 사람은 모두 다섯이었다. 쑹하이, 팡다웨이, 류지성, 후창, 쉬하오였다. 그들은 하하 웃으며 나를 뤼첸진의 집 안으로 들이밀었다.

뤼첸진은 마침 식탁에 앉아 수박을 먹고 있었다. 손에는 수박이 들려 있었고 얼굴에는 수박 씨가 잔뜩 들러붙어 있었다. 그가 고개를 들어 우리를 쳐다보았다. 내 손에 식칼이 있는 걸 보고는 수박을 씹으면서 어눌하게 말했다.

"식칼은 왜?"

쑹하이와 그 무리가 웃으면서 말했다.

"양가오가 식칼로 널 죽이겠다는데?"

뤼첸진은 휘둥그레 뜬 눈으로 나를 보더니 다시 그들을 보았다.

"니들 뭐라 그런 거야?"

그들이 하하 웃으며 말했다.

"뤼첸진, 너는 지금 죽게 생겼는데 수박 맛이 나냐? 아무리 많이 먹어봐야 소용 없어. 니가 먹은 수박이 똥으로 변하기도 전에 넌 죽을 테니 말이야. 양가오가 식칼 들고 있는 거 안 보여?"

뤼첸진은 수박을 내려놓고 나를 가리키다 다시 자신의 코를 가리키며 말했다.

"지금 쟤가 날 죽인다고 하는 거야?"

그들은 동시에 고개를 끄덕였다.

"그래!"

뤼첸진은 자신의 입을 쩍 닦고 다시 한 번 나를 가리키며 그들에게 말했다.

"니들 양가오가 식칼로 날 죽이려 한다고 말하는 거야?"

그들은 연신 고개를 끄덕였다.

"그렇다구!"

뤼첸진은 나를 얼핏 보더니 이어서 그들과 함께 하하하하 웃기 시작했다. 그 순간 내가 말했다.

"뤼첸진, 니가 날 때렸잖아. 얼굴을 때리고, 가슴을 때리고, 거기다 내 배를 차고 무릎을 차기까지 했지. 얼굴, 가슴, 배, 무릎 모두 아직까지 아프단 말이야. 니가 날 때릴 때, 난 줄곧 손 하나 꼼짝 안 했어. 내가 가만히 있었던 건 니가 무서워서가 아니야. 그냥 내

가 어찌해야 좋을지 몰랐기 때문이지. 그런데 이젠 알겠어. 내가
어떻게 해야 하는지. 이에는 이라는 거지. 이 식칼로 널 죽여버리
겠어."

나는 식칼을 들어 올렸다. 뤼첸진이 똑똑히 보도록. 그리고 쑹하
와 다른 녀석들도 똑똑히 보도록.

뤼첸진과 쑹하이 무리는 내 손의 식칼을 보고는 입을 찢어져라
벌리고 하하 웃음을 터뜨렸다. 이게 도대체 어떻게 된 일이지? 그
들은 왜 하하 웃는 거지? 나는 그들에게 물었다.

"니들, 뭐가 우스워? 왜 그렇게 좋아하냐구? 뤼첸진 너마저 웃
어? 쟤네들이 웃는 건 이해할 수 있어. 하지만 니가 왜 웃는지 모
르겠어."

그들의 웃음소리가 한층 커졌다. 뤼첸진은 탁자에 머리를 처박
고 웃었다. 그 곁에 서 있던 쑹하이와 팡다웨이는 한 손으로 배를
잡고 다른 손으로 뤼첸진의 어깨를 힘껏 두드리며 웃었다. 그들의
웃음소리가 내 귀에서 울렸다. 나는 식칼을 든 채 거기에 서 있었
다. 어떻게 해야 좋을지 알 수가 없어 그들이 웃는 모습을 쳐다보
고만 있었다. 잠시 후 웃음소리가 점점 잦아들더니 그들이 눈물을
닦아내기 시작했다. 그러더니 쑹하이가 뤼첸진의 머리를 탁자에
대고 지그시 눌렀다. 쑹하이가 뤼첸진에게 말했다.

"니 목을 양가오에게 주지 그러냐."

뤼첸진은 머리를 똑바로 세우더니 쑹하이를 밀치며 말했다.

"안 돼. 내가 왜 목을 쟤한테 줘?"

쑹하이가 다시 말했다.

"야, 한번 줘봐라. 니가 안 주면 쟤는 어떻게 해야 할지를 모른단 말이야."

팡다웨이가 거들었다.

"뤼첸진, 니 목을 쟤한테 주지 않겠다면, 이거 정말 재미없어지는데."

뤼첸진이 욕을 내뱉었다.

"제기랄."

그러고서 그는 웃으며 머리를 탁자에 올려놓았다. 류지성과 다른 녀석들이 나를 뤼첸진 앞으로 밀었다. 쑹하이는 칼을 든 내 손을 들어 올려 뤼첸진의 목 위에 얹었다. 나의 식칼이 뤼첸진의 목덜미에 닿자 뤼첸진의 목이 움찔했다. 그는 얼굴을 탁자에 붙이고 히히 웃으며 말했다.

"저 칼이 목을 간지럽히는데."

햇빛에 검게 탄 뤼첸진의 목덜미에는 빨간 수포 자국이 몇 개 있었다. 나는 뤼첸진에게 말했다.

"네 목에 빨간 수포가 몇 개 있어. 열 난 적 있어? 아니면 요즘 채소를 많이 안 먹었구나."

뤼첸진이 대답했다.

"난 요즘 채소를 먹은 적이 한 번도 없어."

"채소를 못 먹었으면, 수박도 괜찮아."

쑹하이와 그 무리가 나에게 소리쳤다.

"양가오, 쓸데없는 소리 집어치워. 뤼첸진을 죽여버리겠다며? 뤼첸진 목이 지금 니 칼 밑에 있잖아. 니가 어떻게 죽이는지 한번 보자."

그렇다. 지금 뤼첸진의 목이 내 칼 아래에 놓여 있다. 내가 손을 들고 내리치기만 하면 뤼첸진의 목은 두 동강이 날 것이다. 쌍하이와 다른 녀석들이 다시 하하 웃기 시작했다. 저렇게 좋아하다니. 내가 뤼첸진을 죽이려고 하니까 좋아하는 걸 거야. 생각이 여기에 미치자 나는 뤼첸진이 불쌍해지기 시작했다. 나는 뤼첸진에게 말했다.

"쟤들 니 친구 맞아? 진짜 친구라면 이렇게 좋아할 리 없잖아. 날 말려야 하는 거 아냐? 날 끌고 가야 하잖아. 그런데, 쟤들 좀 봐. 하나같이 널 죽이는 걸 구경하겠다잖아."

내 말을 들으면서 그들은 더욱 크게 웃었다. 나는 또다시 뤼첸진에게 말했다.

"봐, 쟤들 또 웃는다."

뤼첸진도 웃었다. 그는 입술을 탁자에 붙이고 말했다.

"니 말이 맞아. 진짜 친구라고 할 수 없지. 너도 마찬가지야. 니가 내 친구라면 칼을 들고 날 죽이려 할 리 없겠지."

뤼첸진의 말을 듣자 마음이 불안해졌다. 나는 변명하듯 그에게 말했다.

"내가 널 죽이려는 건 니가 날 때렸기 때문이야. 날 때리지 않았다면 널 죽일 이유도 없지."

"난 겨우 몇 번 때렸을 뿐이잖아. 니가 날 죽여버린다면, 내가 전에 널 보살펴준 걸 깡그리 잊어버리는 거야."

몇 가지 일이 떠오르기 시작했다. 이전에 있었던 많은 일들이. 뤼첸진이 날 위해 한 많은 일들이 생각났다. 그는 나 때문에 사람들과 싸우고, 나 때문에 입씨름하고, 날 위해 정말 많은 일을 했다. 그런데 난 지금 그를 죽이려 하고 있다. 그를 죽여서는 안 돼. 그가 날 때리기는 했지만 그래도 내 친군걸. 난 식칼을 그의 목에서 거둬들이며 말했다.

"뤼첸진, 난 널 죽이지 않아……."

뤼첸진은 탁자에서 머리를 들고 자신의 목을 만져보았다. 그는 쑹하이와 다른 녀석들을 바라보며 하하 웃었고, 그들도 그를 바라보며 하하 웃었다.

나는 잠시 기다렸다 다시 말을 이었다.

"널 죽이진 않겠지만, 이렇게 끝낼 순 없어. 니가 내 뺨을 수없이 때리고 내 다리를 정신없이 찼듯이, 나도 니 귀싸대기를 한 대 때리고야 말겠어. 그러면 우리 비기는 셈이야."

나는 뤼첸진의 귀싸대기를 한 방 갈겼다. 집 안에 있던 모든 사람이 내가 뤼첸진의 얼굴을 손바닥으로 철썩 올려붙이는 소리를 들었다. 주위가 순식간에 찬물을 끼얹은 듯 조용해졌다. 뤼첸진의 두 눈이 휘둥그레졌다. 그는 나를 가리키며 욕설을 퍼부었다.

"이 씹새끼."

그는 의자를 밀치고 단번에 내 앞으로 다가와 내 얼굴을 다다다다 네 차례나 때렸다. 난 얼이 빠졌고 눈앞이 캄캄해졌다. 이어서 그는 내 가슴을 겨누어 힘껏 주먹을 날렸다. 폐에서 헉헉거리는 소리가 새어 나왔다. 넘어지려고 하는 찰나 그가 발로 내 배를 걷어 찼다. 뱃속이 금세 뒤엉켰다. 내가 땅바닥에 쓰러지자 그는 다시 발길질을 퍼부었다. 그것도 다리만을 겨냥해서. 다리가 부러질 듯 아팠다. 바닥에 쓰러진 채 그들이 웅성거리는 소리를 들었다. 그들이 뭐라고 말하는지 알 수 없었다. 다만 머리끝에서 발끝까지 온몸에 통증이 느껴질 뿐이었다. 통증은 한 차례 또 한 차례, 수건을 쥐어짜듯이 그렇게 온몸을 쥐어짰다.

내가 왜 결혼을 해야 하죠

我爲什麽要結婚

나는 두 친구를 찾아가기로 작심했다. 새로 마련한 집 주방을 어머니와 함께 정리하는데, 싯누렇게 바랜 책 한 무더기를 정리하라며 아버지가 서재에서 연거푸 날 불렀을 때였다.

나는 그들의 단 하나뿐인 아들이다. 주방도 날 필요로 하고, 서재도 날 필요로 한다. 그렇게 두 사람이 동시에 날 필요로 하지만, 난 하나뿐이다.

"아예 식칼로 두 동강을 내지 그래요."

"쓸데없는 식기들은 위에 올려놓아라."

"책 상자 좀 같이 옮기자꾸나."

"차라리 식칼로 두 동강을 내시지 그래요."

나는 중얼거리면서 어머니를 도와 쓸데없는 식기들을 올려놓고,

다시 아버지를 도와 책 상자를 옮겼다. 책 상자를 옮기고 나서부터는 아버지에게 귀속되었다. 아버지는 나를 끌고 가더니 잘 분리해 둔 책들을 하나하나 책꽂이에 꽂으라고 했다. 어머니가 주방에서 불렀다. 방금 올려놓은 쓸데없는 식기들을 다시 내려놓으라고. 매일 사용해야 하는 숟가락을 못 찾았기 때문이라며, 쓸데없는 식기들 틈에 끼어 있는 것 같다고 했다. 마침 아버지가 잔뜩 쌓아올린 책을 나에게 건네주고 있는 참이었다.

"차라리 식칼로 두 동강을 내시라구요."

그러나 아무도 내 말을 주의 깊게 듣지 않는다는 사실을 곧바로 깨달았다. 몇 번이나 말했지만 알고 보니 나 혼자 지껄이고 나 혼자 들은 셈이었다. 바로 그 순간 나는 집을 나갈 작심을 했다. 더 이상 이렇게 섞여 지낼 수는 없다고. 전에 살던 집에서 새 집으로 이사 온 지 벌써 일주일이나 되었지만, 날마다 정리하고 또 정리했다. 온 집 안에 페인트 냄새와 먼지가 풀썩였다. 겨우 스무 살, 그런데 이번주는 내내 정신없이 분주한 중년처럼 보내고 있다. 내 청춘과 너무 오래 떨어져 있을 수는 없었다. 주방과 서재 가운데쯤에 서서 부모님에게 말했다.

"저는 어머니, 아버지를 더 이상 도와드릴 수 없어요. 일이 있어서 나가봐야겠어요."

아버지가 서재 입구에 서서 물었다.

"무슨 일?"

"물론 중요한 일이죠."

수긍할 만한 이유를 금방 찾지 못해 애매하게 대답했다. 아버지는 서재에서 한 발 앞으로 나와 물었다.

"무슨 일이 그렇게 중요하지?"

나는 손을 내저으며 그저 얼버무렸다.

"아무튼 중요해요."

어머니가 끼어들었다.

"도망치려는 거지?"

어머니는 아버지에게 말했다.

"쟨 도망치려는 거예요. 어릴 적부터 늘 써먹던 수법인걸요. 밥 먹고 나면 바로 화장실로 가잖아요. 갔다 하면 한두 시간은 보통이고. 왜겠어요? 그릇 씻기 싫어서죠 뭐."

"이번 일은 화장실 가는 것과 아무런 상관이 없어요."

아버지가 피식 웃었다.

"이야기해봐. 무슨 일이 있지? 누구 만날 건데."

어떻게 대답해야 좋을지 도무지 알 수가 없었다. 다행히 어머니가 정신이 없는지 방금 한 말을 잊어버리고 아무렇게나 말했다.

"쟤가 누굴 만나겠어요? 선톈샹, 왕페이, 천리칭, 린멍, 애들 말고 누가 있겠어요?"

떡 본 김에 제사지낸다고, 나는 "그래요, 린멍 만나러 가요" 그랬다.

"걜 뭐 하러 만나?"

아버지는 잊어버리지 않았는지 추궁을 늦추지 않았다.

나는 되는 대로 늘어놓기 시작했다.

"린멍이 결혼해요. 신부는 펑펑이고……."

"걔들 결혼한 지 삼 년이나 됐잖아."

아버지가 심문하듯 말했다.

"그래요."

나는 또다시 얼버무렸다.

"그런데…… 삼 년 동안 줄곧 사이가 좋았는데, 요즘 일이 생겼어요……."

"무슨 일?"

아버지가 물었다.

"무슨 일이냐면요."

나는 잠시 생각에 잠겼다.

"물론 부부 사이의 그렇고 그런 일이죠……."

"부부 사이에 무슨 일?"

아버지는 그래도 나를 놓아주지 않았다. 어머니가 나섰다.

"싸웠구나."

"맞아요, 싸웠어요."

나는 얼른 대답했다.

"부부지간 싸움이 너랑 무슨 관계가 있다고?"

아버지는 내 소매를 낚아채 서재로 끌고 들어가려 했다. 나는 완강하게 거부했다.

"그들이 싸웠다고요……."

아버지는 내 손을 놓고 어머니와 함께 나를 쳐다보았다. 별안간 기지가 넘쳐나 거짓말이 청산유수로 줄줄 흘러나왔다.

"먼저 린멍이 핑핑의 뒤통수를 때렸고, 핑핑이 린멍의 팔뚝으로 돌진해 옷이 찢어질 정도로 물어뜯었다는데, 분명히 살도 성치 못할 거예요. 핑핑의 양쪽 송곳니는 칼보다 뾰족하거든요. 그 이빨로 족히 삼 분이나 물었대요. 린멍이 도살장에 끌려가는 돼지처럼 삼 분이나 고함지를 정도였다네요. 그다음엔 린멍이 주먹질, 발길질을 했구요. 주먹으로 핑핑의 얼굴을 치고, 발로 핑핑의 다리를 찼다나 봐요. 핑핑이 소파에 쓰러져 십여 분 동안이나 아무 말 못할 정도로요. 그러고 나서 핑핑은 완전히 막돼먹은 여자처럼 변했대요. 아무거나 손에 잡히는 대로 내던지는데, 그 행동이 진짜 미친 것 같더래요. 린멍은 덜컥 무서운 생각이 들었대요. 핑핑이 의자를 린멍 허리에 메칠 때는 너무 고통스러워 쓰러진 척을 했다네요. 손으로 허리를 움켜쥐고 소파로 쓰러졌다나 봐요. 그렇게 하면 핑핑도 마음이 아파 그만 멈추고 자기를 부여잡고 울지 않을까 했던 거죠. 그런데 누가 생각이나 했겠어요. 핑핑은 린멍이 눈감은 틈을 타 재떨이를 머리에 던졌대요. 린멍은 이번엔 진짜로 혼절해버리고……."

그러고 나서 나는 눈을 둥그렇게 뜬 채 입을 떡 벌리고 있는 부모님에게 쐐기를 박았다.

"린멍 친구로서 가봐야 하지 않겠어요?"

나는 거리를 걷고 있다. 거짓말 덕분에 두 친구를 보러 간다. 한 명은 다섯 살 때 알았고 한 명은 일곱 살 때 알았다. 두 명 모두 나보다 네 살이 많다. 삼 년 전에 그들은 결혼을 하고, 내가 선물한 모포를 덮고 잤다. 그들은 잠자리에 들 때면 이따금씩 내 생각을 할 것이다.

"누구누구 안 본 지 벌써 한 달이 다 돼가네."

그들을 못 본 지 한 달이 됐다. 이렇게 그들에게 가고 있노라니 그들 생각이 떠올랐다. 먼저 아주 운치 있게 꾸민, 그리 크지 않은 집이 생각났다. 창문 앞에, 옥상에, 옷장 옆에 풍선이 여남은 개 달려 있다. 그들은 정말 비현실적인 사람들이다. 왜 풍선을 그다지 좋아하는지. 게다가 전부 분홍색이다. 언젠가 그 집 소파에 앉아 있는데, 베란다에 분홍색 속옷 세 장이 걸려 있는 걸 무심코 본 적이 있다. 풍선 색깔과 거의 흡사한. 분명 핑핑의 속옷일 것이다. 얼핏 보았을 땐 풍선 세 개가 걸려 있는 줄 알았다. 하마터면 베란다에도 풍선이 걸려 있네, 할 뻔했다. 발설하지 않았으니 정말 다행이다. 자세히 보고서야 풍선이 아니라는 걸 알았다.

나는 그들을 좋아한다. 린멍은 큰소리로 말하고 큰소리로 웃는 사람이다. 일 년 중 아홉 달은 갈색 재킷을 입고 다닌다. 나머지 세 달은 너무 덥기 때문에 어쩔 수 없이 다른 옷을 입는다. 린멍이 다른 옷을 입으면 불쑥 튀어나온 뼈다귀까지 다 보인다. 길을 걸을 때마다 두 팔을 누구보다 크게 휘젓는 탓에 옷 속이 텅 비어 있는 것처럼 보인다.

그는 자기한테 어떤 약점이 있는지 모르는 사람이다. 예를 들어 그는 말을 더듬거리며 하지만 자신은 그걸 모르고 있다. 어쩌면 이제껏 그 점을 인정한 적이 없다고 말할 수도 있겠다. 그의 아내 핑핑은 아름다운 여인이다. 긴 머리카락을 늘어뜨리고 있는. 그러나 보통 때는 올린 머리를 하고 있다. 자신의 목덜미가 길고 아름답다는 걸 알기 때문이다. 어쩌다 칼라를 세우는 옷을 입으면 목이 반절 남짓 가려지지만, 그게 오히려 훨씬 매력적이다. 옷깃이 마치 꽃잎 같다.

두 사람은 사 년 전까지만 해도 아무런 관계가 없었다. 다만 서로 알고 지내는 정도였을 뿐이다. 그들이 어쩌다 함께 지내게 되었는지는 아무도 모르지만, 나는 그들을 목격한 적이 있다.

그날 밤, 나는 유난히 무료해서 선톈샹을 찾아갔다. 선톈샹의 어머니는 그가 오후에 나갔는데 아직 돌아오지 않았다고 했다. 그래서 왕페이를 찾으러 갔다. 왕페이는 온통 벌그스름해진 얼굴로 침대에 누워 있었다. 사십 도의 고열로 정신이 거의 나가 있었다. 마지막으로 천리칭의 집으로 갔다. 천리칭은 마침 책상을 치며 아버지와 다투고 있었다. 그래서 내 발은 천리칭의 집 대문을 넘어가지 못했다. 남들 싸움에 끼어들고 싶지 않았기 때문이다. 특히 부자지간의 싸움에는.

다시 거리로 나왔다. 어디로 가야 할지 몰라 서성이는데 린멍이 보였다. 그는 이불을 안고 나무 아래에서 걸어왔다. 나뭇잎이 가로등을 가리고 있었지만 그를 알아볼 수 있었다. 그에게 소리쳤다.

내 목소리는 뜻밖의 반가움으로 아주 크게 울렸다.

"린멍, 마침 널 찾아갈까 했어."

린멍의 머리가 내 쪽으로 돌았다. 그러나 그는 나를 보고는 얼른 고개를 돌려 휭 가버렸다. 나는 뒤쫓아가면서 계속 소리쳤다.

"린멍, 나야."

린멍의 머리는 꼼짝도 하지 않았다. 쫓아가 그의 어깨를 치는 수밖에 없었다. 그는 머리를 돌려 불쾌한 듯이 나를 보았다. 그제야 핑핑이라는 아가씨가 그 옆에 걸어가고 있는 게 보였다. 물병을 들고 있던 핑핑은 나에게 희미한 미소를 지어 보였다.

얼마 후 그들은 결혼했다. 결혼 생활은 무척 행복한 것 같았다. 신혼이었을 때 영화관 층계에서, 상점 입구에서 그들과 마주친 적이 있다. 내가 그리로 들어갈 때 그들은 막 나오려던 참이었다.

결혼한 뒤에도 그 이듬해까지 그들 집에 자주 들렀는데, 그때마다 선톈상이나 왕페이, 천리칭이 거기 있었다. 어떤 때는 세 사람을 한꺼번에 그 집에서 만날 때도 있었다. 우리는 린멍의 집이 아주 편안하다고 느꼈다. 소파에 앉을 수도 있고, 침대에 앉아도 좋았고, 이불을 끌고 와 등에 받치고 있어도 좋았다. 왕페이는 냉장고를 열어 안에 뭐가 있는지 자주 들여다보았다. 뭘 먹고 싶어서가 아니라 그냥 보고 싶어서라며.

린멍은 성격이 명랑한 사람이었다. 그의 찻잔은 큰 유리병이었는데, 인스턴트 네스카페 병이었다. 우리와 이야기할 때면 그는 의자를 방문 앞에 가져다놓고 문에 기대앉아 그 큰 유리병을 받쳐든 채 우리와 마주 보며 하하 웃었다. 그의 말은 열 마디만 넘어서면 금세 허튼 소리가 되고 말았다. 그와 핑핑 사이의 은밀한 이야기마저도 신중하지 못하게 까발렸다. 사실 그는 그걸 즐거움으로 아는지라, 그 이야기를 할 때마다 머리를 방문에 쾅쾅 박을 정도로 껄껄댔다.

그럴 때면 핑핑은 눈살을 찌푸렸다.

"그만 해."

손님이 많을 때 핑핑은 작고 둥근 의자에 앉았다. 무릎 위에 두 손을 가지런히 놓은 채 미소짓는 얼굴로 우리가 대화하는 모습을 바라보았다. 핑핑을 너무 심심하게 하지 않았나 싶으면 우리는 가끔 말을 건넸다.

"핑핑, 왜 아무 말도 하지 않죠?"

핑핑은 내가 최신 영화 이야기를 들려주는 걸 좋아했고, 선톈샹이 낚시 이야기를 해주는 걸 좋아했고, 냉장고를 상표별로 따져보는 왕페이의 말을 즐겨 들었고, 천리칭이 부르는 유행가를 좋아했다. 다만 린멍이 하는 말을 듣기 싫어할 뿐이었다.

하루는 그녀의 남편이 이러쿵저러쿵하다 결국 또 허튼 소리로 넘어가고 말았다.

"핑핑은 잠잘 때마다 내가 안아주길 바래."

순간 핑핑이 두 눈썹을 찌푸렸다. 우리는 하하 웃음을 터뜨렸고, 린멍은 자기 아내를 가리키며 말했다.

"안 안아주면 잠들지 못하는걸."

우리는 또 웃음을 터뜨렸다.

"안아주면 내 목에 입김을 불어대. 간질간질할 정도로 말이야……"

핑핑이 눈살을 찌푸리며 말했다.

"그만 해."

린멍은 하하 웃으며 말을 끝냈다.

"그러면 난 잠들지 못하지."

문제는 이 방면에 대한 린멍의 화제가 끊임없이 이어진다는 데 있다. 우리가 그의 방에 앉아 있는 한 끝이 나지 않는다. 그는 우리가 웃으면서 자신을 둘러싸고 있는 걸 좋아한다. 이걸 위해서라면 어떤 대가도 치를 태세가 되어 있다. 핑핑이 침대에서 그에게 지어준 별명까지도 단숨에 말하는 바람에 우리는 우스워 죽을 뻔했다.

핑핑이 지어준 별명은 '내 심장'에서 시작해서 '보배', '왕자', '기사' 따위가 있는데, 이것들은 그래도 점잖은 편이다. 음식물 이름도 있다. '양배추', '말린 콩', '내장즙', '감자'……. 또 무슨 뜻인지 알쏭달쏭한 말들도 있다. '기세등등', '의기소침' 따위가 그것이다.

"기세등등이 뭔 말인지 알겠니?"

우리가 모르고 있다는 걸 알았는지 린멍은 벌떡 일어나 의기양양하게 물었다. 핑핑도 일어섰다. 보아하니 화가 난 것 같았다. 하얗게 질린 얼굴로 한마디 내뱉었다.

"린멍."

우리는 그녀가 분기탱천할 줄 알았는데, 뜻밖에도 "그만 해"라는 한마디뿐이었다.

린멍은 문 뒤에 놓인 의자로 돌아와 그녀에게 살짝 미소지었다. 그녀는 그를 물끄러미 쳐다보더니 몸을 돌려 다른 방으로 들어가 버렸다. 우리는 모두 곤혹스러워했지만, 린멍은 아무 일도 없었다는 듯이 행동했다. 그는 아내가 들어간 방을 쳐다보며 손을 휘휘 저었다.

"신경 쓰지 마."

그는 계속해서 물었다.

"니들 기세등등이 무슨 말인지 알어?"

우리가 도리질을 하기도 전에 그가 먼저 말했다. 그는 손을 뻗어 자신의 바짓가랑이를 가리켰다.

"바로 이 물건이지."

우리는 웃음을 터뜨렸다. 그가 또 물었다.

"의기소침이 뭔 줄 알어?"

이 말은 꼭 맞는 것 같다. 닭한테 시집가면 닭을 따르고, 개한테 시집가면 개를 따른다는 말. 펑펑은 린멍과 이 년 남짓 같이 살면서 남편의 허튼 소리에도 점점 익숙해졌다. 린멍이 함부로 지껄여도 다시는 "그만 해"라고 말하지 않았다. 다만 머리를 숙이고 자신의 손가락을 만지작거릴 뿐이었다. 더 이상 린멍의 잡소리를 신경 쓰지 않기로 했다는 듯이.

뿐만 아니다. 이따금 그녀도 몇 마디 비슷한 말을 했다. 물론 린명에 비해 훨씬 함축적이긴 했다. 그날도 우리는 그들의 집에 있었다. 사람들이 린멍은 웃는 모습이 매우 매력적이라며 치켜세우고 있는데, 핑핑이 느닷없이 끼어들었다.

"저 사람은 밤에 웃는 얼굴이 사랑스럽죠."

우리 중 아무도 이 말의 의미를 단번에 알아채지 못했다. 사람들은 웃는 것도 아니고 웃지 않는 것도 아닌 애매한 표정으로 린멍을 바라보고, 핑핑을 바라보았다. 핑핑이 다시 한마디 보충했다.

"저 사람이 나를 필요로 할 때 말이에요."

우리가 박장대소하자 핑핑은 자신이 실언했다는 걸 깨달았는지 얼굴이 온통 붉어졌다. 린멍은 자신에 대한 우스갯소리가 나오자 헤헤 겸연쩍게 웃었다. 이번엔 그의 머리가 등 뒤에 있는 문을 박지 않았다. 우스갯소리가 자신에게 돌아오자 어떤 소리도 낼 엄두가 나지 않았던 것이다.

우리는 그들의 이불 속 생활에 대해서는 한두 가지를 알고 있을 뿐이지만, 나머지 생활에 대해서는 훨씬 많이 알고 있다. 한마디로 우리는 린멍이 여복이 적지 않다고 생각했다. 핑핑의 아름다움은 눈이 있으면 뻔히 보이는 거고, 부드러움과 부지런함도 눈에 띄었다. 그 두 사람이 어떤 이유로든 다투는 모습을 보지 못했다. 그들의 집에 가면 그녀는 때맞춰 찻잔에 물을 따라주고, 담뱃불을 붙이려 하면 성냥을 가져다주었다. 결혼한 뒤로 린멍의 구두는 언제나 반짝반짝했고, 옷차림도 날마다 새로웠다. 물론 핑핑과 같은 아내가 있기 때문이었다. 그 전까지 그는 우리 친구들 중에서 제일 옷을 못 입는 사람이었다.

나는 이렇게 그들 생활의 단편을 떠올리며 길을 걸었다. 오후에 두 사람의 거처에 도착해 이 대문을 노크하지 않은 지가 정말 오래되었구나 하고 생각했다. 펑펑이 대문을 열어주는데 그녀의 모습이 좀 변한 듯도 했다. 조금 살찐 것 같기도 하고, 조금 야윈 것 같기도 하고.

문이 열릴 때 먼저 펑펑의 손을 보았다. 가는 손이 문틈으로 보였고 이어 문이 열렸다. 나를 바라보는 펑펑의 얼굴이 조금 어리벙벙해 보였다. 아마 오랫동안 보지 못한 탓이겠지. 나는 웃는 얼굴로 안으로 들어갔다. 선텐샹도 없었고, 왕페이도 없었고, 천리칭도 없었다. 린멍조차도 보이지 않아 펑펑에게 물었다.

"린멍은?"

린멍은 집에 없었다. 그는 아침 일곱 시 반에 집을 나갔다고 했다. 공장에 출근한 것이다. 선텐샹도 왕페이도 천리칭도 지금은 모두 일터에서 일을 하고 있는 게 당연했다. 오로지 나와 펑펑만……. 펑펑에게 말했다.

"우리 두 사람뿐인가요?"

내가 말한 건 이 집 안에서 그렇다는 뜻이었다. 펑펑은 내 말을 듣고 얼굴 근육을 두어 번 실룩거렸다. 미소짓는 건가?

"왜 그래요?"

펑펑은 알 수 없다는 듯 나를 쳐다보았다.

"방금 나한테 미소지은 거 맞죠?"

핑핑이 고개를 끄덕였다.

"웃었어요."

그녀의 얼굴 근육이 다시 두어 번 실룩거렸다. 이번에는 나도 웃었다.

"어쩜 그렇게 괴상하게 웃어요?"

핑핑은 줄곧 입구에 서 있었다. 문을 잠그지도 않고 문고리를 잡은 손을 놓을 생각도 않고 있었다. 내가 얼른 돌아가길 기다리는 자세로.

"내가 얼른 돌아가길 바라는 거죠?"

내 말을 듣자 그녀는 문고리에서 손을 떼고 내 쪽으로 몸을 돌렸다. 그녀는 나를 쳐다보았다. 그녀의 두 손은 가만 있지 못하고 왔다 갔다 했다. 마치 적당한 자리를 찾지 못한 듯이. 핑핑의 이런 모습은 이제껏 한 번도 본 적이 없는 터라 온몸이 딱딱하게 굳은 채 그 자리에 서 있었다. 그녀가 웃는 것도 알아채지 못했다.

"오늘 왜 그래요? 밖에 볼일 있는 거 아니에요?"

그녀는 당황한 듯 고개를 저었다.

"급한 일이 없다면, 좀 앉을게요."

나는 소파에 앉았다. 하지만 그녀는 여전히 서 있었다. 나는 웃음이 나왔다.

"왜 그렇게 서 있어요?"

그녀는 옆에 있는 의자에 앉아 비스듬히 얼굴을 돌려 나를 바라보았다. 그녀의 호흡은 무거운 듯했고 두 다리는 흔들거렸다. 방금 전에 적당한 자리를 찾지 못하던 손처럼.

"핑핑, 오늘 왜 그래요? 내가 왔는데 마실 물도 안 주고, 사과 하나 안 깎아주고. 날 싫어하는 거 아니에요?"

핑핑은 연신 고개를 저었다.

"아니, 아니에요. 내가 왜 당신을 싫어하겠어요."

핑핑은 웃으면서 일어나 물을 따라주었다. 이번에는 웃는 것처럼 웃었다. 그녀는 물을 내 손에 건네주면서 말했다.

"사과는 없고 매실은 있는데, 먹을래요?"

"안 먹어요. 매실은 여자들이나 먹는 거죠. 물 한 잔이면 됩니다."

핑핑은 의자에 도로 앉았다. 나는 물을 마시며 말했다.

"전에는 당신네 집에 올 때마다 선톈샹이랑 다른 녀석들을 만나곤 했는데, 세 사람 모두가 아니더라도 적어도 한 사람은 만났는데, 오늘은 한 사람도 없고, 린멍도 없고, 우리 두 사람만 있네요. 당신은 또 말수가 적은 사람이고……."

핑핑이 갑자기 긴장하기 시작했다. 그녀는 문 쪽으로 얼굴을 돌렸다. 무슨 소린가를 듣고 있었다. 계단을 올라오는 누군가의 발걸음 소리를. 발걸음은 퍽이나 느렸다. 그 사람은 서두르지 않고 침착하게 나와 핑핑이 바라보고 있는 문까지 걸어왔다가 다시 층을 더 올라갔다. 핑핑은 긴 숨을 내쉬었다. 그녀는 고개를 돌려 나를 쳐다보았다. 깜짝 놀랄 만큼 새하얗게 질린 얼굴로. 그녀는 나를 향해 미소지었고, 얼굴 근육이 또다시 두어 번 실룩거렸다. 나는 그녀와 마주하고 있기가 뭣해서 집을 훑어보기 시작했다. 풍선이 집에서 사라졌고, 분홍색도 찾아볼 수 없었다. 나도 모르게 베란다를 훔쳐보았다. 베란다에는 핑핑의 속옷이 없었다. 당연히 분홍색도 없었다. 그제야 핑핑에게 물었다.

"두 사람 풍선 좋아하지 않아요?"

핑핑이 나를 쳐다보았다. 내 목소리는 들었지만 말뜻은 알아듣지 못한 표정이었다.

"풍선이 없어졌군요."

"풍선?"

그녀는 나를 쳐다보았다. 무슨 말인지 잘 모르겠다는 듯이.

"네, 전에는 풍선이 많이 걸려 있었잖아요."

"아……."

그제야 생각난 모양이었다.

"당신 어째 오늘은 조금……. 어떻게 말해야 하나? 아무튼 조금 이상한 것 같군요."

"아니에요."

그녀는 고개를 저으며 말했다. 그러나 그다지 강하게 부인하지는 않았다.

"원래 여기 올 생각은 없었어요. 알겠어요? 나 또 이사했어요. 주방을 정리하는 어머닐 도와주고 서재를 정리하는 아버질 도와주는데, 날 이리 불렀다 저리 불렀다 해서 더 이상 참을 수가 없었어요. 그래서 도망쳐 나왔어요. 선텐샹을 볼까 했는데 그저께 만났고, 왕페이와 천리칭도 자주 만나는 편이고, 당신들은 못 본 지 오래돼서요. 그래서 이리로 왔어요. 린멍이 없을 줄은 생각도 못했어요. 오늘 출근한다는 걸 미처 생각지 못해서……."

그녀와 린멍이 싸웠다는 이야기를 날조한 사실은 말하지 않았다. 핑핑은 진지한 사람이었다. 나는 말을 계속했다.

"당신 혼자 있을 줄은 생각지도 못했어요……."

그녀는 집에 혼자 있기 때문에 정신을 딴 데 팔고 있는 거다. 아무래도 돌아가는 게 좋겠다. 일어나면서 그녀에게 말했다.

"갈게요."

핑핑도 얼른 일어나면서 말했다.

"잠깐 더 앉아 있으세요."

"그냥 가죠 뭐."

그녀도 내가 자기 집에서 나가기를 기다리고 있다. 내가 얼른 돌아가기를 바라고 있다. 나는 문 쪽으로 두어 걸음 옮기다 말했다.

"먼저 볼일 좀 보고요."

화장실에 들어가 문을 잠그며 한마디 더 보탰다.

"이 집 근처에 공용 화장실이 없어서요."

소변만 볼 생각이었으나 소변을 해결하자 대변이 보고 싶어졌다. 그래서 화장실에서 금방 나갈 수가 없었다. 쪼그리고 앉아 있는데 대문 밖 계단에서 쿵쿵거리는 소리가 들려왔다. 누군가 서둘러 계단을 뛰어 올라와 문 앞에서 소리쳤다.

"핑핑! 핑핑!"

린멍이 돌아왔다. 핑핑의 목소리가 떨리고 있었다.

"당신 어쩐 일로 돌아왔어?"

문 여는 소리가 들렸다.

"오줌 마려워 죽을 뻔했네. 공장에 물품을 들여가는데, 도중에 화장실을 못 찾았거든. 집으로 돌아올 수밖에."

나는 화장실에서 린멍이 산돼지처럼 돌진해 오고 있다고 느꼈다. 그는 화장실 문을 힘껏 잡아당겼다. 그리고 아무 말도 하지 않았다. 문이 열리지 않으니 분명 깜짝 놀랐을 거다. 잠시 후 그는 당황한 목소리로 핑핑에게 물었다.

"안에 누가 있어?"

아마도 핑핑은 고개를 끄덕였을 거다. 린멍이 으르렁거리기 시작했다.

"누구야?"

나도 모르게 웃음이 나왔다. 미처 대꾸할 틈도 주지 않고 린멍이 발로 문을 차기 시작했다. 발로 차고 고함지르고.

"나와!"

지금 막 앉았는데 나오라고 야단이었다. 그가 차는 바람에 화장실 문이 쾅쾅대며 흔들렸다. 어쩔 수 없이 바지를 올리고 허리띠를 차고 문을 열었다. 나를 보더니 린멍은 순식간에 어리둥절한 표정을 지었다.

"린멍, 난 아직 일도 다 끝내지 못했다고. 문을 이렇게 차대니 똥이 나오다가 들어가버리잖아."

린멍은 눈을 둥그렇게 뜨고 나를 빤히 쳐다보더니 이를 앙다물고 말했다.

"너일 줄은 생각지도 못했다."

그의 모습에 나는 웃음이 나왔다.

"그렇게 보지 마."

린멍은 눈을 둥그렇게 뜬 채 내 쪽으로 손가락질을 했다. 나는 그가 내뻗은 집게손가락을 피하며 말했다.

"네 모습에 머리카락이 다 곤두선다."

그 순간 린멍이 소리를 쳤다.

"너 때문에 내 머리카락이 곤두선다."

린멍의 고함소리에 화들짝 놀란 나는 그제야 그의 분노에 주의하기 시작했다.

"무슨 일 났어?"

"네가 내 마누라와 놀아날 줄은 꿈에도 생각지 못했다."

"놀아나다니?"

내가 그에게 물었다.

"놀아나다니, 그게 무슨 뜻이야?"

"모르는 척하지 마."

핑핑을 쳐다보았다. 그녀에게서 린멍의 말이 무슨 뜻인지 알 수 있을까 해서. 하지만 새파랗게 질린 입술을 제외하고는 얼굴 전체가 백지장처럼 변해버린 모습만 보일 뿐이었다. 핑핑의 그런 모습은 린멍의 고함소리보다 나를 더 불안하게 만들었다. 그제야 린멍의 말뜻을 깨달았다. 그는 나와 핑핑이 함께 잤다고 생각하는 거다.

"린멍, 너 완전히 잘못 생각하고 있는 거야. 나와 핑핑 사이에는 아무 일도 없었어. 핑핑에게 물어봐도 좋아."

핑핑도 연신 고개를 끄덕였다. 내 말과 핑핑의 끄덕임에는 손톱만치도 관심이 없는 듯 린멍은 손가락질을 하며 말했다.

"두 사람 모두 잡아뗄 생각 마. 집에 들어서자마자 핑핑의 얼굴이 어딘가 이상하다 싶었지. 집에 들어서면서부터 무슨 일이 일어났다는 걸 알았다고."

"아니."

내가 그의 말을 잘랐다.

"네가 생각하고 있는 일은 전혀 일어나지 않았어."

"아무 일도 없었다고?"

그는 한 발짝 다가왔다.

"그럼 왜 화장실에 숨어 있었어?"

"난 화장실에 숨어 있지 않았어."

그는 다시 손가락을 뻗어 화장실을 가리키며 말했다.

"이게 뭐야? 그럼 주방이냐?"

"주방이 아니라 화장실이지. 하지만 난 거기에 숨어 있지 않았어. 똥 싸고 있었다고."

"방귀 뀌는 소리 하고 앉았네."

린멍은 화장실 안을 들여다보았다. 화장실 입구에 서서 그는 자신 있게 말했다.

"그런데 왜 똥이 없지?"

"아직 못 쌌어. 네가 문을 차는 바람에 도로 들어가버렸잖아."

"허튼 수작하지 마."

그는 경멸하는 표정으로 손을 내젓더니 별안간 몸을 돌려 화장실로 들어가 쾅 문을 닫았다. 안에서 말하는 소리가 들려왔다.

"니들 둘 때문에 바보가 돼버렸잖아. 오줌 마려워 죽을 뻔했던 것도 잊어버리고 말이야."

그의 오줌이 변기를 때리는 소리가 들렸다. 나는 핑핑에게 다가 갔다. 핑핑은 의자에 앉아 있었다. 두 손으로 얼굴을 가린 채 어깨를 덜덜 떨고 있었다. 핑핑에게 물었다.

"도대체 어떻게 된 노릇이에요? 아직까지도 뭐가 뭔지 도통 모르겠군요."

핑핑은 얼굴을 들어 나를 올려다보았다. 눈물은 다 말라 있었지만 혼비백산한 기색만은 완연했다. 그녀도 무슨 일이 일어났는지 도통 모르겠다는 표정이었다. 화장실 문이 왈칵 열렸다. 화장실에서 나오는 린멍은 완전히 딴 사람이었다. 오줌을 해결하고 안정을 되찾은 것 같았다. 그가 나에게 말했다.

"앉아."

나는 선 채로 꼼짝도 안 했다. 그는 피식 웃었다. 그 웃음에 내가 놀랐다.

"앉으라구. 왜 안 앉아?"

방금 전에 아무 일도 없었다는 듯한 말투였다. 나는 핑핑 곁에 앉아 린멍이 백지와 연필을 들고 오는 걸 바라보았다. 그는 우리와 나란히 앉더니 핑핑에게 말했다.

"넌 나한테 미안한 일을 저질렀어……."

핑핑이 고개를 들었다.

"아냐."

"넌 잘못했어. 이제 널 때리지 않겠어. 욕도 하지 않고……."

"아니라고."

핑핑이 거듭 말했다.

"난 너한테 미안한 일 없어."

린명은 참지 못하겠다는 듯 손을 저으며 말했다.

"네가 어떻게 말해도 난 네가 잘못했다고 생각할 테니 쓸데없는 말은 집어치워. 이 말 한마디만 들어주면 돼. 우린 더 이상 함께 살 수 없어. 알겠니?"

핑핑은 물끄러미 그를 쳐다보았다. 그는 나를 힐끗 쳐다보고는 말을 이었다.

"알겠니? 우린 이혼해야 돼. 이외엔 다른 방법이 없어."

핑핑의 눈에서 눈물이 흘러내렸다.

"왜 이혼하려 해?"

린명은 나를 가리키며 말했다.

"넌 저 자식하고도 같이 잤어. 내가 너랑 이혼하는 건 당연해."

"난 그런 적 없어."

핑핑이 눈에 힘을 주며 말했다. 이 지경이 되었는데도 핑핑이 해명하는 목소리는 여전히 약하기만 했다. 나는 불쾌해졌다.

"큰소리로 말해요. 큰소리로 나와 당신 사이에 아무 일도 없었다고 말하라고요. 탁자를 꽝 내리치든지요."

린멍이 코웃음을 치며 나한테 말했다.

"목소리가 아무리 커도 소용없어. 이런 걸 두고 도리에 맞으면 천하를 활보할 수 있고, 도리에 맞지 않으면 한 걸음도 내딛을 수 없다고 하는 거야."

내가 말했다.

"지금은 우리가 도리에 맞고, 네가 도리에 맞지 않는 거야."

린멍이 또 피식 웃으며 핑핑에게 말했다.

"들었니? 저 자식이 우리란다. 너랑 저 자식 말이야. 나랑 이혼하고 나면 넌 저 자식과 결혼하겠지."

핑핑은 얼굴을 들어 나를 쳐다보았다. 갑자기 또 하나의 남편을 발견한 듯한 눈빛. 나는 서둘러 손을 내저었다.

"핑핑, 허튼소리 듣지 말아요."

내 말에 핑핑은 그녀의 진짜 남편을 쳐다보았다. 남편은 손에 든 연필로 종이에 뭔가를 쓰고 있었다. 린멍이 그녀에게 말했다.

"다 따져봤어. 저금과 현금을 모두 합치면 만 이천사백 위안, 니가 육천이백 갖고, 나도 육천이백 갖으면 돼. 텔레비전과 비디오 가운데 네가 하나 고르고, 냉장고와 세탁기 중에서도 네가 먼저 하나 고르고……."

나는 그가 재산을 가르는 모습을 바라보았다. 아무래도 얼른 돌아가는 게 좋을 것 같았다.

"두 사람 일 보세요. 난 갈랍니다."

막 돌아가려 하는데 린멍이 날 붙잡았다.

"못 가. 넌 우리 결혼을 깨뜨렸어. 마땅히 책임을 져야지."

"난 당신 결혼 깨뜨린 적 없어. 누구의 결혼도 파괴하지 않았다 구. 도대체 무슨 책임을 지라는 거야?"

린멍이 일어나 나를 의자 앞으로 미는 바람에 나는 의자에 도로 앉았다. 그는 계속해서 핑핑과 재산 가르는 일을 의논했다.

"옷은 자기 옷을 그냥 가져가면 되고, 가구도 한 사람이 절반씩 가져가는 걸로 하자. 물론 합리적으로 나누어야겠지. 침대와 탁자 는 둘로 나눌 수 없으니까. 그리고 이 집은…… 네가 가져. 결혼 전에 이 집은 네 것이었으니까."

린멍은 얼굴을 돌려 나에게 명령조로 말했다.

"내가 핑핑과 이혼하면, 넌 반드시 한 달 안에 핑핑을 아내로 맞 아야 해."

"넌 나한테 이런 말 할 권리 없어. 네가 핑핑과 이혼하든 말든 나 랑은 아무 관계가 없어."

"네가 핑핑을 유혹해서 나쁜 짓을 저지르게 하고, 나한테 미안한 일을 하게 하고…… 그러고도 너랑 아무 관계가 없다고?"

"난 유혹한 적 없어. 핑핑한테 물어봐. 내가 유혹했는지."

우리는 동시에 핑핑을 쳐다보았다. 핑핑은 있는 힘껏 고개를 저 었다.

"핑핑, 말해봐요. 그래요, 안 그래요?"

핑핑이 대답했다.

"그런 적 없어요."

하지만 조금도 떳떳한 목소리가 아니었다.

"핑핑, 이런 말을 할 때는 좀더 크고 자신 있게 말해야 해요. 당신은 너무 자신 없어 보여요. 평소 린멍이 우리한테 당신 이야기를 지껄일 때도, 그저 낮은 목소리로 '그만 해'라는 말만 하더니……. 하지만 지금은 그러면 안 돼요. 일어나 큰소리로 따지란 말이에요……."

린멍이 내 어깨를 두드리며 말했다.

"친구로서 한마디 하겠는데, 핑핑을 무서운 호랑이로 만들어서는 안 돼. 앞으로 네가 남편이 될 테니까 말이야."

"난 핑핑의 남편이 아니야."

"넌 핑핑의 남편이 되어야 해."

린멍이 이렇게 다잡고 나오자 도리어 내가 어리둥절해졌다. 다시 한 번 핑핑에게 물었다.

"이게 도대체 무슨 일이에요? 집에서 도망 나올 때만 해도 아내를 맞게 될 줄은 생각도 못했어요. 게다가 또 친구의 아내라니. 그건 괜찮다고 쳐요. 환장할 지경인 건, 그 여자가 두 번째 하는 결혼이라는 거고, 나보다 네 살이나 많다는 거예요. 우리 부모님도 아마 화가 나 죽으려 할 거예요……."

"그럴 리 없어."

린멍이 나섰다.

"너희 부모님은 모두 지식인이잖아. 분명 그런 것쯤은 개의치 않을 거야."

"틀렸어. 지식인이야말로 누구보다 보수적인 법이지."

나는 핑핑을 가리키며 말했다.

"부모님이 핑핑을 받아들일 리 없어."

린멍이 자신 있는 목소리로 말했다.

"너희 부모님은 반드시 받아들일 거야."

핑핑에게 다가가 물었다.

"이게 도대체 무슨 일이에요? 지금 내 머리에는 뇌수는 하나도 없고 두부만 꽉 들어찬 것 같아요. 뭐가 뭔지 정말……."

핑핑은 눈물을 그쳤다.

"당신은 오늘 우리 집에 오지 말았어야 해요. 왔다고 하더라도 금방 돌아갔어야 했어요."

그녀는 린멍을 가리키며 말을 이었다.

"당신은 저 사람 친구지만, 저 사람을 조금도 몰라요……."

그녀는 더 이상 말하지 않았지만 분명히 알 수 있었다. 내가 그 집 대문을 들어설 때, 핑핑이 왜 안절부절못했는지를. 린멍이 집에 없었기 때문이었다. 핑핑의 긴장과 불안은 바로 나 때문이었다. 남편이 아닌 남자와 단둘이 같이 있었으니 말이다.

나는 린멍이 어떤 사람인지도 알게 되었다.

"전에는 네가 통 큰 사람인 줄 알았는데, 이렇게 쩨쩨하게 따질 줄은 몰랐다. 질투심이 보통이 아니시군."

"넌 내 마누라랑 함께 잤어. 그러고도 내가 통 크게 놀길 바래?"

"너에게 분명히 말해주지."

린멍의 코를 가리키며 말했다.

"지금, 난 너한테 질렸어. 네가 어떤 허튼소리를 하더라도 너와 따질 마음 없어. 단 하나 핑핑이 걱정이지. 핑핑한테 미안하군. 난 오늘 오지 말았어야 했는데……."

이렇게 말하고 나자 느닷없이 흥분되기 시작했다. 나는 손을 휘휘 내저으며 말을 계속했다.

"아니, 난 오늘 잘 왔어. 핑핑, 당신은 저 사람과 이혼하는 게 옳아요. 저런 사람과 함께 지낸다는 건 정말 지옥이에요. 오늘 내가 와서 당신을 구출한 거라구요. 만약 내가 당신 남편이라면, 첫째 난 당신을 존중할 것이며, 절대로 당신을 불안하게 하는 말을 하지 않을 거예요. 둘째 난 당신을 이해할 거예요. 난 최선을 다해 당신을 이해하는 쪽으로 생각할 거예요. 셋째 난 진정으로 아량을 베풀 거고, 저 사람처럼 겉으로만 잘난 척하지 않을 거예요. 넷째 난 당신과 함께 가사를 분담할 거고, 저 사람처럼 집에만 들어왔다 하면 대감 노릇을 하려고 들지는 않을 거라구요. 다섯째 난 절대로 당신이 나한테 지어준 별명을 남들한테 떠벌리지 않을 거고, 여섯째 난 매일 저녁 당신을 보듬고 잘 거예요. 당신의 입김이 내 목을 간지럽혀도 상관없어요. 일곱째 난 저 사람보다 훨씬 튼튼해요. 장작처럼 빼빼 마른 저 사람보다는……."

계속해서 열다섯까지 줄줄 늘어놓고 나자 그다음엔 무슨 말을 해야 할지 생각나지 않아 거기서 그쳤다. 핑핑을 쳐다보았다. 뜨거운 눈물이 그렁그렁한 눈으로 나를 쳐다보고 있었다. 그녀는 내 말에 감동한 것 같았다. 린밍을 쳐다보았다. 린밍은 히히 웃고 있었다.

"좋아, 네가 말한 건 다 좋다고. 안심해도 되겠군. 네가 내 전처를 잘 대해줄 거라고 믿어."

"내가 이렇게 말하는 건 다른 뜻에서가 아니야. 게다가 난 핑핑과 결혼할 거라고 말하지도 않았고. 그리고 내가 핑핑과 결혼하는 문제는 나 혼자 말한다고 되는 게 아니야. 핑핑이 동의할지는 나도 모르겠어. 난 다만 '내가 만약 핑핑의 남편이라면'이라는 걸 전제로 말했을 뿐이야."

나는 핑핑을 바라보았다.

"핑핑, 말해보세요."

그런데 그만 환장할 일이 벌어지고 말았다. 핑핑도 내 말을 잘못 받아들인 것이다. 그녀는 눈물 가득한 눈으로 말했다.

"당신의 아내가 되고 싶어요. 방금 당신이 한 말을 듣고 당신의 아내가 되어야겠다고 생각했어요."

내가 바보였다. 나 자신이 정말 멍청이처럼 여겨졌다. 제 무덤을 제가 파고서도 도망갈 생각을 하다니. 핑핑의 얼굴에는 차츰 행복한 표정이 떠올랐다. 시간이 흐를수록 도망갈 수 있는 희망이 줄어들고 있었다. 핑핑의 아름다운 얼굴은 나를 향해 있었고, 그녀의 아름다운 눈동자도 나를 향해 반짝이고 있었다. 그녀의 눈에선 아직도 눈물이 흘렀다.

"핑핑, 그만 울어요."

핑핑은 손을 들어 눈물을 말끔하게 닦아냈다. 내 머리는 식은땀이 날 정도로 뜨거웠고 감정은 걷잡을 수 없이 격앙되었다. 난 이미 정신이 나갔던 것이다. 마침내 난 핑핑의 남편이라도 되는 양 린멍에게 말했다.

"이제 네가 나가줘야겠어."

린멍은 내 말을 듣고는 연신 고개를 끄덕였다.

"응, 그래. 내가 나가지."

린멍은 신이 나서 나갔다. 한 가지 생각이 번뜩 스쳐 지나갔다. 저 녀석, 일 년 전부터 이날만을 고대하고 있었던 거다. 다만 내가 넘겨받으리라고는 생각지 못했을 뿐.

린멍이 나간 뒤, 나와 핑핑은 한동안 가만히 앉아 있었다. 우리는 아무 말도 하지 않고 온갖 상념에 빠져들었다. 이윽고 핑핑이 배가 고픈지, 주방에 가서 먹을 걸 준비하겠다고 말했다. 나는 고개를 저으며 그녀더러 계속 앉아 있으라고 했다. 우리는 다시 쥐 죽은 듯이 앉아 있었다. 핑핑은 나에게 후회하고 있느냐고 물었다. 아니라고 말하자, 무슨 생각을 하고 있느냐고 다시 물었다.

"이렇게 될 줄 미리 알고 있었던 것 같아요."

핑핑은 내 말뜻을 이해하지 못했다. 나는 자세히 말했다.

"내가 집을 나올 때, 부모님께 당신과 린멍이 싸웠다고 날조했거든요. 당신이 머리가 터지도록 린멍을 때렸고, 린멍도 머리가 터지도록 당신을 때렸다고……. 어쨌거나 당신들이 정말 이혼하게 됐으니, 내가 먼저 알고 있었던 게 맞죠?"

핑핑은 아무런 반응도 보이지 않았다. 그녀는 아직도 무슨 말인지 알아듣지 못했다. 나는 그녀에게 다시 설명해주었다. 내가 부모님한테 한 거짓말을 전부 일러주었다. 그녀가 재떨이를 들고 린밍의 머리를 모질게 내리쳤다고 한 것까지 포함해서. 그러자 핑핑이 손을 내저었다. 절대로 그렇게 하지 않았다는 것이다. 그래서 난 다시 설명해주었다. 알고 있다고. 당신이 절대로 그렇게 할 리가 없다고. 당신이 막돼먹은 여자가 아니라는 것도 잘 알고 있다고. 내가 이렇게 될 줄 미리 알고 있었을지도 모른다는 걸 당신이 이해할 수 있게 이런 말을 하는 거라고. 그제야 그녀는 무슨 말인지 알아듣고 웃으며 고개를 끄덕였다. 그녀가 고개를 끄덕이자 나는 얼른 고개를 저었다.

"사실 난 미리 알고 있었던 게 아니에요. 당신과 린밍의 사이가 좋지 않다는 사실은 예언했다 치더라도, 내가 당신 남편이 될 줄은 생각지도 못했으니 말이에요."

나는 처참한 표정으로 핑핑을 바라보며 말했다.

"내가 왜 결혼을 해야 하는지, 도무지 알 수가 없군요."

북서풍이 불어오는 오후에

西北風呼嘯的中午

한 치 틈새도 없는 창문을 뚫고 들어온 햇살이 의자에 아무렇게나 걸쳐둔 바짓가랑이를 비추고 있었다. 나는 웃통을 벗은 채 침대에 누워 오른손으로 오른쪽 눈언저리의 눈곱을 떼어냈다. 잠잘 때 나도 모르게 생겨난 눈곱을 아직까지 거기에 달아놓아서는 안 된다는 생각이 들었기 때문이다. 하지만 사납게 대할 필요는 없었다. 우아하게, 아주 우아하게 눈곱을 떼어냈다. 왼쪽 눈은 한가로이 쉬고 있었다. 왼쪽 눈을 던져 바지를 바라보았다. 엊저녁 잠잘 때 벗어둔 것이다. 낭패한 몰골로 축 처져 있는 바지를 보노라니 지난밤 옷을 벗자마자 아무렇게나 의자에 내팽개친 내 행동이 후회스러웠다. 윗도리도 같은 모양새로 나뒹굴고 있었다. 그렇게 왼쪽 눈길로 옷가지들을 일별하다가 마침내 엊저녁 잠에 빠져 있는 동안 내가 뱀처럼 허물을 벗은 건 아닌가 하는 의심이 들었다. 벗어놓은 바지와 윗도리가 꼭 그 꼴이었다. 한 줄기 햇살이 바짓가랑이에 떨어졌다. 반짝이는 햇살 한 점이 꼭 황금색 벼룩 같았다. 온몸이 근지러웠다. 놀고 있는 왼손으로 해결하려 했지만 그것만으로는 모자라 오른손도 거들어 같이 긁도록 했다.

누군가 문을 두드렸다.

처음에는 이웃집 문을 두드리는 거라고 생각했다. 하지만 소리는 우리 집 문 쪽에서 나고 있었다. 깜짝 놀라 일어났다. 누가 우리 집 문을 두드리지? 나 아닌 다른 누가 우리 집 문을 두드릴 일은 없을 텐데. 하지만 나는 지금 침대에 누워 있다. 잘못 두드린 거겠지. 나는 대답하지 않고 연신 긁어대기만 했다. 외출하여 한 바퀴 빙 돌고 들어올 때마다 문을 두드리려 했던 기억이 났다. 열어줄 사람이 없다는 사실을 깨닫고 열쇠를 끄집어낼 때까지. 문은 금방이라도 무너질 듯 격렬한 소리를 내기 시작했다. 밖에 있는 사람은 손이 아닌 발로 문을 차고 있었다. 대응책을 강구할 새도 없이 문은 무겁게 바닥으로 떨어졌다. 콰당탕탕 하는 시끄러운 소리가 몇 차례 내 몸을 두들겼다.

구레나룻으로 뒤덮인 호랑이 상의 사나이가 침대 곁으로 다가와 분기탱천하여 으르렁댔다.

"친구가 죽어가고 있는데 천하태평으로 자고 있다니."

여태껏 한 번도 본 적이 없는 얼굴이었다. 그가 누군지 알 수 없었다.

"당신 잘못 찾아온 거 아니오?"

그는 확신에 찬 어조로 대답했다.

"절대 틀릴 리 없소."

그가 확고부동한 태도를 보이자 의심이 들기 시작했다. 혹시 엊저녁 내가 다른 집으로 잘못 들어온 건 아닐까. 잽싸게 침대에서 뛰어내려 문밖으로 나가서는 문패를 찾았다. 하지만 우리 집 문은 방 안으로 쓰러져 있었다. 나는 도로 방으로 들어와 바닥에 떨어진 문에서 문패를 찾아냈다. 문패에는 이렇게 적혀 있었다.

홍차오신춘 이십육 번지 삼 호.

나는 그에게 물었다.

"이거 당신이 방금 넘어뜨린 문 맞소?"

"그렇소만."

틀림없었다.

"당신이 잘못 찾아온 게 분명하오."

내가 확고한 태도를 보이자 이번엔 그쪽에서 자신이 없어진 듯했다. 그는 나를 한동안 바라보더니 물었다.

"당신, 위화 아니오?"

"그렇기는 하오만 난 당신을 모르겠소."

이 말을 듣더니 그는 노기등등해서 고함을 질렀다.

"당신 친구가 곧 죽게 생겼다고!"

"하지만 난 여태껏 친구라곤 없었단 말이오."

나도 고함쳤다.

"거짓부렁 따윈 집어치워! 비겁한 소시민 같은 놈!"

그는 눈을 부라리며 말했다.

"난 소시민 따위가 아니오. 책을 산더미같이 쟁여놓은 소시민 봤소? 당신 친구를 내게 억지로 떠맡기려 하는 것 같은데, 난 절대 받아들일 수 없소. 나는 말이오, 이제껏 친구라곤 없었던 사람이오. 그런데……"

나는 어조를 다소 누그러뜨리며 말을 이었다.

"당신 친구를 사 호 집으로 떠넘기는 건 괜찮을 듯도 하오. 우리 이웃인데 그 사람은 친구가 많다오. 한 사람쯤 더 보탠다 해도 그리 개의치 않을 거요."

"하지만 그 사람은 당신 친구잖소. 발뺌할 생각 마쇼."

그는 내 쪽으로 한 발 바짝 다가왔다. 마치 나를 집어삼키기라도 할 듯이.

"그 사람이 대체 누구요?"

그는 생전 들어보지 못한 이름을 끄집어냈다.

"난 그런 사람 모르오."

나는 즉시 대답했다.

"이런 배은망덕한 소시민 같은 놈!"

그는 내 허벅지만 한 팔뚝을 뻗어 내 머리카락을 잡아채려 했다. 잽싸게 침대 모서리로 몸을 피한 나는 분을 못 이겨 고함을 질러댔다.

"난 소시민이 아니란 말이오. 내 책들이 증명하잖소. 당신 또다시 소시민이니 어쩌니 지껄여대면…… 미안하지만 썩 꺼져달라고 할 거요."

그의 손이 한순간 내려가는가 싶더니 이불 속으로 들어왔다. 서늘하고 억센 손이 따뜻하고 부드러운 내 발을 낚아챘다. 이불 속에서 미끄러져 나온 내 몸이 곧바로 방바닥에 내동댕이쳐졌다.

"빨리 옷 입으쇼. 안 그러면 이렇게 질질 끌고서라도 데려갈 작정이오."

녀석에게 더 따져봐야 아무 소용이 없을 듯싶었다. 그가 나보다 적어도 다섯 갑절은 힘이 셀 것이 분명했기 때문이다. 그는 바지를 던지듯 가볍게 나를 창문으로 던져버릴 수도 있을 것이다.

"곧 죽게 될 사람이 보고 싶어 한다니 기꺼이 가주겠소."

나는 마지못해 일어나 옷을 입기 시작했다.

이렇게, 빌어먹을 오후에, 한 사나이가, 방문을 부수고 들어오더니, 조금도 알고 싶지 않은, 게다가 곧 저승으로 떠날 친구를 나에게 안겨주었다. 마침 밖에는 북서풍이 쌩쌩 무섭게 불고 있었다. 오버코트도 없고, 목도리도 없고, 장갑도, 모자도 없었다. 나는 얇은 옷을 걸친 채, 오버코트를 입고 목도리를 두르고 장갑을 끼고 모자까지 쓴 사내를 따라 어떻게 생겼는지도 모르는 친구를 만나러 갔다.

세차게 부는 북서풍은 마치 나뭇잎 두 장을 날리듯이 나와 사내를 친구 집으로 날려보냈다. 대문에는 화환들이 가득했다. 사내는 그지없이 슬픈 표정으로 말했다.

"당신 친구가 죽어버렸군요."

이 결말을 기뻐해야 하는 건지 슬퍼해야 하는 건지 곰곰이 따져볼 겨를도 없었다. 아이고, 아이고, 곡소리가 들려왔다. 사나이는 곡소리 속으로 나를 들이밀었다.

금방이라도 죽을 듯 비통해하는 남녀들이 나를 에워싸기 시작했다. 그들은 더할 나위 없이 감동적이고 부드러운 어조로 말했다.

"생각을 넓게 가지셔야죠."

그 말을 듣고는 나 역시 비통한 척 고개를 숙였다. 내가 정말 하고 싶었던 말을 할 생각이 없어졌기 때문이다. 가만히 그들의 어깨를 두드리고, 가만히 그들의 머리를 어루만지고, 그들의 위로에 감사를 표했다. 다시 건장한 남자 몇몇과 오랫동안, 그리고 힘있게 악수하면서 스스로 생각을 넓게 가질 수 있을 거라고 다짐하기도 했다.

거동이 불편한 노파가 걸어와 눈물을 줄줄 흘리며 내 손을 부여잡고 말했다.

"내 아들이 죽었네."

나는 그녀에게 대답했다.

"알고 있습니다. 저 역시 슬프답니다. 너무 갑작스러워서."

나는 바로 어제 당신 아들과 함께 해를 바라봤다는 말까지 할 뻔했다.

노파는 통곡하기 시작했다. 그 날카로운 곡소리를 듣자 모골이 송연해졌다. 노파에게 말했다.

"생각을 넓게 가지세요."

노파의 곡소리가 점차 잦아들었다. 노파는 내 손을 가져가 자기 얼굴의 눈물을 닦기 시작했다. 그러고는 고개를 들어 "자네도 생각을 넓게 가지게" 하고 말했다.

나는 있는 힘껏 머리를 끄덕이며 대답했다.

"그럴 겁니다. 몸조심하셔야 합니다."

노파는 다시 한 번 내 손으로 눈물을 닦아냈다. 마치 내 손이 자신의 손수건인 양. 그 혼탁하고 뜨거운 눈물이 내 손을 흥건히 적셨다. 손을 빼내고 싶었지만 너무 꽉 잡혀 있었다. 노파가 말했다.

"자네도 몸조심하게나."

"그러겠습니다. 우리 모두 몸조심해야죠. 슬픔을 힘으로 바꿔야 합니다."

노파는 고개를 끄덕끄덕한 뒤 말했다.

"우리 아들이 자네가 오는 것도 기다리지 못하고 눈을 감아버렸네. 그렇더라도 너무 탓하지는 말게."

"그럴 리가요. 탓하지 않습니다."

노파는 거푸 엉엉 울어댔다. 한바탕 울고 나더니 "겨우 아들 하나 있었는데, 그 아들이 죽었다네. 이제부턴 자네가 내 아들일세"라고 말했다.

나는 간신히 손을 빼내 눈물을 닦는 체했다. 그러나 실은 전혀 눈물을 흘리지 않았다.

"진작부터 어머니로 생각하고 있었는걸요."

지금으로서는 이렇게 말할 도리밖에 없다.

이 말을 듣자 노파는 한층 더 슬퍼하며 울기 시작했다. 울고 있는 두 어깨를 가만히 두드려주어야 했다. 손이 저려올 즈음에야 노파는 눈물을 멈추었다. 그러고는 내 손을 잡고 어느 방문 앞으로 다가가며 말했다.

"들어가서 우리 아들과 함께 있게나."

나는 방문을 밀고 들어갔다. 안에는 주검 하나만이 덩그러니 누워 있었다. 주검은 하얀 시트에 덮인 채 침대에 누워 있었고, 옆에는 의자 하나가 놓여 있었다. 나는 마치 나를 위해 마련해둔 듯한 그 의자에 앉았다.

주검 곁에 한동안 그렇게 앉아 있다가 시트를 젖혀 얼굴을 살펴보았다. 파리한 얼굴이 드러났다. 나이를 짐작할 수 없는 얼굴이었다. 나는 이렇게 생긴 얼굴을 결코 본 적이 없었다. 재빨리 시트를 덮어버렸다. 그러고는 나지막이 "이 사람이 내 친구로군" 하고 중얼거렸다.

나는 이렇게 얼굴 한 번 본 적 없는 사람의 주검 옆에 앉아 있다. 여기까지 온 건 절대로 내가 원해서가 아니다. 어쩔 수 없어서 왔다. 분명 내 친구라 할 수 없는 그는 벌써 죽어버렸는데, 나는 아직 무거운 마음을 떨쳐내지 못하고 있다. 그의 어머니가 그를 대신했기 때문이다. 생면부지의, 아무런 호감도 느낄 수 없는 노파가 나의 어머니가 되었다. 내 손을 자기 손수건으로 삼는 게 싫었지만 내 손으로 눈물을 닦도록 내버려둘 수밖에 없었다. 앞으로도 필요하다면 언제라도 공경하는 마음으로 내 손을 바쳐야 한다. 게다가 한마디라도 원망하는 말을 내비쳐서는 안 된다. 이다음에 어떻게 처신해야 하는지 나는 잘 알고 있다. 이십 위안을 털어 커다란 화환을 사야 한다. 상복을 입고 굴건을 쓰고 주검 옆에서 밤을 새워야 한다. 뿐만 아니라 한바탕 통곡을 해야 하고, 유골을 든 채 그의 모친을 부축하며 거리를 돌아야 할 것이다. 이런 모든 일이 끝난 뒤에도 청명절이 돌아오면 그를 위해 산소에 웃자란 풀을 베고 손질해야 하리라. 그리고 그가 다하지 못한 유업을 이어 효자 노릇도 해야 하리라…….

사실 지금 나에게 가장 중요한 것은 목수를 불러와 아까 그 사내가 발로 차서 넘어뜨린 방문을 수리하는 일이다. 하지만 지금은 기껏해야 귀신 곁에서 밤이나 새울 수 있을 뿐이다.

죽음의 기록

死亡敍述

트럭을 다른 쪽으로 운전할 생각은 애시당초 없었다. 모든 것은 운명으로 정해져 있었다. 삼거리 쪽으로 트럭을 몰고 가는데 오른쪽을 가리키는 이정표가 보였다. 첸무당 육십 킬로미터. 그것을 보고 트럭을 오른쪽으로 틀었는데 곧바로 사고가 났다. 두 번째 사고였다. 첫 번째 사고는 안후이성 환난산에서 일어났다. 십여 년 전의 일이다. 차종은 지금과 같은 황허가 아니라 제팡이었다. 산굽이 길에서 한 아이를 십여 척 아래 저수지로 밀어버렸다. 달리 방법이 없었다. 트럭은 도로를 따라 아래로 미끄러져가고 있었다. 일곱 번째 급커브를 돌았는데 갑자기 앞쪽에 한 아이가 보였다. 아이는 겨우 삼사 미터 남짓 떨어진 곳에서 자전거를 타고 내려가고 있었다. 브레이크를 걸 틈이 없었다. 유일한 방법은 오른쪽이나 왼쪽으로

급커브를 도는 거였다. 왼쪽으로 커브를 돌면 절벽에 부딪혀 나의
제팡이 폭발해버리거나 활활 불타오를 것이다. 그러면 나는 화장
할 필요도 없이 재로 변해버릴 것이다. 오른쪽으로 돌면 제팡의 머
리가 저수지에 처박힐 게 분명했다. 그렇게 되면 묵직한 차체가 저
수지로 떨어질 때 가공할 만한 소리를 낼 것이며, 그와 동시에 엄
청나게 큰 물방울이 튀어오를 것이다. 물에 잠겨 죽는 것 외에 다
른 가능성은 없었다. 그러니까 아이를 저수지로 처박는 것 외에 다
른 방법은 없었다는 얘기다. 아이가 화들짝 놀라 힐끗 돌아보았다.
아이의 그 마지막 눈빛은 사건이 일어난 지 한참이 지난 뒤에도 또
렷하게 기억이 났다. 눈만 감으면 검고 맑은 그 눈동자가 떠올랐
다. 아이는 얼핏 눈길을 주는가 싶더니 곧바로 몸이 비스듬하게 튕
겨나갔다. 아이가 입고 있던 옷이 바람에 펄럭거렸다. 어른의 작업
복이었다. 외마디 소리를 들었다. "아버지!" 하는 외침 외에는 아
무 소리도 없었다. 그 소리는 찢어질 듯 울렸다. 두 차례, 산중에
큰소리가 울렸다. 두 번째 소리는 산자락에 부딪혀 돌아오는 메아
리였다. 메아리를 듣고 있으니 실감이 나지 않았다. 저 멀리 구름
속에서 흘러나오는 것 같았다. 차를 세우지도 않았다. 그때 나는
놀라서 얼이 빠져 있었다. 트럭이 산굽이 길을 빠져나와 넓은 평지
로 난 도로를 달릴 때에야 비로소 제정신이 돌아왔다. 내가 산에서
굴러 떨어지지 않았다는 사실이 놀라웠다. 정신이 나가 온몸이 뻣
뻣했는데도 다행히 손은 멀쩡하게 움직였다. 과연 다년간 운전으
로 단련된 손이었다. 이 사건은 아무도 몰랐다. 나는 이 일에 대해

누구에게도 이야기하지 않았다. 아이는 산속의 벌채소에서 일하는 노동자의 아들일지도 모른다. 아버지 되는 사람은 아들을 저수지에서 건져 올리며 얼마나 눈물을 흘렸을까? 어쩌면 그 사람은 자식이 많아 아들 한 명쯤 죽는 건 아무렇지도 않았을지 모른다. 산촌에서 나고 자란 아이들은 대체로 튼튼한 법이다. 아이는 열너덧 살쯤 돼 보였다. 그만큼 키우기도 쉽지 않았을 텐데. 그 아이의 아버지는 결국 돈까지 날려버렸다. 아이가 죽은 것도 안됐는데 자전거까지 잃어버린 것이다.

나는 이 사건을 일찌감치 잊어버렸다. 그것도 아주 말끔하게. 그런데 아들이 자라 열다섯 살이 되자 자전거를 배우겠다고 난리를 피웠다. 나는 녀석에게 자전거 타는 법을 가르쳐주었다. 녀석은 꽤 똑똑한 편이었다. 채 반나절도 배우지 않고 혼자서 동네 한 바퀴를 돌 수 있었다. 내 도움이 전혀 필요없었다. 아들이 좋아하는 걸 보니 내 마음도 흐뭇했다. 십오 년 전 아들이 태어났을 때, 나는 놀라 나자빠질 뻔했다. 아이는 전혀 사람 같지 않았다. 오히려 백화점에서 사온 장난감과 흡사했다. 아이는 늘 침대에서 꼼지락거렸다. 오줌을 싸고 또 싸는 거며, 맑은 소리로 뀌는 방귀며, 그 냄새는 또 얼마나 이상했던지. 어느새 시간이 훌쩍 지나 녀석은 이제 이렇게 우쭐대며 자전거를 타고 있다. 내 인생은 여기서 끝인 셈이다. 앞으로는 아들을 돌보는 데 바쳐야 한다. 아들은 그래도 괜찮은 편이었다. 나에게 종종 자극을 주기도 하고 학교 선생님에게 칭찬을 받기도 했다. 예전엔 먼 곳으로 운전하러 나가면 늘 아내가 마음에 걸렸다. 그러나 아이가 생기고부터 아내 생각을 하지 않게 되었다. 언제나 아들이 생각났다. 그런데 신나게 자전거를 타고 있는 아들을 보니 마치 귀신에 씌운 것처럼 십여 년 전 저수지에 처박힌 그 아이가 생각났다. 자전거를 타고 있는 아들의 뒷모습이 그 아이와 꼭 닮았던 것이다. 새까만 머리카락은 특히 그랬다. 그 헐렁하던 작업복도 펄럭이며 머릿속에 되살아났다. 아뿔사, 그날 아들은 자전거가 나무에 부딪히자 놀란 나머지 "아버지!" 하고 외마디 비명을 내질렀다. 이 비명 때문에 나는 부들부들 떨었다. 그 아이가 거꾸로 튕겨나가 저수지로 떨어지던 때의 장면이 순간 눈앞에 또렷하게 나타났다. 이상하게도 아들이 지척에서 내지른 외침이 멀리서 들리는 것 같았다. 마치 산속의 메아리처럼. 그 아이가 세상에서 사라진 지 벌써 여러 해가 지난 지금, 바로 그 외침이 아들의 입술을 통해 흘러나온 것이다. 순간적으로 내가 저수지에 처박은 사람이 내 아들이 아니었나 하는 착각이 들었다. 이런 생각 때문에 이따금씩 슬퍼지곤 했다. 어느 누구에게도 그 사건에 대해 말하지 않았다. 아내조차도 모른다. 그날 이후 나는 자주 안절부절못했다. 그 아이는 십여 년이 지난 뒤 이런 방식으로 내 앞에 나타나 나를 못살게 굴었다. 그러나 나는 몇 해 더 지나면 좋아질 거라고 스스로 위로했다. 아들이 열여덟 살쯤 되면 아들의 몸에서 그 아이의 그림자를 볼 수 없게 될 것이다.

두 번째 사고 역시 첫 번째 사고처럼 어떤 불길한 예감도 없이 일어났다. 아직도 기억한다. 그날은 날씨가 무척 좋았다. 하늘이 감히 쳐다보지 못할 정도로 새파랬다. 기분은 좋지도 나쁘지도 않았다. 양쪽 창문을 모두 열고, 셔츠 단추도 풀어놓았다. 바람이 시원하게 불어왔다. 나의 황허는 소 울음 같은 소리를 냈다. 그 소리는 차가 안전하다는 표시였다. 드라이브를 즐기듯 아스팔트 위를 빠르게 달리고 있었다. 시속 육십 킬로미터. 도로는 날염 기계 속의 옷감처럼 바퀴 아래서 굴러가고 있었다. 아내가 날염공이기 때문에 아마 이런 생각을 했을 것이다. 겨우 삼십 킬로미터를 달렸을 뿐인데 아스팔트 길이 끝나고, 울퉁불퉁한 길이 시작되었다. 비행기 폭격이라도 맞은 것 같았다. 차 안에 앉아 있는데 마치 말 등에라도 올라탄 것처럼 심하게 덜커덩거렸다. 차가 느닷없이 심하게 요동치기 시작했다. 그러자 위 속에 들어 있는 내용물도 좌우상하로 부딪혔다. 나는 곧장 차를 세웠다. 맞은편에서 제팡 한 대가 오고 있었다. 차가 가까이 왔을 때 기사에게 물었다.

"이 도로 이름 아세요?"

기사가 말했다.

"처음 오는 거요?"

내가 고개를 끄떡이자 그가 말했다.

"모르는 게 당연하군. '자동차가 덜컹거리는 길'이라 부른다오."

차 안에서 벼룩처럼 통통 튀며 시달렸으니 정신이 멀쩡할 리 없었다. 혼이 나간 상태였지만 오른편이 바다라는 건 느낄 수 있었다. 싯누런 바닷물이 한도 끝도 없이 출렁이고 있었다. 파도 소리는 내 위를 휘저어놓았다. 위 속도 저렇게 누를 것이다. 머리를 창밖으로 빼내 죽을힘을 다해 먹은 것을 게워내기 시작했다. 과연 입 밖으로 나온 것은 누런 덩어리였다. 눈물이 줄줄 흐르고 다리가 덜덜 떨리고 양쪽 허리에 부들부들 경련이 일 정도로 토했다. 한 번 더 이렇게 토한다면 위마저도 게워질 것 같아 손으로 입을 틀어막았다.

앞으로 그리 멀지 않은 곳에 널찍한 아스팔트 길이 보였다. 내 트럭도 곧 '자동차가 덜컹거리는 길'을 벗어나 저 앞에 보이는 평탄한 도로를 달릴 수 있을 것이다. 모든 걸 깡그리 게워내고 나자 오히려 편안해졌다. 다만 온몸의 힘이 쭉 빠졌을 뿐이다. 의자에 기댄 채 몸이 위로 아래로 요동을 쳤지만 그다지 괴롭지는 않았다. 오히려 얼마간 자유로움을 느꼈다. 저 앞쪽에 펼쳐진 평탄한 아스팔트 길이 점점 가까워졌다. 이유도 없이 기분이 활짝 갰다. 그런데 빌어먹을, 트럭이 평탄한 도로로 막 접어드는 참에 위가 또 울렁거리기 시작했다. 헛구역질이었다. 이제 토할 게 아무것도 없었던 것이다. 헛구역질은 더 견디기 힘들었다. 입을 다물 수가 없어 벌어진 채로 있었다. 목구멍에선 계속해서 괴상한 소리가 났다. 한 치나 되는 생선 가시가 걸려 있기라도 한 것처럼. 다시 필사적으로 속에 든 것들을 게워냈다. 그러나 토해낸 것은 신음과 악취뿐이었다. 또다시 눈물이 줄줄 흘러내렸다. 두 다리는 덜덜거리다 못해 와들와들 떨고 있었다. 양쪽 허리의 경련은 콩팥의 신음 소리처럼 느껴졌다. 쓴 침이 입가에서 나와 아래턱을 따라 흘러내리더니 목덜미를 지나 가슴팍에까지 이르렀다. 그런 다음 죽 아래로 흘러내

려가 경련이 일어난 허리춤에서 멈추었다. 침은 서늘하고 끈적끈
적했다. 닦아내고 싶었지만 그럴 기운조차 남아 있지 않았다.

　바로 그때 그림자 하나가 앞쪽에서 번뜩이는 게 보였다. 머릿속
에서 애앵 소리가 났다. 머리가 어질어질하고 사지에 힘이 하나도
없었지만 무슨 일이 일어났는지는 알 수 있었다. 언제 기력이 돌아
왔는지 나도 모르게 급브레이크를 걸었다. 트럭은 다행히 미끄러
지지 않고 멈췄다. 하지만 아무리 해도 문이 열리지 않았고 손은
계속해서 부들거렸다. 대형 버스 한 대가 곁을 지나갔다. 승객들이
차창으로 내 차를 바라보았다. 그들이 나를 본 게 분명하다는 생각
에 손을 놓은 채 멍하니 앉아 버스가 가까운 곳에서 멈추기를 기다
렸다. 그들이 뛰어 내려오길 기다렸지만 누구도 다가오지 않았다.
시골 아낙 몇 명이 이쪽으로 걸어오고 있었다. 그들도 내 트럭을
뚫어져라 쳐다보았다. 이번에는 틀림없이 나를 보았으리라. 그들
은 분명 기기묘묘한 소리를 지를 것이다. 그러나 그들도 아무 일
없다는 듯 그냥 지나쳐 갔다. 의심이 일기 시작했다. 방금 내가 헛
것을 본 건 아닌지. 이번에는 정말 쉽게 문이 열렸다. 차 앞으로 뛰
어가 보았지만 아무것도 없었다. 트럭 주위를 두 바퀴 돌아봐도 역
시나 아무것도 보이지 않았다. 그제야 마음이 놓였다. 방금 본 것
은 분명 헛것이었어. 나도 모르게 긴 한숨이 나왔다. 이렇게 생각
하니 다시 기운이 쭉 빠졌다. 바퀴에 묻은 핏자국을 보지 않고 운
전석으로 돌아가 운전대를 잡았더라면 아무 일도 일어나지 않았을
지 모른다. 그런데 핏자국이 보였다. 보았을 뿐 아니라 손으로 만

져보기까지 했다. 피는 축축했다. 방금 본 게 헛것이 아니었던 것이다. 땅바닥에 엎드려 차 밑을 살펴보았다. 한 소녀가 몸을 웅크린 채 깔려 있었다. 다시 일어나 망연히 주위를 바라보았다. 누군가 걸어와 이 모든 상황을 발견해주길 기다렸다. 여름날의 한낮이었다. 햇살은 게으르게 내리쬐고 있었고 주위는 온통 안개로 가득 찬 것 같았다. 도로 왼편으로 작은 시내가 보였다. 냇물은 거의 움직임이 없었다. 수면을 보니 이끼가 잔뜩 낀 듯했다. 콘크리트 다리가 가까운 곳에 있었는데, 한쪽에만 난간이 있었다. 양편에 푸른 풀이 가득 자라난 흙탕길이 그 앞으로 나 있었다. 흙탕길은 내 눈을 먼 곳으로 데려갔다. 그곳에는 고만고만한 집들이 몇 채 있었으며 인적이 보이는 듯도 했다. 그래서 한동안 기다려봤지만 쥐새끼 한 마리 나타나지 않았다. 바퀴에 묻은 핏자국을 뚫어져라 바라보았다. 한참을 보고서야 피가 그다지 많이 묻어 있지 않다는 사실을 발견했다. 겨우 몇 방울에 불과했다. 흙을 한 움큼 쥐고 굼지럭굼지럭 핏자국을 지우기 시작했다. 지우다 말고 담배에 불을 붙인 뒤에 다시 지우기 시작했다. 핏자국을 말끔히 지우고 나자 비로소 꿈에서 깨어난 것 같았다. 빨리 도망가자. 뭘 더 주저하는 거지? 곧바로 차에 올라탔다. 문을 닫고 차를 움직이기 시작하는데 문득 앞쪽에 열너덧 살 가량의 소년이 보였다. 헐렁한 작업복을 입고 자전거를 타고 있었다. 십여 년 전 저수지로 처박힌 아이가 하필 그 시간에 다시 나타난 것이다. 이 모든 것은 운명이 결정한 것이다. 눈앞에 보인 광경이 금세 사라졌다고는 하지만 차를 몰고 도망갈 자신이 없었다. 차에서 내려 밑에 깔려 있는 소녀를 끄집어냈다. 소녀의 이마는 더할 수 없이 짓뭉개져 있었다. 다행히 아직도 피가 흘러나오고 있었다. 호흡은 아주 약했지만 어쨌거나 끊어지지 않은 상태였다. 소녀는 눈을 뜨고 있었다. 두 눈은 까맣고 맑았다. 십여 년 전 그 아이의 두 눈처럼. 소녀를 가슴에 안고 한쪽에만 난간이 있는 콘크리트 다리를 건너 흙탕길을 따라 걸어갔다. 소녀의 부드러운 몸이 제법 뜨거웠다. 길고 검은 머리카락은 버드나무 가지처럼 내 팔에 걸려 있었다. 한없이 슬퍼졌다. 차에 부딪혀 쓰러진 사람이 바로 내 아이 같았다. 위로 들어 올렸을 때 그 아이는 내 가슴에 포근히 안겼다. 영락 없는 내 아이의 모습이었다. 그렇게 소녀를 안고 한참을 걸어갔다. 방금 도로에 서서 본 집 몇 채가 점점 크게 보였고 더 많아졌다. 하지만 아까 본 듯한 인적은 보이지 않았다. 갑자기 흥분되기 시작했다. 문득 내가 대단한 일이라도 하고 있는 것처럼 생각되었다. 십여 년 전의 그 사고 시점으로 되돌아간 것 같았고, 도망친 일도 없는 것 같았다. 뿐만 아니라 저수지로 뛰어들어 그 소년을 구해낸 것 같았다. 내가 안고 있는 사람은 헐렁한 작업복을 입고 있던 바로 그 소년이다. 내 팔에 걸려 있는 검고 긴 머리카락은 소년의 머리카락이 십여 년 동안 이렇게 자란 것이리라.

동네 가까이에 가서야 그곳에 집이 많다는 걸 알았다. 커다란 나무가 동네 어귀에 서 있었다. 나무 그늘에는 유방이 허리까지 축 처진 노파가 앉아 있었다. 노파가 마침 나를 보고 있기에 다가가 병원이 어디 있는지 물었다. 노파는 내 팔에 안겨 있는 소녀를 언뜻 보더니 괴상한 소리를 질렀다.

"업보야!"

이 소리를 듣자 나는 정신이 번쩍 들었다. 도망치지 않은 건 큰 실수였다. 그러나 너무 늦었다. 고개를 숙여 가슴에 품은 소녀를 보았다. 짓뭉개진 이마에선 이제 피가 흐르지 않았다. 길고 검은 머리카락도 더는 흔들리지 않았다. 검은 머리카락은 피로 엉겨붙어 있었다. 몸도 빠르게 식어가고 있는 것 같았다. 어쩌면 내 마음이 빠르게 식어가고 있었는지도 모른다. 노파에게 거듭 물어보았다. 병원이 어디에 있느냐고. 그런데 노파는 또 괴성을 질렀다. 이 끔찍한 모습에 놀라 혼쭐이 난 듯했다. 다시 묻는다 해도 대답을 들을 수 없을 것 같았다. 앞에 있는 커다란 나무를 돌아 마을 안으로 걸어 들어갔다. 노파가 따라오며 계속 소리를 질렀다.

"업보야!"

노파는 곧장 앞질러가면서 쉬지 않고 소리쳤다. 유리가 깨지듯 날카로운 소리를. 돼지 새끼 몇 마리가 앞에서 달아나고 있었다. 노파 몇이 더 나타났다. 모두 내게 다가와 소녀를 쳐다보더니 괴성을 질렀다.

"업보야!"

나는 쉬지 않고 소리를 질러대는 노파들을 따라갔다. 마음이 혼란스러웠다. 내가 그들을 따라가는 이유를 알 수 없었다. 나는 사람들에게 완전히 포위되었다. 주위는 사람들로 시끌벅적했지만 아무 소리도 들을 수 없었다. 남녀노소가 뒤섞여 있다는 것만 알 수 있었다. 그제야 나는 내가 낯선 촌동네에 와 있다는 걸 어렴풋이 깨달았다. 내가 왜 이 촌동네에까지 와서 병원을 찾고 있는 거지? 조금 우습기까지 했다. 앞길은 사람들로 막혀 있었다. 몸을 돌려 되돌아가려 했지만 뒷길 역시 막혀 있었다. 그 순간 내가 어느 집 곡물 건조장 앞에 서 있다는 걸 깨달았다. 눈앞에 이층집이 보였다. 새로 지은 집 같았다. 그 집에서 한 사내가 뛰쳐나와 내 팔에 안긴 소녀를 낚아챘다. 여자와 열 살 남짓한 사내아이가 뒤따라 나왔다. 그들은 곧장 몸을 돌려 집 안으로 뛰어 들어갔다. 움직임이 너무 빨라서 눈앞이 어질어질했다. 팔에 안고 있던 소녀를 빼앗기자 마음이 한결 가벼워졌다. 도로로 되돌아가야 한다. 몸을 돌려 되돌아가려고 하던 순간 누군가가 내 얼굴에 주먹을 날렸다. 모래 주머니로 맞은 것처럼 묵직하니 아팠다. 무거운 신음 소리가 새어 나왔다. 몸을 돌려 한 번 더 그 집을 쳐다보았다. 열 살 남짓한 사내아이가 안에서 뛰쳐나왔다. 번뜩이는 낫을 치켜들고 있었다. 그 낫을 휘두르며 내게로 달려왔다. 아이의 낫이 배를 가르고 내 몸속으로 들어왔다. 일은 정말 간단했다. 낫은 종이를 가르는 것처럼 가볍게 내 피부를 가르고 맹장을 뚫었다. 그런 다음 아이는 낫을 도로 빼냈다. 낫이 빠져나가면서 직장을 가르고 배에 길고 긴 상처를 남겼다. 뱃속에 든 창자가 튀어나왔다. 창자를 누를 틈도 주지 않고 이번에는 여자가 호미를 들고 달려나와 내 머리를 찍으려 했다. 나는 잽싸게 머리를 돌렸다. 호미는 어깨에 명중했다. 도끼에

나무가 갈라질 때처럼 어깨뼈가 둘로 쩍 갈라졌다. 어깨뼈가 갈라지면서 뿌지직 소리가 났다. 세 번째로 사내가 뛰어나왔다. 그가 손에 쥐고 있는 건 쇠써레였다. 여인의 호미가 채 빠져나가지도 않았는데 쇠써레 살 네 개가 가슴을 파고들었다. 가운데 살 두 개가 폐동맥과 대동맥을 갈랐다. 동맥 속의 피가 와르르 쏟아져 나왔다. 세숫물을 쏟아내는 것처럼. 가장자리에 있는 살 두 개는 양쪽 폐를 찔렀다. 왼쪽 살이 폐를 통과해 심장을 찔렀다. 사내는 힘껏 쇠써레를 빼냈다. 쇠써레가 빠져나가자 양쪽 폐도 따라 나와 가슴 위에서 펄떡거렸다. 그제야 나는 땅바닥에 고꾸라졌다. 얼굴을 위로 젖힌 채 땅바닥에 자빠져 있었다. 붉은 피가 사방으로 기어갔다. 그것은 지표로 제 모습을 드러낸 백 년 묵은 나무의 뿌리처럼 보였다. 나는 죽었다.

오래된 사랑 이야기

愛情故事

1977년 가을은 이 소년, 소녀와 관련이 있다. 날씨가 맑았던 그
날, 그들은 덜컹거리는 버스를 타고 사십 리 밖 낯선 곳으로 떠났
다. 소년이 버스표를 사는 동안 소녀는 정류장 앞 콘크리트 전봇대
뒤에 숨어 있었다. 소녀의 주위에는 낙엽과 흙먼지가 날리고 있었
다. 콘크리트 전봇대에서 나는 웅웅거리는 소리가 주변의 시끄러
운 소리를 모두 뒤덮었다. 소녀의 마음은 교과서만큼이나 단순했
다. 소녀는 열려 있는 정류장 출입구를 슬쩍슬쩍 바라보았다. 눈빛
은 물처럼 고요했다.

소년이 정류장에서 걸어 나왔다. 안색이 창백하고 초췌했다. 소
년은 소녀가 어디에 숨었는지 알고 있었다. 그러나 소녀를 보지 않
고 그냥 지나쳐 다리가 놓여 있는 곳으로 걸어갔다. 소년은 긴장한

모습으로 여기저기를 살폈다. 다리에 이르자 불안한 듯 걸음을 멈추고는 저쪽에 있는 소녀를 힐끔 쳐다봤다. 소녀는 소년을 바라보고 있었다. 소년은 무서운 눈길로 소녀를 노려보았다. 그러나 소녀는 여전히 맑은 눈으로 소년을 바라보고 있었다. 화가 머리끝까지 치솟은 소년은 얼굴을 돌려버렸다. 그렇게 한참 동안 소년은 다리 위에서 꼼짝하지 않았다. 절대로 소녀를 아는 척하지 않았다. 소녀가 줄기차게 자신을 바라보고 있다는 사실에 당황할 뿐이었다. 주위에 아는 사람이 아무도 없다는 걸 확인하고서야 소년은 소녀에게 걸어갔다.

두려움과 공포 때문에 길을 걷는 소년의 온몸이 부들부들 떨렸다. 그러나 소녀는 털끝만치도 눈치채지 못했다. 하얀 얼굴의 소년이 햇볕을 받으며 걸어오는 모습이 너무나도 멋질 뿐이었다. 다가오는 소년을 보면서 소녀도 조금씩 떨리기 시작했다. 긴장감이 이는데도 그녀의 얼굴에는 미소가 피어났다. 곁으로 다가온 소년이 소녀의 미소를 보면서 불만을 터뜨렸다. 소년은 아주 낮은 소리로 말했다.

"아직도 웃음이 나와?"

소녀의 아름다운 미소는 채 피기도 전에 부서져버렸다. 소녀는 다소 긴장된 표정으로 소년을 바라보았다. 소년의 기색이 꽤나 사나웠기 때문이다. 사나운 표정을 하고 그가 말했다.

"몇 번이나 말해야겠니? 날 쳐다보지 말라고, 모른 척하라고. 왜 날 쳐다보니? 어휴, 지겨워."

소녀는 반항할 기색이 조금도 없었다. 그저 소년의 얼굴에서 두 눈을 말없이 거두어들일 뿐이었다. 소녀는 땅에 떨어진 시든 나뭇잎 한 장을 바라보며 소년의 입술 사이로 비어져 나오는 소리를 듣고 있었다. 소년이 소녀에게 말했다.

"버스에 올라타면 네가 먼저 자리를 잡아. 아는 사람이 없으면 네 옆에 앉을 거고, 아는 사람이 있으면 버스 문 옆에 서 있을게. 명심해야 해. 우리 서로 말하면 안 된다는 거."

소년은 차표를 건네주었다. 소녀가 차표를 받아 쥐자 소년은 곧장 가버렸다. 버스 대기실 쪽이 아니라 다리 쪽으로.

그로부터 십여 년이 흐른 뒤, 지금 나와 마주앉은 여자는 서른 살이 다 된 그때 그 소녀다. 우리는 황혼이 지는 집에 함께 앉아 있다. 우리들의 거처다. 블라인드가 양쪽에 늘어져 있어 저녁노을의 음영이 창문턱에서 어른거리고 있다. 창가에 놓인 의자에 앉아 그녀는 하늘빛 목도리를 짜고 있다. 목도리의 길이는 벌써부터 그녀의 키를 넘어섰지만 그녀는 작업을 멈추지 않았다. 맞은편에 앉은 나는 1977년 그해 가을 그녀와 함께 사십 리 떨어진 낯선 곳으로 길을 떠났다. 다섯 살 무렵부터 알고 지냈던 우리는 그 장거리 여행 끝에 결혼을 했다. 우리의 첫 번째 성생활은 열여섯 살이 채 끝나기도 전에 완성되었다. 그녀가 처음으로 임신한 건 그때였다. 그녀는 지금 오 년 동안이나 반복해온 그 모습으로 창가에 앉아 있다. 저런 눈빛을 보면서 어떻게 걱정이 일 수 있겠는가? 요 몇 년 동안 그녀는 내 앞에서 정신 나간 사람처럼 허둥지둥했다. 그 때문에 나는 더할 수 없이 서글퍼졌다. 내 일생일대의 실수는 결혼 전날 밤까지도 그녀가 평생을 이렇게 내 앞에서 허둥댈 거라는 사실을 의식하지 못한 것이다. 결혼을 하면서 내 생활은 나날이 진부해졌다. 그녀는 목도리를 짜고, 나는 작가인 홍평의 편지를 손에 들고 있다. 홍평의 아름다운 체험에 나는 감동을 받았다. 너덜너덜해진 잡지 같은 생활을 계속해야 할 이유가 없다.

소꿉동무란 얼마나 무서운 것인지, 그녀의 변치 않는 자세와 마찬가지로 나도 똑같은 생각을 반복하고 있다. 다시 한번 그녀에게 물었다.

"너한테 내가 너무 익숙해져버린 거 아냐?"

하지만 그녀는 시종 막막한 표정으로 나를 쳐다볼 뿐이었다.

나는 계속해서 다그쳤다.

"우린 다섯 살부터 알고 지냈어. 이십 년이 지난 지금은 같이 살고 있고. 그러니 어떻게 상대방이 자신을 변하게 해줄 거라고 기대할 수 있겠어?"

이럴 때면 그녀는 언제나 심란한 표정을 지었다.

"너 말이야, 담벼락에 붙어 있는 전단처럼 나에 대해 속속들이 알고 있잖아. 나는 또 안 그런 줄 알아?"

그녀가 갑자기 눈물을 흘렸다. 그 모습이 조금은 바보처럼 보였다. 나는 아랑곳하지 않고 말을 이었다.

"우리에게 남은 건 과거를 추억하는 일뿐이야. 하지만 그렇게 많은 기억도 매일 먹는 아침밥처럼 언제나 똑같을 뿐이지."

우리의 첫 성생활은 열여섯 살이 채 끝나기도 전에 완성되었다. 달빛 한 점 없는 밤이었다. 우리는 벌벌 떨면서 포옹했다. 두려움으로 가슴이 두근거리고 있었기 때문이다. 그때 멀지 않은 곳에서 누군가 손전등을 들고 걸어왔다. 사람들의 대화가 밤하늘의 비수처럼 날카롭게 들려와 나는 하마터면 놀라 달아날 뻔했다. 그러나 그녀가 나를 꼭 껴안고 있던 덕분에 다행히 낭패를 보는 일은 없었다.

그날 밤을 생각하면 잔디에 맺혀 있던 촉촉한 이슬이 제일 먼저 느껴진다. 내 손은 그녀의 옷 속을 침범했다. 그녀의 따뜻한 체온에 나는 몸서리를 쳤다. 손이 그녀의 복부 아래로 내려가자 잔디 같은 촉촉함이 느껴졌다. 당장은 아무것도 하고 싶지 않았다. 한 번 만져보는 것만으로도 족하다고 생각했다. 그런데 느닷없이 정말 보고 싶어졌다. 그곳이 도대체 어떻게 생겨먹은 것인지. 하지만 달빛 한 점 없는 그날 밤, 나는 그녀에게 바싹 다가가 그곳의 체취를 맡았을 뿐이다. 축축하고 어둠침침한 그곳에서 나는 체취는 이제껏 맡아보지 못한 냄새였다. 하지만 그 냄새는 상상했던 것처럼 그렇게 감동적이진 않았다. 어쨌거나 곧 그 일을 해치웠다. 겁 모르던 욕망 때문에 나는 거의 망가질 지경이었다. 그 후 한동안 자살할 방법을 궁리하거나 도망칠 계획을 이리저리 세워보았다. 그녀의 배가 임산부처럼 불러오자 무너져내리는 듯한 절망감에 몇 분 동안의 황홀한 쾌락에 빠졌던 걸 후회했다. 1977년 가을 그날, 나는 그녀와 함께 사십 리 밖 그곳으로 갔다. 길가에 자리 잡고 있는 그 병원에서 이 모든 것이 쓸데없는 걱정이었다는 걸 확인받을 수 있길 기원했다.

난관에 부딪혔을 때 그녀가 보인 냉정함은 나의 사나움과는 판이하게 대비되었다. 병원에 가서 진찰을 받아봐야 하지 않겠느냐고 말을 꺼내자마자, 그녀는 사십 리 밖에 있는 그 병원을 생각해냈다. 그 차분하고 이지적인 태도에 나는 은근히 놀라고 있었다. 그녀가 말한 그곳은 최소한 비밀은 보장될 것 같았다. 그렇게만 된다면 우리가 받은 이상한 검사에 대해 아는 사람은 아무도 없을 것이다.

그녀는 오 년 전에 가본 적이 있는 곳이라며 자못 흥분된 어조로 말했다. 그곳 거리에 대해 잘 알고 있었고 해변에 정박해 있는, 이제는 못 쓰게 되어버린 배들에 대한 서정을 간직하고 있었다. 나는 무척 화가 났다. 우리는 결코 놀러 가는 게 아니라 목숨과 맞바꾸게 될지도 모르는 검사를 받으러 가는 거라고 깨우쳐주었다.

"이번 검사는 우리가 살 수 있느냐 없느냐의 문제야. 검사 결과 임신이 확실하다면 우린 학교에서 퇴학 당하고 집에서도 쫓겨나게 될 거야. 우리에 관한 소문은 먼지처럼 그치지 않을 테고, 우리는 결국 자살하게 될 거야."

그녀는 그제야 허둥지둥 어쩔 줄을 몰랐다. 몇 년이 흐른 뒤, 그녀는 내게 말했다. 당시 내 얼굴이 얼마나 공포에 떨고 있었는지에 대해. 그때 우리의 최후에 대한 나의 설계가 그녀를 놀라게 했던 건 분명한 사실이다. 하지만 그녀는 어쩔 줄 모르긴 했어도 진정으로 절망한 건 아니었다. 적어도 부모가 자기를 내쫓지는 못하리라 여겼던 것이다. 그저 벌을 줄지도 모른다는 정도로만 생각했다.

그녀는 나를 위로했다.

"자살보단 벌받는 게 낫잖아."

그날 나는 맨 나중에 버스에 올라탔다. 멀찍이 서서 그녀가 차에 오르는 걸 보고 있었다. 그녀는 자주 몸을 돌려 두리번거렸다. 쳐다보지 말라고 몇 번이나 그랬는데. 내가 차에 오를 때는 버스가 움직이고 있었다. 나는 좌석으로 곧장 가지 않고 문 옆에 서 있었다. 두 눈으로 버스 안에 있는 사람들의 얼굴을 이리저리 훑었다. 아는 사람이 최소한 스무 명은 되었다. 움직이는 버스 안에서 좌석으로 가지도 못하고 서 있을 수밖에 없었다. 병 속에 갇힌 기분이었다. 그것도 누군가가 끊임없이 흔들어대고 있는 병 속에.

잠시 후 그녀가 부르는 소리가 들렸다. 그 목소리는 순식간에 뭐라 말할 수 없는 공포를 가져다주었다. 그녀의 무분별함에 화가 끓어올라 아는 척도 하지 않았다. 어서 눈치를 채고 그만 불러주길 바랐지만, 그녀는 그 지겨운 목소리를 자꾸만 반복했다. 고개를 돌려야 했다. 그때 내 얼굴은 길가에 핀 잡초처럼 시퍼렇게 질려 있었을 것이다.

그녀의 얼굴은 천진난만한 미소로 가득했다. 그리고 놀란 듯한 표정을 지으며 우연히 날 만난 척했다. 자신의 옆자리가 비었다며 거기에 앉으라고 했다. 그녀에게 갈 수밖에 없었다. 곁에 앉자 그녀의 몸이 바짝 다가왔다. 그녀가 많은 이야기를 했지만 아무 소리

도 들리지 않았다. 나는 감정을 감추기 위해 그저 고개를 끄덕이고
만 있었다. 이 모든 상황이 짜증스러웠다. 그녀가 은근슬쩍 내 손
가락을 만지작거리기에 재빨리 그녀의 손을 뿌리쳤다. 그런 상황
에서도 그처럼 행동할 수 있다니, 정말 화가 나서 미칠 지경이었
다. 그때서야 그녀는 나의 성마름에 신경을 쓰기 시작했다. 더는
말을 건네지도 손을 뻗쳐오지도 않았다. 자존심이 상했는지 얼굴
을 돌려 창밖의 스산한 풍경을 바라보았다. 하지만 침묵은 그다지
오래가지 못했다. 버스가 한 차례 심하게 덜커덩거리자, 그녀가 별
안간 키득키득 웃기 시작했다.

"애가 튀어나올 것 같애."

그녀의 농담은 불난 집에 부채질하는 격이었다. 나는 그녀에게
바짝 다가가 이를 빠득빠득 갈며 나지막한 소리로 말했다.

"입 닥쳐."

얼마 후 해변가에 정박해 있는 배 몇 척이 보였다. 그중 두 척은
눈뜨고 못 봐줄 정도로 파손돼 있었다. 한 척은 그런대로 쓸 만했
다. 회색빛 새 몇 마리가 수초 위를 빙빙 돌고 있었다.

버스가 정류장에 도착했고 몇 분 뒤에 소년과 소녀가 정류장 출
구에서 걸어나왔다. 트럭 한 대가 그들 곁을 지나갔다. 트럭이 일
으킨 먼지가 그들의 온몸을 뒤덮었다.

소년은 납빛처럼 시퍼렇게 굳은 얼굴로 숨소리도 내지 않고 앞
만 보고 걸어갔다. 소녀는 조금은 두려운 듯 소년의 뒤를 따랐다.
소녀는 이따금 소년의 안색을 훔쳐보았다. 어느 골목 앞에 도착하

자 소년은 병원 쪽이 아니라 골목 안으로 들어갔다. 소녀도 걸어
들어갔다. 그렇게 계속 걷기만 하던 소년이 골목 가운데서 멈추었
다. 소녀도 발걸음을 멈추었다. 그들은 함께 중년의 여인이 골목을
빠져나가는 것을 지켜보았다. 소년은 낮은 소리로 으르렁거렸다.

"아까 왜 날 불렀어?"

소녀는 억울한 듯이 그를 바라보며 말했다.

"서 있으면 힘들까 봐."

소년은 계속 으르렁댔다.

"몇 번이나 말했잖아, 쳐다보지 말라고. 그런데도 계속 쳐다보
고, 거기다 내 이름까지 불러대질 않나, 손을 잡질 않나."

남자 두 명이 골목길 입구에서 걸어오고 있었다. 소년은 말을 중
단했고 소녀도 더 해명하려 하지 않았다.

두 남자가 그들 곁을 지나며 재미있다는 듯 쳐다보았다. 남자들
이 지나가자 소년은 골목을 빠져나갔다. 소녀도 잠시 머뭇거리더
니 소년을 따라갔다.

그들은 묵묵히 병원으로 통하는 큰길로 접어들었다. 소년은 더
이상 씩씩거리지 않았다. 병원이 점점 가까워지자 시름이 밀려오
기 시작한 것이다. 소년은 고개를 돌려 곁에 있는 소녀를 보았다.
소녀의 두 눈은 앞쪽을 바라보고 있었다. 그녀의 망망한 눈빛 속에
서 병원이 바로 앞에 있다는 사실을 알 수 있었다.

병원 현관에 도착했다. 수속하는 곳은 텅 비어 있었다. 순간 무
서운 생각이 든 소년은 저도 모르게 현관을 빠져나와 밖에 섰다.

자기가 누군가에게 붙잡혀 갈지도 모른다는 생각이 밀려왔던 것이다. 눈앞에 벌어질 위험 속으로 빠져들 용기가 없었다. 소녀가 소년을 따라 현관문을 들어설 때 소년은 이미 자신의 두려움을 감출 핑계를 찾아냈다. 그는 소녀 혼자 위험 속으로 들어가게 할 작정이었다. 자신은 언제든 유유히 도망칠 준비를 하고 있으면 된다. 소년이 소녀에게 말했다. 자기가 계속 소녀와 함께 있으면 위험하다고. 다른 사람들이 보면 둘이 무슨 나쁜 짓을 했는지 금방 알아챌 거라고. 소년은 소녀에게 길을 비켜주었다.

"너 혼자 가."

소녀는 아무런 이의도 표시하지 않았다. 고개를 끄덕인 다음 안으로 들어갔다.

소년은 소녀가 접수창구 앞으로 가는 걸 바라보았다. 소녀는 조금도 긴장하지 않고 주머니에서 돈을 끄집어냈다. 그녀가 접수원에게 자신의 이름을 대면서 스무 살이라고 말하는 소리가 들렸다. 이름도 나이도 꾸며낸 것이다. 이런 일은 사전에 소년이 생각지도 못한 거였다. 소녀의 목소리가 들렸다.

"산부인과."

이 말을 들으면서 소년은 춥지도 않은 가을날에 온몸을 덜덜 떨었다. 소녀의 목소리에 피곤이 묻어 있는 것 같았다. 소녀는 창구에서 몸을 돌려 소년을 힐끔 쳐다본 뒤 계단을 올라갔다. 손에 든 병력 기록표가 흔들거리고 있었다.

소년은 소녀의 뒷모습이 계단에서 사라지는 것을 보고서야 눈을 돌렸다. 마음이 점점 무거워지고, 호흡도 차츰 곤란해졌다. 거리를 바라보는 소년의 눈빛은 완전히 초점을 잃은 상태였다. 그렇게 한동안 거기에 서 있었다. 계단에서 누군가가 내려오고 있었다. 소녀는 아니었다. 소년은 별안간 무서워졌다. 자신이 한 짓이 그 계단 위에서 다 드러나고 있는 것 같았다. 생각하면 할수록 더 그런 것 같아 점점 긴장되기 시작했다. 소년은 그곳에서 도망가기로 마음먹고 큰길을 가로질렀다. 길을 건너는 소년의 모습은 혼이 나가고 얼이 빠진 것처럼 보였다. 길을 건넌 소년은 곧장 상점으로 들어갔다.

잡화점이었다. 보기 민망할 정도로 못생긴 젊은 여자가 나른한 표정으로 계산대 옆에 앉아 있었고, 한쪽에서는 남자 두 명이 유리를 자르고 있었다. 소년은 가까이 다가가 그들을 쳐다보았다. 그들이 들고 있는 유리를 통해 길 맞은편의 병원이 한눈에 들어왔다. 푸른색 유리였다. 그들이 담배를 피우고 있었기 때문에 유리에는 담뱃재가 묻어 있었다. 그들의 근심 없고 무료한 모습을 보면서 마음이 더욱 무거워진 소년은 드릴이 유리를 자르면서 남긴 허연 자국을 바라보았다. 드릴이 왕복하면서 찢어지는 소리를 냈다.

이윽고 소녀가 맞은편 거리에 나타났다. 소녀는 오동나무 곁에서 갈팡질팡하며 소년을 찾고 있었다. 소년은 먼지가 가득 낀 창문을 통해 그녀를 바라보았다. 소년은 소녀 뒤에 의심할 만한 사람이 아무도 없다는 걸 확인하고서야 상점을 나왔다. 소년이 길을 건널 때 소녀가 소년을 발견했다. 소년이 가까이 다가가자 소녀는 쓴웃음을 지으며 낮은 목소리로 말했다.

"임신이래."

소년은 한 그루 나무처럼 그렇게 가만히 서 있었다. 실낱 같은
희망이 무참하게 깨져버렸다. 얼굴을 찡그린 채 서 있는 소녀를 바
라보며 소년은 말했다.

"어쩔 거야?"

소녀는 가느다란 소리로 말했다.

"몰라."

소년은 쉬지 않고 다그쳤다.

"어쩔 거냐고?"

소녀는 소년을 위로했다.

"생각하지 말자. 우리 가게에 들어가볼래?"

소년은 고개를 저으며 말했다.

"싫어."

소녀는 더 이상 대꾸하지 않았다. 소녀는 분주히 움직이는 차들
을 바라보고 있었다. 행인 몇 명이 희희낙락 걸어왔다. 그들이 지
나간 다음 소녀는 다시 말했다.

"가게에나 들어가보자."

소년은 고집스럽게 대답했다.

"가고 싶지 않댔잖아."

그들은 거기서 그렇게 오랫동안 서 있었다. 한참 뒤 소년은 기운
없는 목소리로 말했다.

"돌아가자."

소녀도 고개를 끄덕였다.

그들은 발길을 돌렸다. 발길을 옮기던 소녀가 문득 상점 앞에서 걸음을 멈추었다. 소녀는 소년의 소매를 잡아당기며 말했다.

"들어가보자. 응?"

잠시 머뭇거리던 소년이 소녀와 함께 상점으로 들어갔다. 그들은 하얀 여학생 치마 앞에 한동안 서 있었다. 내내 그 치마를 바라보기만 하던 소녀가 소년에게 말했다.

"난 이 치마가 좋아."

소녀의 목소리는 열여섯 살 때 이미 결정되었다. 그 후 십여 년 동안 똑같은 목소리가 거의 매일같이 귓가에 맴돌았다. 너무나도 익숙한 그 목소리는 나의 모든 격정을 말끔히 사라지게 만들었다. 황혼이 지는 가운데 맞은편에 앉아 있는 아내를 바라보고 있자니 점점 더 피로가 몰려왔다.

그녀는 아직도 하늘빛 목도리를 짜고 있다. 그녀의 얼굴은 여전히 과거의 그 얼굴이다. 하지만 지난날의 탄력은 잃어버린 지 오래다. 얼굴의 주름도 나날이 늘어만 가고 있다. 모든 것이 손바닥 들여다보듯 훤하다.

"난 네가 말 안 해도 뭘 생각하고 있는지 다 알아. 매일 오전 열한 시와 저녁 다섯 시쯤이면 네가 집에 돌아올 거라는 것도 알고 있어. 여자들이 한 백 명쯤 걷고 있다고 치자. 난 그 가운데서 네 발소리를 정확하게 찾아낼 수 있어. 그건 너도 마찬가지 아냐?"

그녀는 목도리 짜던 손을 멈추고 심각하게 나를 쳐다보았다.

나는 계속해서 말했다.

"그러니까 우린 상대방에게 더 이상 경이로움을 가져다줄 수 없다는 거야. 기껏해야 소박한 기쁨을 줄 수 있는 정도지. 하지만 그 정도는 어딜 가도 있어."

그 순간 그녀가 입을 열었다.

"니 생각 잘 알았어."

"그래?"

그녀의 말에 어떻게 대꾸해야 좋을지 몰라 나는 이렇게 말할 수밖에 없었다.

그녀는 거푸 말했다.

"무슨 말인지 잘 알았다고."

그녀의 눈에서 눈물이 흘러내렸다.

"날 차버리고 싶은 거지?"

나는 부인하지 않았다.

"그 말 너무 심한 거 아냐?"

그녀는 다시 말했다.

"넌 날 차버리고 싶은 거야."

눈물이 계속 흘러내렸다.

"그 말 너무 심하다고 했잖아."

그러면서 나는 한 가지 제안을 했다.

"우리 함께 옛일을 추억해보는 게 어때?"

"마지막으로?"

나는 대답을 회피하면서 말했다.

"우리의 추억은 어디에서 시작되지?"

"마지막인 거지?"

그녀는 집요하게 물었다.

"1977년 가을에 시작되지?"

나는 잠시 쉬었다가 다시 말을 이었다.

"우리는 덜커덩거리는 버스를 타고 사십 리 밖 어딘가로 가고 있었어. 네가 임신했는지 검사하려고 말이야. 그때 나는 정말 혼이 나가고 얼이 빠져 있었지."

"넌 혼이 나간 적 없어."

그녀는 내 말을 잘랐다.

"위로할 필요 없어. 난 분명 혼이 나가 있었어."

"아니, 넌 혼이 나간 적 없어."

그녀는 거듭 강조했다.

"널 알고 나서부터 지금까지, 니가 혼이 나간 적은 단 한 번뿐이야."

내가 물었다.

"그게 언젠데?"

그녀가 대답했다.

"지금."

과거사와 형벌

往事與刑罰

1990년 어느 여름날 밤, 한 낯선 사람이 습기로 눅진한 자신의 거처에서 알쏭달쏭한 내용의 전보를 읽고 있었다. 낯선 사람은 생각의 갈피 속으로 깊이 빠져들었다. 전보에는 '속히 귀가'라고만 쓰여 있을 뿐 발신인의 주소도 이름도 없었다. 낯선 사람은 연기처럼 흘러가버린 몇 십 년 전 과거사를 꼼꼼히 곱씹어보았다. 얽히고 설킨 수천 갈래의 길 가운데서 어느 한 지점에 생각이 미치자 미소가 흘러나왔다. 이튿날 이른 새벽, 낯선 사람의 검은 그림자가 구불구불한 길을 따라 미끄러져 갔다.

구불구불한 길처럼 얽히고설킨 낯선 사람의 과거 속에서, 한 오라기의 실만도 못한 아주 하잘것없는 체험 하나가 또렷하게 떠올랐다. 1965년 3월 5일. 지극히 단순하게 배열된 이 숫자가 암시하는 바가 지금 낯선 사람의 방향을 결정하고 있다. 낯선 사람이 어젯밤의 가물가물한 기억을 떠올릴 즈음에는 이외에 다른 몇 가지 과거사가 한꺼번에 간섭하고 나섰다. 그때는 맑은 거울과 멀리 떨어져 있었기 때문에, 그는 자신이 전보를 해독한 후에 지은 미소가 얼마나 애매했는지를 깨닫지 못했다. 그는 자신의 느낌이 그야말로 믿을 만하다고 생각했다. 자신의 느낌을 지나치게 확신한 탓에 잇달아 배열한 순서에 착오가 생긴 건 당연한 이치였다.

며칠 만에 낯선 사람은 '연기'라고 하는 작은 마을에 도착했다. 순서가 잘못 배열되었다는 사실은 여기서도 여지없이 드러났다. 그것은 '형벌 전문가'라고 하는 사람이 그에게 환기해준 사실이다.

낯선 사람이 어떤 모습과 어떤 낯빛으로 걸어가고 있는지 상상할 수 있다. 겹겹으로 둘러싸인 과거사의 결 속에서, 낯선 사람은 그 주위 풍광과 사물들을 분명하게 떠올리지 못했다. 형벌 전문가가 그를 발견할 즈음 트럼펫과 흡사한 소리가 들리는 듯도 했다. 그때 낯선 사람은 길 잃은 아이처럼 형벌 전문가의 시야로 들어갔다.

낯선 사람은 회색빛 이층 건물 앞에 도착했다. 형벌 전문가의 과장된 미소가 그의 앞길을 막았다.

"왔구먼."

형벌 전문가의 말투에 낯선 사람은 화들짝 놀랐다. 눈앞에 앉은, 윤기가 자르르한 은발의 노인장이 어떤 과거사를 암시하는 게 아닌가 싶었지만 낯선 사람은 확신할 수 없었다.

형벌 전문가가 말을 이었다.

"난 오랫동안 자넬 기다렸다네."

이 말도 낯선 사람에게 확신을 주지는 못했다. 하지만 낯선 사람은 한 걸음 물러나 가정해보았다. 설령 앞에 앉은 저 노인이 내 과거와 관계가 있다 하더라도, 수많은 과거사에 비춰본다면 먼지 입자 정도에 불과할 거야. 낯선 사람은 노인장 주위를 피해가리라 작정했다. 그는 1965년 3월 5일을 향해 걸음을 옮겼다.

하지만 그 뒤에 일어난 상황은 형벌 전문가의 뜻에 꼭 맞아 들어갔다. 낯선 사람은 결코 1965년 3월 5일로 들어가지 못했다. 그 일은 형벌 전문가와 몇 마디 대화를 나눈 뒤에 발생했다. 형벌 전문가의 회고 때문이었다. 그것은 분명 우연이지 장기간에 걸쳐 계획된 것은 아니었다. 낯선 사람은 그제야 자신이 이 순간 어디에 있는지 알 수 있었다. 그는 자신이 가고 싶은 곳과 가고 있는 곳을 일치시킬 수 없다는 걸 깨달았다. 다시 말하면 그는 전혀 다른 방향으로 가고 있었다. 1965년 3월 5일은 그에게서 점점 멀어지고 있었다.

낯선 사람은 처음으로 며칠 전의 그 습기 찬 저녁과 신비한 전보를 기억했다. 그의 사유는 1965년 3월 5일이 떠올랐던 그 지점에 한동안 머물러 있었다. 이제 그는 끊임없이 출몰하여 생각을 꼬이게 했던 다른 많은 과거사를 중요시하기 시작했다. 그것들은 각각 1958년 1월 9일, 1967년 12월 1일, 1960년 8월 7일, 그리고 1971년 9월 20일의 일이었다. 낯선 사람은 자신이 왜 1965년 3월 5일로 갈 수 없는지 알 수 있었다. 전보가 암시하고 있는 내용이 이 네 가지 과거사 속에 존재할 가능성도 얼마든지 있었던 것이다. 이 네 가지 시간에서 풀려나온 간섭들 때문에 1965년 3월 5일로 갈 수 없었던 것이다. 이 네 가지 과거사는 서로 상관없는 전혀 다른 길을 대표했다. 낯선 사람은 1965년 3월 5일을 포기했지만, 그렇다고 1958년 1월 9일과 나머지 세 가지 과거사로 들어갈 수도 없었다.

어느 여름날 해질 무렵, 순서를 잘못 배열하는 바람에 곤경에 빠진 낯선 사람은 생각을 새롭게 정리한 뒤에 길을 가야 했다. 그는 비로소 조심스럽게 형벌 전문가를 주시하기 시작했다. 그러고 보니 코앞에 앉아 있는 노인장이 그의 수많은 과거사와 알게 모르게 연결되어 있을 것 같았다. 그는 눈앞에 벌어진 상황을 꼭꼭 곱씹으면서 이 모든 게 운명이라는 생각을 어렴풋이 했다.

해질녘, 형벌 전문가는 의기양양하게 낯선 사람을 초대했다. 낯선 사람은 주저하지 않고 운명에 순종했다. 그는 형벌 전문가를 따라 이층짜리 회색 건물로 들어섰다.

거실은 사면이 검은색 페인트로 칠해져 있었다. 낯선 사람은 숨소리도 내지 않고 앉았다. 형벌 전문가는 백색 알전구를 밝혔다. 낯선 사람은 며칠 전에 받은 전보와 눈앞에 보이는 거실 사이에 어떤 필연적 관계가 있는지 추적하기 시작했다. 추적의 결과는 뜻밖이었다. 자기가 걸어온 길이 어딘가 기형적이었던 것이다.

낯선 사람과 형벌 전문가의 대화는 부드럽기 그지없는 분위기에서 시작되었다. 그들은 전에도 몇 번이나 대화를 나눈 적이 있는 사람들 같았다. 마치 손바닥 들여다보듯 상대방의 생각을 훤히 알고 있었다.

주인인 형벌 전문가가 먼저 화제를 끄집어내는 건 도의적으로도 당연한 일이었다.

"실은 우리 두 사람 모두 영원히 과거 속에서 살게 될 것이네. 현재와 미래는 과거가 농락하는 술책에 불과한 것이라네."

형벌 전문가의 말에는 상당한 설득력이 있었다. 하지만 그는 자신의 정체에 더 관심이 있었다.

"간혹 우리는 과거에서 벗어날 수도 있지 않습니까? 지금 저한테서 과거를 분리할 수 있는 무엇인가가 있다는 거지요."

낯선 사람은 1965년 3월 5일로 들어가는 데 실패한 연유를 하나하나 따져보았다. 다른 네 가지 과거사가 간섭했기 때문만은 아니라는 게 감지되었다.

그러나 형벌 전문가는 말했다.

"자네는 결코 과거와 분리된 적이 없네."

낯선 사람은 1965년 3월 5일로 들어가기는커녕 갈수록 멀어지고 있었다. 다른 네 가지 과거사와도 마찬가지로 멀어졌다.

형벌 전문가는 계속해서 말했다.

"사실 자네는 늘 과거 속에 깊이 빠져 있다네. 이따금씩 과거에서 벗어났다고 느낄 수도 있을지 모르겠네만, 겉모습만 그런 거지 정신은 항상 과거와 결합되어 있다네. 그건 당신이 과거와 한결 더 가까워지고 있다는 걸 뜻하기도 하고."

낯선 사람은 말했다.

"하지만 저는 저와 과거를 분리할 무언가가 있다고 확신하고 있습니다."

형벌 전문가는 어쩔 수 없다는 듯이 허탈하게 웃었다. 언어로 낯선 사람을 설득한다는 건 무모한 일인지도 몰랐다.

낯선 사람은 생각을 계속했다. 그가 자신의 모든 과거사에서 멀리 벗어난 뒤에도 형벌 전문가는 이상야릇한 미소를 지으며 나타나 이렇게 말했다.

"오랫동안 기다렸네."

낯선 사람은 체념하듯 말했다.

"그 무언가는 바로 당신이군요."

형벌 전문가는 낯선 사람의 추궁에 수긍할 수가 없었다. 언어로 설명한다는 게 번거로웠지만 그래도 다시 한 번 설명하지 않을 수 없었다.

"나는 절대로 당신을 과거와 분리한 적이 없다네. 오히려 나는 당신과 과거를 꽁꽁 묶어놓았지. 말하자면 내가 곧 당신의 과거라네."

형벌 전문가가 마지막으로 내뱉은 말에서 낯선 사람은 대화가 계속되기 힘들 거라는 느낌을 받았다. 그래도 형벌 전문가에게 의사 표현을 분명히 했다.

"저에 대한 당신의 기대를 이해할 수 없습니다."

"자네가 필연을 중요하다고 생각하지 않는다면……."

형벌 전문가의 설명이 이어졌다.

"자네는 나의 기대를 우연에 대한 기대라고 이해하면 될 것이네.

그러면 이해하는 게 그리 어렵지 않을 거네."

"그렇게 이해할 수도 있겠네요."

낯선 사람이 동의했다.

형벌 전문가는 보란 듯이 말했다.

"이 문제에 관하여 자네와 생각이 같아 기쁘네. 우리 모두 필연이란 게 무미건조하다는 걸 잘 알고 있다고 생각하네. 필연은 자신의 모습을 변화시킬 수 없지 않은가? 그건 바보처럼 계속 전진할 따름이지. 하지만 우연은 위대한 거라네. 어느 때 어느 곳에 던져도, 거기에서 참신한 역사가 만들어지지."

낯선 사람도 형벌 전문가의 폭넓은 식견에 결코 반대할 생각은 없었지만, 관심은 다른 것에 가 있었다.

"당신은 왜 저에게 기대하는 겁니까?"

형벌 전문가는 알 듯 말 듯한 미소를 지었다.

"이 문제를 물어볼 줄 벌써부터 알고 있었네. 지금이 마침 그때로군. 난 지금 한 사람의 도움을 필요로 하고 있지. 희생정신을 가진 돈 많은 사람의 도움 말이네. 자네가 바로 그런 사람인 것 같네만."

낯선 사람이 물었다.

"무슨 도움을요?"

형벌 전문가가 대답했다.

"내일이면 알게 될 거네. 지금은 내 사업에 대한 대화를 나누고 싶네. 그건 인류의 모든 지혜를 총결하는 것이지. 인류의 모든 지혜 가운데 가장 걸출한 게 형벌 아니겠나? 이것이 바로 내가 자네와 얘기해볼까 하는 거라네."

형벌 전문가는 인류가 사용하는 모든 종류의 형벌을 파악하고 있는 것 같았다. 그는 낯선 사람에게 자신이 사용하고 있는 형벌을 이해해보라고 요구했다. 그는 형벌을 하나씩 하나씩 아주 간단하게 소개하면서도, 각 형벌이 집행될 때 생기는 효과에 대해서는 퍽이나 선동적으로 묘사했다.

형벌 전문가의 장황하면서도 생동적인 묘사가 끝났을 때, 주도면밀한 낯선 사람은 어떤 형벌 하나가 누락되었다는 사실을 발견했다. 그것은 바로 교수형이었다. 어떤 심리에서인지는 종잡을 수 없었지만, 낯선 사람은 형벌 전문가의 묘사에 교수형이 등장할 거라고 처음부터 기대하고 있었다. 낯선 사람은 어떤 불행한 기억 속으로 깊이 빠져들었다. 알쏭달쏭해져버린 1965년 3월 5일 모시, 낯선 사람의 과거사와 희로애락을 같이해온 누군가가 목을 매어 죽었다.

낯선 사람은 질식할 것 같은 과거사에서 벗어나기 위해 몸부림쳤다. 한 가지 방법은 있었다. 바로 형벌 전문가에게 모종의 형벌이 빠졌다는 사실을 상기시키는 것이다. 낯선 사람은 교수형에 관한 형벌 전문가의 생생한 묘사를 듣고 과거사에서 이탈할 수 있게 되길 희망했다.

형벌 전문가는 노발대발했다. 그는 낯선 사람에게 분명히 말했다. 결코 그것을 누락한 게 아니라, 끄집어내는 게 수치스러웠을 뿐이라고. 그 이유는 이 형벌이 모욕당했기 때문이라고 했다. 그가 낮선 사람에게 비열한 자살자를 알려준다는 건 이 형벌을 모욕하는 것이라고 했다. 그는 낯선 사람을 향해 고래고래 소리를 질렀다.

"그들이 이 형벌에 어울린다고 생각하나?"

낯선 사람은 형벌 전문가의 분노를 전혀 예측하지 못했다. 덕분에 그는 한없이 빠져드는 과거사 속에서 빠르게 구출될 수 있었다. 낯선 사람은 숨을 한 번 내쉬고는 가만히 일어나 붉으락푸르락하는 형벌 전문가의 얼굴을 똑바로 쳐다보았다.

"당신은 이 형벌을 집행해본 적이 있습니까?"

형벌 전문가의 불 같던 분노는 금세 싸늘하게 식어버렸다. 그는 낯선 사람의 질문에 바로 대답하지 않은 채 황홀경 속으로 빠져들었다. 그의 얼굴은 기억 저편으로 날아가는 듯한 표정이었다. 마치 지폐를 세듯이 형벌을 하나하나 점검하기 시작했다. 그는 낯선 사람에게 말했다. 자신이 집행한 형벌 가운데서 가장 감동적인 것은 1958년 1월 9일, 1967년 12월 1일, 1960년 8월 7일, 그리고 1971년 9월 20일에 있었다고.

형벌 전문가가 제시한 이 네 가지 숫자는 숫자 그 자체처럼 일목요연하게 무엇을 암시하지는 않았다. 거기서는 짙은 피비린내가 사방으로 풍겨 나왔다. 형벌 전문가는 낯선 사람이 다음과 같은 사실을 알도록 해주었던 것이다.

그는 1958년 1월 9일을 능지처참했다. 1958년 1월 9일을 펄펄 내리는 눈처럼 갈가리 찢어버렸던 것이다. 그는 또 1967년 12월 1일의 생식기를 잘라버렸다. 1967년 12월 1일의 묵직한 고환 두 개를 잘라버렸던 것이다. 때문에 1967년 12월 1일은 햇볕이 조금도 들지 않았고, 밤에는 달빛이 덤불처럼 어두웠다. 1960년 8월 7일도 마찬가지로 운명적인 재난일이었다. 그는 얼룩덜룩 녹슨 톱으로 1960년 8월 7일의 허리를 끊어버렸다. 가장 잊을 수 없는 날은 아무래도 1971년 9월 20일이다. 커다란 구덩이를 파고 1971년 9월 20일을 흙 속에 매장해버렸다. 머리만 내놓게 한 채로. 둔중한 흙더미 때문에 피가 한꺼번에 머리 쪽으로 쏠렸다. 형벌 전문가가 머리를 내리치자 피기둥이 왈칵 솟아올랐다. 1971년 9월 20일의 분수는 더할 수 없이 휘황찬란했다.

낯선 사람의 모든 희망이 사라졌다. 형벌 전문가가 보여준 단순하게 배열된 네 가지 숫자는 그 모질었던 과거사를 하나하나 알려주었다. 1958년 1월 9일, 1967년 12월 1일, 1960년 8월 7일, 그리고 1971년 9월 20일. 바로 낯선 사람의 수많은 과거사 가운데 유독 그를 계속 쫓아다닌 것들이었다.

낯선 사람은 다시 한 번 눅눅했던 그날의 방과 신비한 전보를 돌이켜보았다. 그때 왜 나머지 네 가지 과거사를 선택하지 않고, 1965년 3월 5일을 선택했던가. 그는 형벌 전문가가 방금 제시한 네 가지 숫자에 대하여 필연과 우연이라는 두 가지 사유 방법으로 이해해보았다. 필연으로든 우연으로든, 이 순간 형벌 전문가가 자신의 네 가지 과거사를 차지하고 있다는 생각이 희미하게 느껴졌다.

사실 낯선 사람은 오래전부터 이미 이 네 가지 과거사가 자신을 뒤쫓고 있다는 사실을 실감하지 못했다. 네 가지 과거사는 일찌감치 사방에서 불어오는 음산한 바람과 같이 변해 있었기 때문이다. 네 가지 과거사의 이야기들은 진작부터 썩어 문드러져 흙과 한몸이 되어버린 것 같았다. 하지만 결코 그 숨결이 말끔하게 흩어져버린 건 아니었다. 낯선 사람은 그가 이곳에서 형벌 전문가와 신비하게 만나게 된 것도 다 이 네 가지 과거사가 인도했기 때문이라고 은연중에 느꼈다.

이윽고 형벌 전문가가 의자에서 일어나 낯선 사람 곁을 지나쳐 침실로 들어갔다. 백색의 알전구가 그를 비추었다. 한 가지 과거사가 침실로 들어간 것 같았다. 낯선 사람은 그대로 의자에 앉아 있었다. 다른 모든 과거사는 사라지고 1965년 3월 5일만 남아 있는 것 같았다. 그러나 그것은 그와 멀리 떨어져 있었다. 얼마 후 그는 잠 속으로 깊이 빠져들었다. 변하지 않는 과거사처럼 점잖기 그지없는 모습으로.

이튿날 날이 새자마자 형벌 전문가와 낯선 사람이 다시 한 번 같이 자리하게 되었을 때는 둘 다 마음이 더할 나위 없이 편안했다. 그들은 상대방을 한층 더 깊이 이해하게 되었다. 그들의 대화는 첫 마디부터 현실적이었다.

어제 형벌 전문가가 낯선 사람의 도움이 필요하다고 했으니 이를 화제 삼아 말문을 열었다.

"내가 알고 있는 모든 형벌 가운데 아직 시험해보지 않은 게 두 종류 있네. 그중 하나를 당신을 위해 남겨두었다네."

낯선 사람은 더 자세한 설명을 요구했다. 형벌 전문가는 낯선 사람을 데리고 칠흑 같은 방문을 밀어 널찍한 방으로 들어갔다. 창문 앞에 탁자 하나가 놓여 있을 뿐이었다. 탁자 윗면에는 큼지막한 유리가 덮여 있었는데, 유리는 햇빛을 받아 찬란하게 빛나고 있었다. 방 한쪽 귀퉁이에는 예리한 도살용 칼이 놓여 있었다.

형벌 전문가는 창 앞에 있는 유리를 가리키며 말했다.

"저것이 얼마나 흥에 겨워하고 있는지 보게나."

낯선 사람은 가까이 다가가 햇빛이 유리 위에서 어른거리는 것을 보았다.

형벌 전문가는 방 구석에 놓인 칼을 가리키며 낯선 사람에게 말했다. 이 칼로 낯선 사람의 허리를 가를 거라고. 그러고 나서 잽싸게 낯선 사람의 상반신을 유리 위에 편안하게 올려놓을 거라고. 그러면 낯선 사람의 상반신에서는 피가 철철 흐를 것이고, 결국엔 천천히 죽어갈 거라고 했다.

형벌 전문가는 상반신이 유리에 올려진 사람이 죽어가면서 무엇을 목도하게 될지를 낯선 사람에게 알려주었다. 이어진 묘사는 나무랄 데 없는 설득력을 갖추고 있었다.

"그때 자네는 이제껏 느껴보지 못한 평온함을 느끼게 될 거네. 온갖 소리는 다 사라지고 색깔만 남게 되지. 색깔은 더없이 느린 속도로 나타날 거네. 자네는 피가 점점 천천히 흐르고 있다는 걸 느끼게 될 테고. 그리고 최후의 순간에, 1958년 1월 9일 새벽의 첫 이슬을 보게 될 거야. 이슬은 눈에 잘 띄지 않는 이파리 위에서 자네를 아득히 바라보고 있을 거네. 1967년 12월 1일 한낮의 뭉게구름이 햇살을 받아 오색찬란한 빛깔을 낼 거야. 1960년 8월 7일 저녁노을이 오솔길에 내릴 즈음엔, 노을이 산길에 누워 자네를 포근하게 맞이할 준비를 하고 있을 걸세. 1971년 9월 20일 깊은 밤엔 달빛 속에서 반딧불 두 마리가 긴 눈물을 흘리며 훨훨 날고 있을 거네."

형벌 전문가의 나지막한 이야기가 끝나자 낯선 사람은 또 한 차례 기억의 결 속으로 빠져들었다. 1958년 1월 9일 새벽녘의 이슬, 1967년 12월 1일 한낮의 찬란한 구름, 1960년 8월 7일 해거름의 포근한 오솔길, 1971년 9월 20일 깊은 밤 달빛 속에서 춤추는 두 방울의 눈물. 이 네 가지 과거사는 네 장의 침대 시트처럼 낯선 사람의 시야에 어른거리며 나타났다가 사라졌다. 낯선 사람은 형벌 전문가의 이야기를 일종의 암시로 이해했다. 형벌 전문가는 네 가지 과거사가 새롭게 모일 가능성을 지적해준 것이다. 그의 얼굴에 찬란한 미소가 떠올랐다. 그 미소는 형벌 전문가의 경이로운 배치를 받아들이겠다는 의사를 더없이 잘 드러내주었다.

낯선 사람의 협조적인 태도에 형벌 전문가는 감격했다. 하지만 그의 감격은 내면에 속하는 것이므로 벼룩처럼 팔딱팔딱 좋아 날뛰지는 않았다. 그는 다만 동의한다는 의미로 고개를 끄덕였을 뿐이다. 그는 낯선 사람이 세상에 나올 때의 모습으로 완전히 돌아가길 바랐다. 벌거숭이의 모습으로. 그는 낯선 사람에게 말했다.

"내가 이렇게 요구하는 게 아니라 나의 형벌이 이렇게 요구하는 거라네."

낯선 사람은 흔쾌히 승낙했다. 세상에 나올 때의 모습으로 세상을 떠나는 게 타당하다고 생각되었기 때문이다. 자신이 벌거숭이가 되어 네 가지 과거사와 만나는 장면을 그려보았다. 아마도 그의 과거사는 깜짝 놀랄 것이다.

형벌 전문가는 오른편 구석에 서서 낯선 사람이 허물을 벗듯이 옷을 벗는 모습을 바라보았다. 칼로 금이라도 그어놓은 것 같은 낯선 사람의 쪼글쪼글한 육신이 드러났다. 그는 햇살이 어른거리는 유리 옆에 섰다. 그 역시 햇빛을 받아 반짝거렸다. 형벌 전문가는 그늘진 구석에서 낯선 사람에게로 다가왔다. 번뜩이는 칼을 들고 있었다. 햇빛은 초조하고 불안하게 칼날 위에서 펄떡펄떡 뛰었다. 그는 낯선 사람에게 물었다.

"준비 다 됐는가?"

낯선 사람은 고개를 끄덕였다. 그를 바라보는 눈빛이 말할 수 없이 평온했다. 성숙한 남성이라면 행복한 강림을 기다릴 때 마땅히 취해야 할 태도였다.

낯선 사람의 평온함 때문에 형벌 전문가는 이어서 발생할 일에 대한 믿음을 가질 수 있었다. 그는 오른손을 뻗어 낯선 사람의 허리 부위를 만지작거렸다. 그 순간 자신의 손가락이 미세하게 떨리고 있다는 걸 발견했다. 사건이 뜻하지 않은 결과로 발전할 수 있다는 암시였다. 지나치게 흥분했기 때문인지, 기력이 떨어졌기 때문인지 알 수 없었다. 실상 오래전부터 형벌 전문가는 기력이 점차 쇠진하고 있다고 느껴왔다. 칼을 드는 순간부터 두 손이 벌써 떨리고 있었던 것이다.

낯선 사람은 몸을 돌려 창밖을 바라보며 네 가지 과거사가 훨훨 날아오기를 기대하고 있었다. 그는 예리한 칼날이 자신을 어떻게 동강 낼지를 생각하고 있었다. 얼음장 같은 손으로 백지를 찢는 것처럼, 더할 나위 없이 아름다울 것이다. 그런데 뜻밖에 형벌 전문가의 기진맥진한 한숨 소리가 들렸다.

그가 돌아눕자, 형벌 전문가는 자신의 떨리는 손을 부끄러운 심정으로 낯선 사람에게 보여주었다. 낯선 사람이 분명히 깨닫도록 하기 위해서였다. 그는 형벌 전문가의 바람처럼 될 수 없다는 것을. 그를 단칼에 베어버릴 수 없다는 것을.

그렇지만 낯선 사람은 충분히 관용적인 태도를 취했다.

"두 번도 괜찮습니다."

"하지만……"

형벌 전문가는 머뭇거리다 말했다.

"이 형벌은 내게 칼을 한 번 쓸 기회만 주었다네."

낯선 사람은 형벌 전문가가 이토록 하찮은 일에 그렇게 당황하는 까닭을 알 수 없었다. 그는 형벌 전문가에게 이 점을 지적했다.

형벌 전문가는 한숨을 내쉬고서 설명했다.

"그것은 내가 이 형벌을 모욕했기 때문이네."

"정반대인 것 같은데요."

낯선 사람이 반론을 제기했다.

"사실 이런 거야말로 당신의 형벌 기술을 풍부하게 발전시키는 겁니다."

"그렇지만……"

형벌 전문가는 단호한 목소리로 말했다.

"그렇게 한다면 자네가 임종할 때 너무 고통스러울 거야. 돼지고기 다지듯 자네 허리를 형편없이 망가뜨리게 될 거네. 위와 신장, 간은 문드러진 사과처럼 엉망이 되고 말 거야. 게다가 자네는 영원히 유리에 올라가지 못할 거고. 그보다 먼저 바닥에 쓰러질 테니 말이네. 죽으면서 진흙 속에서 꿈틀거리는 지렁이와 징그러운 두꺼비, 그리고 어쩌면 이런 것들보다 훨씬 더 나쁜 광경을 보게 될지도 모르지."

낯선 사람은 형벌 전문가의 목소리에서 사건이 뜻하지 않은 방향으로 발전할 거라는 사실을 읽어낼 수 있었다. 낯선 사람이 벗어둔 옷을 다시 입은 건 당연한 순서였다. 더 이상 그것들이 필요하지 않을 거라고 생각했는데, 결과는 완전히 달랐다. 그는 옷을 껴입으면서 짙은 회색빛 페인트를 몸에 바르고 있는 듯한 기분에 빠졌다. 멀고 먼 과거사처럼 암울한 회색빛을.

낯선 사람은 이러한 현실을 회피할 힘이 없었다. 형벌 전문가는 그에게 네 가지 과거사와 만나도록 주선해줄 방법을 가지고 있지 않았다. 형벌 전문가가 왜 자신의 과거사를 아름답게 살해하려고 하는지 짐작조차 할 수 없었지만, 그가 이 순간 느낄 내면의 고통은 헤아릴 수 있었다. 형벌 전문가가 느끼고 있을 고통에 생각이 미치자 그의 마음속에도 휑한 바람이 일었다. 형벌 전문가는 형벌을 아름답게 집행할 방법이 없다는 걸 고통스러워했지만, 그는 과거사와 만날 방법이 없어 고통스러웠다. 고통의 원인이야 서로 달랐지만 어쨌거나 그것이 그들을 단단하게 묶어준 것만은 틀림없었다.

곧이어 무거운 적막이 흘렀다. 낯선 사람과 형벌 전문가가 거실로 되돌아와 짓누르는 적막에서 벗어날 때까지. 그들은 유리가 사방으로 빛을 발산하는 방에서 막막하게 서 있다가 그냥 거실로 돌아왔다. 거실의 분위기는 그 방과 달라 그들은 대화 비슷한 걸 이어나갈 수 있었다.

그들은 대화를 계속했다. 대화는 열띤 분위기에서 시작되었다. 물론 이것은 형벌 전문가에게만 해당하는 이야기였다. 형벌 전문가는 조금 전의 실패에 결코 낙담하지 않았다. 그에게는 아직도 뽑낼 수 있는 최후의 형벌이 있었던 것이다. 여러 말 할 필요 없이 그가 자기 생애 중에서 가장 자부하는 형벌이었다. 그는 낯선 사람에게 말했다.

"내가 창조한 거라네."

형벌 전문가는 낯선 사람에게 한 가지 사건을 들려주었다. 어떤 사람, 엄격하게 말하면 어느 진정한 학자 이야기인데, 이십 세기에는 찾아볼 수 없는 그런 유형이었다. 어느 날 새벽, 잠에서 깨어난 그는 회색 옷을 입은 남자들이 침대 머리맡에 서 있는 걸 보았다. 그들은 그를 데리고 나가 차에 태웠다. 학자는 자신이 어디로 가고 있는지 염려되어 그들에게 물어보았다. 그들은 침묵으로 일관했다. 그들의 태도 때문에 학자는 가슴이 두근거리기 시작했다. 창밖의 풍경을 보며 앞으로 어떤 일이 일어날지를 추측해보는 도리밖에 없었다. 익숙한 거리와 강물이 보였는데, 차는 그것들을 곧장 스쳐 지나갔다. 이만 명은 수용할 수 있을 법한 커다란 광장이 나타났다. 광장에는 이미 이만 명이 들어앉아 있었다. 그들은 여름날 오밀조밀 모인 개미 떼처럼 보였다. 얼마 후 학자는 사람들 무리 속으로 들어가야 했다. 거기에는 높다란 단상이 놓여 있었다. 학자는 단상에 서서 잡초 덤불 같은 인간 군상을 내려다보았다. 단상에는 총을 멘 군인 몇이 서 있었다. 그들의 총이 학자의 머리를 겨냥하는 바람에 학자는 어쩔 줄 몰라 허둥지둥했다. 그런데 잠시 후 그들은 총을 내려놓았다. 탄창에 총알 재는 걸 잊어버렸던 것이다. 햇빛 같은 색깔의 총알이 총신에 밀려 들어가는 게 보였다. 총은 다시 학자의 머리를 겨냥했다. 이때 판사처럼 보이는 사람이 단 아래에서 올라왔다. 그는 학자를 향해 한 가지 사실을 선포했다. 학자가 사형 판결을 받았노라고. 학자는 너무 당황해서 자신이 무슨 죄목으로 여기까지 왔는지 감을 잡을 수조차 없었다. 판사가 말했다.

"선혈이 잔뜩 묻은 당신의 손을 보시오."

손을 내려다보았지만 핏자국 같은 건 보이지 않았다. 그는 판사에게 손을 내밀어 이 사실을 증명해 보이려 했다. 하지만 판사는 아랑곳하지 않고 한쪽으로 물러났다. 수많은 사람들이 서로 밀치며 비집고 올라와 그의 죄를 고발했다. 그가 형벌을 자기 가족들에게 하나하나 보냈다고. 학자와 그들 간에 격렬한 논쟁이 벌어졌다. 그는 그들을 설득하려 애썼다. 누구라도 과학에 헌신하는 데 주저해서는 안 된다는 사실을 깨닫도록. 하지만 오래지 않아 학자는 눈앞에서 벌어지고 있는 상황을 이해하기 시작했다. 총알이 금세 그의 머리를 향해 날아올 것이다. 머리는 지붕에서 떨어진 기왓장처럼 박살나고 말 것이다. 그는 군중과 마찬가지로 공포와 절망 속으로 빠져들었다. 단 아래에 있던 사람들은 물처럼 단상으로 흘러들어와 고발의 임무를 완수하고는 반대쪽으로 흘러나갔다. 이와 같은 상황이 장장 열 시간이나 지속되었다. 그러는 동안 사병들은 시종 총을 든 채 그의 머리를 겨냥하고 있었다.

형벌 전문가는 여기까지 이야기하고는 기기묘묘한 표정으로 낯선 사람에게 말했다.

"그 학자가 바로 나요."

그는 계속해서 말했다. 열 시간 동안 필요한 과정을 완성하느라 장장 일 년이 걸렸노라고.

학자는 자신이 사형선고를 받은 사실을 알고부터 열 시간 동안 커다란 정신적 고통에 시달렸다. 그 열 시간 동안 그의 마음은 수천 번도 더 오락가락했으며 여태껏 경험하지 못한 온갖 쓴맛 단맛을 맛보았다. 두근두근하다가 부글부글 끓다가 오줌을 지리기까지 했다. 몇 초 후에 죽게 될 거라는 사실을 깨달았을 때는 삶이 얼마나 아름다운지를 발견하기도 했다. 불안으로 가슴이 울렁거리던 열 시간 내내 학자는 얽히고설킨 감정이 칼이 되어 자신을 베는 것 같았다.

요리조리 이해타산을 해본 후에 말했을 게 분명한 형벌 전문가의 이야기에서, 이 형벌이 완전무결을 지향하고 있다는 걸 알 수 있었다. 이야기를 끝내자마자 형벌 전문가는 낯선 사람에게 분명히 말했다.

"이 형벌은 나에게 남겨진 것이라네."

그는 낯선 사람에게 설명했다. 이 형벌을 위해 십 년의 세월 동안 심혈을 기울였다고. 그러니 이 형벌을 다른 사람에게 가볍게 넘길 수는 없다고. 다른 사람이란 분명 낯선 사람을 암시하는 것이었다.

낯선 사람은 이 말을 듣고 희미하게 웃었다. 그것은 고상한 미소였으며, 그의 의심을 성공적으로 감춰주었다. 사실 그는 이 형벌이 형벌 전문가가 말하는 것처럼 그렇게 완전무결하지 않다는 걸 느끼고 있었다. 거기에는 어떤 맹점이 존재하는 것 같았다.

형벌 전문가가 일어서며 낯선 사람에게 말했다. 오늘 저녁에 이 형벌을 집행하려 한다고. 그러니 스무 시간이 지난 뒤 자신의 침실로 와달라고.

"그때 당신은 날 볼 수 있지만 난 당신을 볼 수 없을 거야."

형벌 전문가가 침실로 들어간 뒤 낯선 사람은 거실에 그대로 오랫동안 앉아 있었다. 그는 형벌 전문가가 떠나기 직전에 한 말이 진실한지에 대해 생각하고 있었다. 그는 형벌 전문가처럼 그렇게 확신할 수 없었다. 거실을 나와 자신의 침실로 들어가면서 한 가지 사실만은 분명히 알 수 있었다. 내일 그가 형벌 전문가의 침실로 들어갔을 때, 형벌 전문가가 그를 볼 수 있을 거라는 사실을. 그는 천의무봉으로 보이는 이 형벌에서 맹점의 소재를 발견했다. 바로 이 맹점이 형벌 전문가에게 돌이킬 수 없는 실패를 가져다줄 것이다.

　이튿날 새벽의 상황은 낯선 사람의 예측이 맞았다는 걸 확인시켜 주었다. 형벌 전문가는 기운이 쪽 빠진 몰골로 침대에 누워 있었다. 그는 창백한 얼굴로 낯선 사람에게 말했다. 어제 저녁엔 모든 게 순조로웠다고. 그런데 마지막 순간에 별안간 정신이 퍼뜩 돌아왔다고. 그는 슬픈 표정으로 이불을 젖혀 낯선 사람에게 보여주었다.

　"오줌까지 쌌다네."

　침대가 축축한 정도로 보아서는 어제 저녁에 줄잡아 십여 차례는 실례를 한 것 같았다. 이런 모습에 낯선 사람은 의기양양해졌다. 침대에서 헐떡거리는 형벌 전문가를 보면서 이 형벌이 실패하기를 빌었다. 이 사람이 세상을 뜬다면 그도 자신의 과거사와 영원히 이별하게 되는 것이다. 그러니 형벌 전문가에게 그 형벌의 맹점을 가르쳐줄 수는 없었다. 그는 형벌 전문가가 내일 다시 오라고 했을 때, 미소조차도 내보이지 않고 지극히 엄숙한 표정으로 방을 나갔다.

　이튿날의 상황 역시 낯선 사람의 예측에서 한 치도 벗어나지 않았다. 형벌 전문가는 어제와 같은 몰골로 침대에 누워 있었다. 그는 초췌한 얼굴로 문을 열고 들어오는 낯선 사람을 보고 있었다. 수치심을 감추려고 일부러 이불을 젖혀 어제는 소변뿐 아니라 대변까지도 시원하게 보았다는 것을 보여주었다. 그런데 어제와 다름없이 마지막 순간에는 갑자기 정신이 멀쩡해졌다고 했다. 그는 고통스럽게 말했다.

"자네, 내일 다시 오게나. 내일은 분명 죽을 수 있을 거네."

낯선 사람은 이 말을 그다지 진지하게 받아들이지 않았다. 그는 형벌 전문가를 연민 어린 눈으로 바라보았다. 그 형벌의 맹점이 어디에 있는지를 말해주고 싶기도 했다. 그것은 바로 열 시간이 지난 후에 정확하게 조준된 총알 하나가 나타나야 한다는 것이었다. 형벌 전문가의 머리를 박살낼 총알. 형벌 전문가는 십 년 동안 심혈을 기울여 열 시간 동안의 과정을 꼼꼼하게 완성했지만 마지막으로 가장 결정적이라고 할 총알 하나를 생각지 못한 것이다. 낯선 사람은 이 맹점을 누설할 때 생길 위험을 아주 잘 알고 있었다. 그것은 그의 과거사가 형벌 전문가와 더불어 죽어가는 것이다. 지금 낯선 사람의 입장에서 보면 형벌 전문가와 함께 있는 것은 자신의 과거사와 함께 있는 것이다. 그 맹점을 알고 있었으니 그는 태연자약하게 형벌 전문가의 침실에서 물러나왔다. 결정적인 맹점으로 인해 그의 과거사는 영원히 사라지지 않을 것이다.

그런데 나흘째 되는 날 새벽, 완전히 엉뚱한 결과가 나타났다. 낯선 사람이 다시 한 번 형벌 전문가의 침실을 찾았을 때, 형벌 전문가가 전날 한 약속이 실현되어 있었다. 그가 사망한 것이다. 침대에 누운 채로 죽은 것이 아니라 침대에서 일 미터 떨어진 곳에서 목을 맨 채 죽어 있었다.

이런 상황에 부딪히자 낯선 사람의 마음에 쓸쓸한 황무지가 나타났다. 형벌 전문가의 죽음으로 이제 그가 네 가지 과거사와 연결될 가능성은 영원히 사라져버린 것이다. 그는 형벌 전문가를 물끄러미 바라보았다. 마치 목을 매고 죽은 자신의 과거사를 보는 것처럼. 1965년 3월 5일이 은연중에 떠올랐다. 그와 동시에 형벌 전문가가 교수형에 대해 언급할 때 벌컥 화를 냈던 상황도 일순간 너울너울 되살아났다. 형벌 전문가가 최종적으로 선택한 것은 모욕당한 바로 그 형벌이었다.

낯선 사람은 침실을 나서다가 문 뒤에 이런 말이 적혀 있는 걸 발견했다.

'나는 이 형벌을 구제했다.'

이 말을 쓸 때 형벌 전문가는 분명히 정신은 또렷하고 마음도 침착했을 것이다. 그는 그 아래에 날짜를 정성들여 써놓았다.

'1965년 3월 5일.'

선혈의 매화검

鮮血梅花

1

한 시대를 풍미했던 무림의 종사 완진우가 두 이단자의 손에 죽은 사건은 십오 년 전의 아련한 과거사가 되었다. 완진우의 아들 완하이쿼는 피비린내 나는 나뭇잎이 하늘 가득 휘날리던 다섯 살 때를 기억하고 있었다.

지난날 수려했던 완진우 아내의 자태는 이제 온데간데없다. 백발이 잡초처럼 머리에 튼실하게 자리를 잡았다. 십오 년 세월의 풍한을 견디는 동안 천하무적의 매화검을 손아귀에 넣고 무림 세계를 휘어잡던 시절의 완진우에 대한 기억은 말끔히 잊혔다. 그녀의 수려한 자태가 흔적도 없이 사라졌듯이. 그래도 지금 강호의 청년 영웅들 사이에서 매화검에 대한 전설이 완전히 잦아든 것은 아니었다.

선혈의 매화검은 살짝 휘두르기만 해도 매화처럼 붉은 피가 검신(劍身)에서 뚝뚝 떨어진다고 했다. 피 얼룩 몇 점이 늘 검에 묻어 있었기 때문에 모양은 휴대용 매화나무 같았다. 몇 대째 전해 내려오던 매화검이 완진우의 수중으로 들어왔을 때는 이미 매화꽃 일흔아홉 떨기가 피었다가 사라진 뒤였다. 완진우는 이십 년 동안 강호를 쥐락펴락하며 매화꽃 스무 떨기를 더 보탰다. 매화검이 칼집에서 빠져나오기만 하면 핏빛이 사방으로 퍼져나갔다.

십오 년 전 완진우는 이상야릇하게 죽었다. 그의 죽음은 풀리지 않는 수수께끼로 아내의 마음속에 줄곧 도사리고 있다. 쥐 죽은 듯 고요하던 그날 밤, 그녀는 달빛 속에서 깊은 잠에 빠져 있었다. 바로 그날 밤, 남편은 집 밖의 잡초 덤불 위에서 조용히 죽어갔다. 그녀는 남편의 원수를 하나하나 꼽아보았지만, 막연하기만 할 뿐이었다.

완진우의 생애 마지막 일 년 중 어느 화창한 날 새벽, 그녀가 대문을 열자 햇빛에 아른거리는 시체 하나가 보였다. 남편이 한밤중에 침대를 떠나 자객과 결투를 벌였으리라고는 상상조차 할 수 없었다. 아니 어쩌면 그때, 그녀는 남편이 햇빛 아래 누워 있는 모습을 은연중에 예감하고 있었는지도 모른다. 상황은 십오 년 전의 그 고요한 새벽에 그렇게 발생했다. 완진우는 시든 풀섶 위에 반듯하게 누워 있었다. 축 늘어진 사지는 어쩔 수 없는 상황이었다는 걸 보여주었다. 두 눈에는 검은 비수가 꽂혀 있었다. 옆에 있는 스산한 나무에서 떨어진 나뭇잎 몇 장이 그의 머리 양쪽에서 바람에 따라 흔들렸다. 나뭇잎은 선혈로 가득했다. 그때 나뭇잎 몇 장을 집어들고 서 있는 아들 완하이쿼가 보였다.

완하이쿼는 나무뿌리가 자라듯 성장했다. 십오 년이 지나자 그의 몸은 완진우의 기운을 미세하게나마 뿜어내기 시작했다. 하지만 완진우 생전의 위풍은 흙으로 화해버렸는지 완하이쿼의 피 속에 한 점도 남아 있지 않았다. 완하이쿼는 어머니가 바라는 것과는 딴판으로 자랐다. 스무 살이 된 지금, 그의 몸집은 더 이상 성장하지 않을 게 분명해 보인다. 허약하기 이를 데 없는 청년이 자기 앞에 서자, 어머니는 차마 눈뜨고 볼 수가 없어 얼떨떨할 뿐이었다. 하지만 십오 년 동안 견뎌온 인내를 더는 지속할 힘이 없었다. 완하이쿼도 길을 떠나야 할 때가 됐다.

햇살이 아물거리는 아침, 그녀는 따스한 눈빛으로 아들을 바라보며 예전의 목소리로 십오 년 전 그날에 대해 이야기했다. 그의 부친이 잡초 덤불에 누운 채 죽어갔노라고.

"난 니 애비의 눈도 보지 못했단다."

그녀는 십오 년 동안이나 곰곰이 새겨보았지만 살인범이 누구인지 단정할 수 없었노라고 했다.

"그렇지만 두 사람이 있기는 한데……."

그녀가 말한 두 사람은 이십 년 전 화산 기슭에서 완진우와 결투한 적이 있는데, 완진우의 무예로도 패배시키지 못한 무림의 고수들이었다. 그녀는 그들 중 누가 완하이쿼의 부친을 죽인 원수인지 알려주지 않았다.

"한 사람은 청운도장이고, 또 한 사람은 백우소라고 한다."

청운도장과 백우소의 행방이 묘연해진 지는 이미 오래되었다. 무림을 떠났는지에 대해서도 시시비비가 엇갈렸다. 그럼에도 불구하고 그 두 사람은 역대로 무림에 전해오는 모든 수수께끼를 맑은 물 들여다보듯이 훤히 알고 있었다.

완하이퀴는 어머니의 목소리를 들으며 가만히 앉아 있었다. 그는 앞으로 무슨 일이 일어날지를 알고 있었다. 회백색 큰길과 검은색을 띤 비취빛 강물이 어슴푸레하게 떠올랐다. 어머니의 그림자가 그 몽환적인 배경 앞에서 어른거리고 있었다. 그해 아버지와 함께 무림을 풍미하던 매화검은 강물 위에 뜬 한 줄기 나뭇가지처럼 흘러 내려와 그에게 전해졌다. 매화검을 받던 완하이퀴의 손이 어머니의 얼음장 같은 손가락에 닿았다.

완하이퀴는 매화검을 차고 초가집을 나섰다. 붉은 태양이 하늘 저 멀리 둥둥 떠 있었다. 쾡한 남빛 하늘이 시야를 가득 채웠다. 그 아래 있는 자신은 저 홀로 아득히 날아가는 거무스름한 참새처럼 여겨졌다.

큰길로 들어설 때 그는 공연히 고개를 돌려보았다. 방금 떠나온 초가집이 태양처럼 붉게 보였다. 초가집에는 시뻘건 불꽃이 새벽바람에 훨훨 춤추고 있었고, 초가집 뒤편 하늘에는 아침노을이 활활 타고 있었다. 완하이퀴는 불타는 초가집이 하늘에서 떨어진 아침노을처럼 보여 얼떨떨한 기분이었다. 곧이어 초가집이 내려앉는 소리가 들리더니 물방울처럼 사방으로 튀는 불똥이 보였다. 이윽고 불덩이가 넘쳐흐르는 물처럼 와르르 무너져내렸다.

완하이쿼는 몸을 돌려 큰길을 따라 걸었다. 내딛는 발걸음 때문에 새벽바람이 팔랑거렸다. 큰길은 앞쪽으로 허망하게 이어졌다. 어머니가 분신한 뜻을 십분 이해할 수 있었다. 앞으로 겪어야 하는 긴 세월 속에 그가 깃들일 곳은 이제 한 군데도 없었다.

무예라곤 털끝만치도 수련해본 적이 없는 완하이쿼는 천하를 주름잡던 매화검을 차고 십오 년 전 아버지를 죽인 원수를 찾아나섰다.

2

어머니가 죽기 전에 이야기한 두 사람을 아무리 수소문해보아도 계곡의 메아리처럼 휑한 울림만이 되돌아왔다. 어머니는 이 두 사람이 어디에 있는지 말해주지 않았다. 다만 그들이 이 세상에 살아 있다는 사실을 알려주었을 따름이다. 산 넘고 물 건너 시골을 가고 도시를 찾아갔지만, 도무지 종적을 찾을 수 없었다. 그동안 완하이쿼의 앞길에는 광활한 풍경이 펼쳐졌다. 하루 또 하루 나그넷길이 그렇게 이어졌다.

어머니가 분신한 뒤 떠나왔던 큰길은 구불구불 십여 리를 이어지다 강물에 가로막혔다. 나무다리를 건너 맞은편 언덕에 도착한 완하이쿼는 어디로 가야 할지 알 수가 없었다. 그때부터 방향은 더 이상 그를 이끌어주지 않았다. 대지에 부는 바람처럼 마음 가는 대로 걷기 시작했다. 그가 지나온 마을과 도시들은 제각각 특색이 있었지만, 어딜 가나 똑같은 색깔의 나무, 똑같은 모양의 집, 똑같은 길을 걸어가는 똑같은 사람들이 있었다. 때문에 완하이퀴는 어떤 마을이나 읍내에 들어서면 똑같은 기억 속으로 빠져드는 것 같았다.

나그넷길은 일 년 남짓 이어졌다. 어느 날 해질녘, 완하이퀴는 네거리에 도착했다. 나그넷길에서 네거리가 나타난 것은 한두 번이 아니었다. 청운도장과 백우소를 찾는 방법은 여기서 몇 가지 가능성을 갖게 된다. 하지만 완하이퀴는 끝도 없는 유랑 길을 걸으며 네거리라고 해서 유별나게 더 머뭇거린 적은 없었다.

이번 네거리에 이르렀을 때는 마침 해질 무렵이었다. 앞쪽으론 산 능선이 보였다. 파도처럼 이어진 산봉우리에서 석양이 오솔길처럼 좁고 긴 햇살을 발산하고 있었다. 가로놓인 길은 황량한 황톳길이었다. 노을이 황톳길에 내려앉자 땅은 훨씬 울퉁불퉁해 보였다. 네거리 입구에 도착할 즈음 그는 내심 계속 앞쪽으로 가리라 작심하고 있었다. 일 년 남짓한 여행 동안 줄곧 이와 비슷한 선택으로 여기까지 도착했던 것이다.

그런데 어쩐 일인지, 그는 네거리에서 그렇게 작심하고 한참이 지난 뒤에야 별안간 자기가 노을을 품고 있던 산에서 꽤 멀어졌다는 사실을 깨달았다. 본래 가려고 했던 앞쪽을 향해 걸어온 게 아니라 네거리에서 오른쪽으로 돌아 황톳길로 걸어가고 있었던 것이다. 노을이 사라진 하늘은 잿빛이었다. 머리를 돌려 바라보니 네거리는 저 멀리 어슴푸레하게 보였다. 방금 걸어온 네거리의 모습을 기억해보려 했지만 거짓말처럼 기억 속에서 그 부분은 텅 비어 있었다.

226

깜깜한 밤, 그러나 예까지 와서 걸음을 멈출 수는 없었다. 순간적인 착각 때문이었는지 밥 짓는 연기 하나 오르지 않는 길로 접어들었다. 이윽고 나지막한 초가집이 멀리 보였다. 초가집에 어른거리는 촛불을 보니 부드러웠던 오후의 햇살이 떠올랐다. 초가집으로 다가갈수록 초목의 짙은 향내가 풍겨왔다. 향기는 새벽 안개처럼 초가집 주위를 감싸고 있었다.

초가집 사립문 앞에 잠깐 서 있어봤지만 안에서는 아무런 기척도 없었다. 고개를 돌려 끝없이 황량하기만 한 길을 잠시 바라보고는 손을 들어 사립문을 두드렸다.

바로 그 순간 사립문 안쪽에서 인기척이 들려왔다. 더없이 매력적인 여인이 사립문 안쪽에 서 있었다. 느닷없는 상황이라 순간적으로 어찌할 바를 몰랐다. 여인은 벌써부터 사립문 안쪽에서 기다리고 있었던 것처럼 보였다.

여인은 오히려 대범했다. 그가 여기에 온 뜻을 알고 있다는 듯이 그가 입을 떼기도 전에 여기에 묵고 싶은 게 아닌지를 물어왔다.

그는 대답하지 않고 여인을 따라 집 안으로 들어섰다. 촛불이 하늘거리는 탁자 앞에 앉았다. 어둠침침한 촛불을 사이에 두고 마주앉은 여인을 찬찬히 살펴보았다. 여인의 입술에는 연지가 짙게 발라져 있었다. 연지 때문인지 그녀의 매혹적인 미소는 어딘가 모르게 비현실적으로 보였다.

잠시 후 그는 여인이 사라졌다는 걸 깨달았다. 신기하게도 그녀가 사라지는 걸 전혀 눈치채지 못했다. 곧이어 뒷방에서 여인이 침대에 오르는 소리가 들려왔다. 마치 나뭇가지가 바람에 흔들리는 소리 같았다.

그녀는 뒷방에서 그에게 물었다.

"어디로 가시려고 하는지요?"

둘 사이에 겨우 벽 하나가 가로놓여 있을 뿐인데 소리는 아주 아득하게 들려왔다. 그 목소리는 어머니가 분신할 때 초가집이 불타던 장면, 그리고 그가 큰길에 이르러 느꼈던 서늘한 바람을 상기시켰다. 순간적으로 그날의 새벽바람이 깊은 밤 이 초가집에서 불어나오는 듯했다.

그는 그녀에게 말했다.

"청운도장과 백우소를 찾고 있소이다만."

여자는 다소곳이 일어나 앉으며 완하이쿼에게 말했다.

"청운도장을 찾게 되면 류톈이란 사람이 어디 있는지 물어봐주세요. 연지 바른 여인이 그에게 가르침을 구한다고요."

완하이쿼가 승낙하자 여인은 다시 자리에 누웠다. 한참 지나서 여인이 다시 물어왔다.

"기억하셨는지요?"

"기억하고 있소이다."

완하이쿼가 대답했다.

여자는 그제야 안심하고 잠이 들었다. 완하이쿼는 촛불이 사그라질 때까지 바른 자세로 앉아 있었다. 이윽고 여명이 밝아왔다. 완하이쿼는 조용히 문을 나섰다. 아침 햇살이 초가집을 비추고 있었다. 그 주위에는 새벽 이슬에 젖은 희귀한 화초들이 향내를 발산하고 있었다.

완하이쿼는 어제 벗어났던 그 큰길에 다시 올랐다. 고개를 돌려 어젯밤 자신이 걸어온 길을 바라보니 마찬가지로 황량하기만 했다. 그런데 반대편 끝의 멀지 않은 곳에 아침노을이 아롱거리는 옥빛 강이 보였다. 완하이쿼는 강 쪽으로 걸어갔다.

다시 많은 날이 흘렀다. 그날 밤 연지 바른 여인과 만났던 장면을 떠올리니 격세지감이 느껴지는 것 같았다. 완하이쿼는 무림 영웅의 후세였지만 지금까지 십오 년 동안 강호에 손가락 한 번 담가보지 못했기에 연지 바른 여인의 명성을 들은 적이 없었다. 연지 바른 여인은 천하 제이의 독살왕으로 독약분을 온몸에 가득 바르고 지냈다. 분이 퍼져나가면 사방 한 길 안에 있는 사람은 모두 중독되어 죽었다. 그날 밤 연지 바른 여인이 뒷방에 숨어서 완하이쿼와 대화를 나눈 것도 그래서였다.

3

완하이쿼는 연지 바른 여인과 헤어진 뒤에도 수많은 강과 산, 마을을 떠돌아다녔다. 강물 위에 떠 있는 나뭇잎 한 장이 흐르는 물에 자신을 내맡기듯이 그렇게 유랑했다. 부지불식간에 완하이쿼는 흑침대협에게 가까워지고 있었다.

무림 세계에서 흑침대협의 명성은 연지 바른 여인과 같이 십여 년 동안 줄곧 위풍을 떨치고 있었다. 그는 암기의 고수였다. 특히 어두운 밤에도 백발백중이었다. 암기는 바로 그의 검은 머리카락이었다. 그의 검은 머리카락은 뽑아내는 즉시 흑침처럼 단단하게 변했고, 캄캄한 밤에 던져도 조금도 번쩍거리지 않았다. 흑침대협이 강호에서 몇 년째 활개하는 사이에 검은 머리카락은 점점 황무지처럼 변해갔다.

끝없이 이어지는 완하이쿼의 나그넷길. 연지 바른 여인을 떠난 지도 여러 달이 흘러 시끌벅적한 작은 읍내에 들어섰다. 해질 무렵이었다. 그를 줄곧 앞쪽으로 이끌었던 큰길은 읍내 근방에서 또 다른 방향의 샛길로 갈라졌다. 어둠만 내리지 않았더라도 완하이쿼는 계속해서 큰길의 안내를 받으며 그대로 전진했을 것이다. 하지만 노을이 그의 의지를 바꾸어 읍내로 들어섰다. 이튿날 새벽 그는 다시 큰길에 오르게 될 것이다.

오랜 방랑으로 피로가 쌓였던 탓인지 완하이쿼는 자신의 몸이 마치 왁자지껄한 사람들 속에서 휘적거리는 옷가지처럼 생각되었다. 그는 여인숙으로 들어가 근처 누각에서 속살거리는 기녀들의 노랫소리를 들으며 곧장 깊은 잠 속으로 빠져들었다.

여명이 오기도 전에 완하이쿼는 바람에 열리는 창문처럼 잠에서 깨어났다. 창살을 통해 들어온 달빛이 침대 머리맡에서 흐르고 있었고, 집 주위엔 적요함이 감돌았다. 완하이쿼는 눈을 뜬 채로 그렇게 한동안 누워 있었다. 말 울음소리가 들려왔다. 그 소리는 이른 새벽 집을 떠나며 올랐던 그 큰길을 상기시켰다. 죽 뻗어 있는 큰길을 보며 망연자실하던 광경이 떠올라 잠시 일어나 앉았다가 여인숙을 떠났다.

완하이쿼는 달빛을 받으며 읍내를 빠져나왔다. 그런데 어찌 된 까닭인지 어제 걸었던 큰길에 오르지 않고 강가의 오솔길로 이끌려 갔다. 그는 아른거리는 물결을 따라 새벽으로 들어섰다. 그제야 자신이 어디에 있는지 알 수 있었다. 그때까지는 줄곧 어제 걸어가던 큰길을 걷고 있다고 생각했던 것이다.

어떤 마을이 여명 속에서 점잖게 그를 기다리고 있었다. 완하이쿼는 그 마을로 걸어갔다. 마을 초입에는 이끼가 잔뜩 낀 우물과 느릅나무 한 그루가 서 있었고 느릅나무 아래 누군가가 앉아 있었다.

나무 아래 앉아 있는 사람은 완하이쿼가 다가가는데도 보는 둥 마는 둥 했다. 완하이쿼는 곧장 우물가로 걸어갔다. 우물은 완하이쿼의 얼굴을 가만히 비추었다. 완하이쿼는 우물가에 놓인 두레박을 들어 그 안에 있던 물을 얼굴에 끼얹었다. 물은 화살에 놀란 새들처럼 사방으로 튀었다. 두레박을 우물에 던졌다가 다시 들어올리자 두레박 안에 있는 자신의 얼굴이 가까워졌다. 완하이쿼는 새벽처럼 시원한 우물물을 들이켰다. 이윽고 나무 아래 앉아 있는 사람이 입을 열었다.

"집을 나선 지 오래됐구려."

완하이쿼는 몸을 돌려 쳐다보았다. 그 사람은 아무 말도 없이 완하이쿼를 응시하고 있었다. 방금 그 목소리는 자신에게서 흘러나온 것이 아니라는 듯이. 완하이쿼가 눈을 돌리자, 목소리가 다시 울렸다.

"자네 어디로 가는 건가?"

완하이쿼의 눈빛이 그 사람의 몸을 훑었다. 새벽의 붉은 해가 눈앞에 있는 나무와 그 남자를 눈부시게 비추고 있었다. 완하이쿼의 목소리는 그가 종적을 알 수 없는 청운도장과 백우소를 찾아나섰다는 사실을 상기시켰다.

"청운도장과 백우소를 찾고 있습니다."

그 사람이 일어섰다. 그가 완하이쿼를 향해 다가오자 장대한 기골이 점차 뚜렷해졌다. 완하이쿼는 그의 정수리에 드문드문 나 있는 흑발을 바라보았다. 남자는 완하이쿼의 면전으로 걸어와 무엇도 용납하지 않을 듯한 목소리로 말했다.

"청운도장을 찾거든 나 흑침대협이 리둥이라는 사람을 찾고 있다고 말해주게나. 그가 어디 있는지 알고 싶어한다고."

완하이쿼는 고개를 살짝 끄덕이며 말했다.

"알겠습니다."

완하이쿼는 우물에서 내려와 방금 걸어온 오솔길로 들어섰다. 촉촉한 새벽 이슬을 맞은 오솔길이 머뭇거리듯 앞쪽으로 나 있었다. 위쪽으로 걸어가는데 몇 달 전에 연지 바른 여인이 한 말이 귓가에 맴돌았다. 연지 바른 여인의 말과 방금 흑침대협의 말이 나뭇잎 두 장이 사르락사르락 부딪히는 소리처럼 그의 앞길에서 울리고 있었다.

4

다시 반년이 지났다. 완하이쿼는 어느 강가에서 백우소와 만났다.

정처 없는 큰길을 벗어나 막 강변에 도착할 즈음이었다. 나룻배 한 척이 강심에서 흔들거리고 있었고, 수면에는 엷은 물안개가 피어오르고 있었다.

하얀 도포를 입고 손에 장검을 든 노인이 고목들을 지나 그에게 걸어왔다. 노인의 발걸음은 기운차 보였다. 땅을 밟지 않고 걷는지 아무런 소리도 들리지 않았다. 노인의 백발과 흰 수염이 바람에 날려 완하이쿼의 몸에까지 와 닿았다.

그 사이 나룻배는 맞은편 강기슭에 닿았고, 행인 세 사람이 올라탔다. 나룻배는 다시 이쪽으로 오고 있었다.

백우소는 완하이쿼의 뒤에 서서 그의 등에 걸려 있는 매화검을 보았다. 거무스름한 칼자루와 아른거리는 강물이 한꺼번에 시야에 들어오자 지난 일들이 꼬리를 물고 생각났다. 나룻배가 가까이 올 즈음, 이십 년 전 화산에서 보았던 완진우의 늠름한 자태가 불현듯 떠올랐다.

나룻배가 강기슭에 닿았다. 완하이쿼가 한 발 앞서 올라탔다. 배가 심하게 요동쳤다. 뒤이어 백우소가 오르자 배는 강기슭에 놓인 반석처럼 평온해지더니 다시 강심으로 움직여 갔다.

강물이 별안간 용솟음쳐 뱃머리와 꼬리에서 물방울이 사방으로 튀었지만 배 안에 앉은 완하이쿼는 강기슭에 앉아 있는 것처럼 편안했다. 방금 서 있던 기슭에서 나룻배가 흔들거렸던 정경은 환영이었나 싶기도 했다. 완하이쿼는 차츰 멀어져가는 강기슭을 바라보고 있었다. 그러나 백우소가 그와 똑같은 눈빛으로 자신을 응시하고 있다는 걸 알아채지는 못했다.

백우소가 완하이쿼의 생김새에서 이십 년 전의 완진우를 발견하는 건 그다지 어려운 일이 아니었다. 하지만 완하이쿼는 완진우가 아니었다. 완하이쿼의 얼굴에서는 완진우의 자신만만한 위풍이 털끝만큼도 보이지 않았다. 그는 허약하기 그지없는 몰골로 출렁출렁 흘러가는 강물을 망연자실한 표정으로 바라보고 있었다.

나룻배가 강심에 이르자 백우소가 완하이쿼에게 물었다.

"자네 등 뒤에 찬 건 매화검이 아닌가?"

완하이쿼는 고개를 돌려 백우소를 바라보았다.

"예, 매화검입니다."

"자네 부친이 남긴 건가?"

완하이쿼는 어머니가 매화검을 건네주던 장면이 떠올랐다. 그 장면은 수면 위에서 순간순간 나타났다 사라지기를 반복했다. 그는 고개를 끄덕였다.

백우소는 빠르게 흘러가는 강물을 바라보며 다시 물었다.

"자네 누굴 찾는 모양이군."

"청운도장요."

완하이쿼의 대답은 분명 어머니가 죽기 전에 하던 말과 달랐다. 그는 백우소를 말하지 않았던 것이다. 사실 반년 전 흑침대협과 헤어진 뒤로 백우소의 이름은 그의 나그넷길에서 점점 잊혀갔다. 연지 바른 여인과 흑침대협의 부탁에 백우소의 이름이 없었기 때문이다.

백우소는 말을 더 건네지 않았다. 완하이쿼를 바라보던 눈을 거뒤들여 곧 도착할 강 언덕을 바라보고만 있었다. 배가 언덕에 닿자 완하이쿼와 그는 함께 내렸고, 함께 큰길에 올랐다. 백우소는 앞으로 난 큰길을 향해 걸어갔고, 완하이쿼는 반대쪽으로 걸어갔다.

일찍이 함께 손잡고 강호를 누볐던 청운도장과 백우소가 오 년 전에 서로 적이 되어버렸다는 것은 무림 세계에서는 다 아는 사실이었다.

5

강변에서 우연히 백우소를 만났던 기억은 그 후 반년 이상 계속된 그저 그런 나그넷길에서 문득문득 떠올랐다. 행동거지가 범상치 않은 그 노인이 백우소일 거라고는 꿈에서조차 생각지 못했다. 다만 도포자락을 휘휘 날리며 걸어가던 모습이 잊히지 않았던 것이다. 노인과 등진 채 반대편으로 길을 가던 완하이쿼가 문득 고개를 돌려보니 파란 하늘을 향해 걷고 있는 하얀 노인의 모습이 눈에 들어왔다. 들판은 일망무제로 뻗어 있었다. 크고 텅 빈 하늘 속에서 노인의 모습은 아주 조그맣게 보였다.

여러 달이 흘렀다. 완하이쿼는 줄기차게 따라다닌 과로와 굶주림으로 양쯔강 북쪽 기슭에 있는, 산으로 포옥 둘러싸인 작은 읍내에서 쓰러지고 말았다. 꿈틀꿈틀 흘러가는 강 한쪽에 나무다리가 누워 있는 곳이었다. 완하이쿼는 지칠 대로 지쳐 있었지만 나무다리에 올라서기까지는 했다. 그런데 다리 한가운데서 별안간 주저앉아버린 것이다. 한참이 지나도 도무지 일어설 기력이 솟지 않았다. 멀리 흘러가는 강물을 그저 바라만 보고 있었다. 그러다가 황혼이 내릴 즈음이 되어서야 겨우 일어설 수 있었다. 황혼 덕분에 다시 읍내로 들어설 수 있었던 것이다.

여인숙의 대나무 침대에 누워 사방에서 들려오는 빗소리를 들었다. 그는 사흘을 누워 지냈고, 비도 사흘 동안 계속되었다. 강물 소리가 점점 세차졌다. 강물은 아득히 먼 곳으로 흘러가는 것 같았다. 그가 멀리 걸어가고 있는 것처럼. 침대에 누워 있노라면 오랫동안 이어진 나그넷길이 지금 이 순간도 계속되고 있는 듯한 착각에 빠지기도 했다.

나흘째 되던 날 새벽, 비가 돌연 멈추었다. 그를 못살게 군 병마도 이날 새벽 순식간에 사라졌다. 완하이쿼는 다시 길을 떠났다. 사흘 동안 이어진 큰비로 나무다리는 떠내려가고 없었다. 그래서 몸져눕기 전에 가려고 했던 강 맞은편으로 건너갈 방법이 없었다. 그는 나무다리가 사라진 곳에 서서 도도히 흐르는 강의 맞은편 기슭에 난 길이 산 속으로 어떻게 뻗어 있는가를 살펴보았다. 도저히 건너갈 방법이 없어 강을 따라 걷기로 했다. 어쩌면 나무다리를 찾게 될지도 모른다.

반나절을 걸으며 몇 차례 다리를 발견했지만, 모두 맞은편 강기슭에서 뻗어나와 강변 이쪽에서 뚝 끊겨 있었다. 자신은 영원히 맞은편 기슭을 밟을 수 없을 것만 같았다. 반쯤 허물어진 사당이 보였다. 사당 주위에 있는 나무들은 하늘에까지 닿아 있었다. 완하이 쿼는 잡초와 여기저기 널린 돌부리를 지나 사당에 들어섰다.

만신창이가 되다시피 한 사당이었다. 사방의 벽과 천장의 뚫린 구멍 사이로 쏟아진 햇살이 어지러운 줄기를 만들고 있었다. 그렇게 우뚝 서 있는데 종소리 비슷한 게 들려왔다.

"완진우와 자네는 어떤 관곈가?"

웅웅거리는 소리가 되돌아왔다. 완하이쿼는 사방을 빙 둘러보았다. 빛살 때문에 그 너머는 보이지 않았다.

"제 아버지이십니다."

완하이쿼는 대답했다.

흐르는 강물처럼 웃던 목소리가 재차 물었다.

"자네 등에 차고 있는 건 매화검이 아닌가?"

"네, 매화검이 맞습니다."

목소리가 말했다.

"이십 년 전 완진우가 매화검을 차고 화산 기슭에 나타나면……."

목소리는 별안간 멈추었다. 한 식경이나 지난 것 같았다. 목소리가 다시 이어졌다.

"자네 집 떠난 지 얼마나 되었나?"

완하이쿼는 대꾸하지 않았다.

목소리가 거푸 물었다.

"자네 왜 집을 나왔나?"

"청운도장을 찾고 있습니다."

이번에는 나뭇잎이 바람에 흔들리는 것처럼 웃던 목소리가 완하이쿼에게 대답했다.

"내가 바로 청운도장일세."

그 순간 연지 바른 여인과 흑침대협이 부탁한 말이 완하이쿼의 마음속에서 또렷하게 울렸다.

"연지 바른 여인이 류텐이란 사람을 알아보라고 했습니다. 그 사람 지금 어디 있는지 모르십니까?"

청운도장은 잠깐 망설였다.

"류텐은 칠 년 전에 윈난으로 떠났다네. 지금은 윈난을 떠나 십 년마다 한 번씩 열리는 화산 검술대회에 참가하려고 화산으로 가고 있다네."

완하이쿼는 그 말을 마음속으로 따라 해본 다음 다시 물었다.

"리둥은 지금 어디 있나요? 흑침대협이 당신에게 물어보라고 했습니다."

"리둥은 칠 년 전에 광시로 갔는데, 그 사람도 지금 화산으로 가고 있다네."

어머니 생전의 음성이 느닷없이 완하이쿼의 마음속에 떠올랐다. 십오 년 전 아버지를 죽인 원수가 누구인가를 물어볼까 하는데 청운도장이 먼저 말을 꺼냈다.

"나는 다만 이 두 가지 문제에만 대답하겠네."

사당 안에서 바람 부는 소리가 들려왔다. 바람소리는 나뭇잎 소리 사이사이로 들리더니 이내 완전히 사라져버렸다. 청운도장이 떠난 것이다. 그는 한동안 그대로 서 있다가 사당에서 걸어 나왔다.

완하이쿼는 강을 따라 걸어갔다. 백우소의 이름을 오랫동안 잊어버리고 지냈는데 그제야 다시 생각이 났다. 강을 따라 반나절 남짓 걸어가자 저 앞에 큰길이 보였다. 그는 강을 건널 생각을 포기하고 큰길로 들어섰다. 백우소를 찾기 시작한 것이다.

6

완하이쿼가 백우소를 찾는 길은 끝도 없이 이어진, 정처 없는 나그넷길이었다. 이제 그의 마음속에서 청운도장은 연기처럼 사라졌다. 연지 바른 여인과 흑침대협이 부탁한 일은 해냈지만, 앞으로 가야 할 나그넷길은 구름 속의 달과 같이, 있는 듯 없는 듯 이어져 있는 거나 마찬가지였다. 연지 바른 여인과 흑침대협은 이따금씩 길 앞쪽에서 어렴풋이 출몰했다. 하지만 그들이 살던 곳은 잊어버린 지 오래였다. 그들 또한 백우소와 마찬가지로 가물가물해졌다.

완하이쿼는 목적도 없이 떠돌면서도 어느새 흑침대협에 가까워지고 있었다. 그는 이날 해질녘까지 그저 별 생각 없이 걸었을 뿐이었다. 그런데 어느 사이 흑침대협이 사는 마을 초입으로 들어서고 있었다.

해질녘의 마을 풍경은 예전에 그가 이 마을로 들어왔을 때의 새벽과 조금도 다르지 않았다. 흑침대협은 마침 그 늙은 느릅나무 아래 앉아 있었다. 석양의 빛발과 저녁노을이 완하이쿼를 포근하게 감싸주었다. 그제야 그는 자신이 어디에 와 있는지 알게 되었다.
그는 지난번처럼 우물가로 걸어갔다. 우물가에 놓인 두레박을 들
어 우물 속으로 던진 다음, 다시 끌어올려 차가운 우물물을 한 모
금 들이켰다. 우물물에서 막 내리고 있는 어둠을 느낄 수 있었다.
그는 머리를 돌려 흑침대협을 주시했다. 흑침대협도 마침 자신을
바라보고 있었다.

"청운도장을 만나보았습니다."

흑침대협의 얼굴에 의심하는 기색이 완연했다. 흑침대협은 완하
이퀴를 깡그리 잊어버린 듯했다. 완하이퀴가 흑침대협을 만났던
이 마을을 잊어버렸던 것과 마찬가지로. 완하이퀴는 이야기를 이
어갔다.

"리둥은 광시를 떠나 화산으로 가고 있다고 합니다."

흑침대협은 비로소 완하이퀴를 알아보았다. 그는 별안간 고개를
들어 큰소리로 웃었다. 웃음소리 때문에 느릅나무 잎사귀가 분분
히 떨어졌다. 흑침대협은 웃음을 거두고 일어나 근처 초가집으로
걸어갔다. 곧이어 보따리를 메고 나오더니 완하이퀴 곁에 잠깐 멈
추었다.

"여기에 머물게나."

그는 말을 끝내자마자 곧장 빠른 걸음으로 떠났다.

완하이퀴는 어둑어둑해오는 오솔길을 따라 사라지는 흑침대협
의 그림자를 망연히 바라보았다. 그러고 나서 몸을 돌려 흑침대협
의 초가집으로 들어갔다.

7

완하이쿼가 흑침대협의 초가집을 나선 지도 열흘 남짓 되었다. 연지 바른 여인과 점점 가까워지고 있는 듯한 이상한 느낌이 들었다. 그는 자신도 모르게 황량한 큰길을 따라 걷고 있었다. 알 수 없는 나그넷길에서 흑침대협과 우연히 재회하게 되더니 지금은 또다시 연지 바른 여인과 가까워지고 있었다.

한낮이었다. 오래전 어두운 밤에 걸었던 큰길이 지금은 찬란한 모습으로 그를 맞이하고 있었다. 하지만 쏟아지는 햇빛은 황량한 길을 더욱 적나라하게 드러낼 뿐이었다. 오래전 이 길의 어두운 밤 풍경이 어슴푸레 떠올랐다.

폴폴 이상한 향내가 느껴졌을 때 멀리 초가집이 보였다. 그는 자신이 어디에 왔는지 또렷이 알 수 있었다. 처음 초가집에 도착했던 그날 새벽에는 희귀한 화초들이 화려하게 피어 있었다. 그런데 지금은 한낮의 태양이 내리쬐고 있어서인지 환영받지 못하고 있다는 기분이 들었다.

연지 바른 여인은 화초 사이에 우두커니 서 있었다. 그녀의 얼굴은 그날 밤보다 더욱 매력적이었다. 희귀한 화초에 둘러싸인 그녀는 눈부시게 아름다웠다. 그녀는 완하이쿼가 걸어오는 모습을 보고 있었다. 마치 강물이 흘러오는 것을 바라보듯이.

완하이쿼는 그녀 가까이로 가지 않았다. 그녀의 이상한 미소 때문에 더 이상 가까이 갈 수 없었던 것이다. 그는 그녀에게 말했다.

"류텐이 지금 원난을 떠나 화산으로 가고 있답니다."

연지 바른 여인은 이 말을 듣고 생긋 웃더니 화초밭에서 나와 초가집으로 들어갔다. 그 모습이 마치 그림자를 끌고 흘러가는 물줄기처럼 보였다.

완하이퀴는 잠시 서서 연지 바른 여인이 들어가는 뒷모습을 보다가 금세 빠져나왔다. 그리고 그곳을 떠났다.

8

백우소를 찾는 일은 이후에도 삼 년이나 계속되었다. 삼 년 동안의 헛된 방랑이었다. 이날따라 유난히 피곤해진 완하이퀴는 큰길 가운데에 있는 정자에서 잠 속으로 빠져들었다.

완하이퀴가 깊은 잠에 빠져들었을 때 흰 도포를 입은 흰 수염의 노인이 홀연히 나타났다. 그는 완하이퀴를 한참 동안 바라보았다. 땅에 놓여 있는 매화검을 보고는 잠에 빠진 청년이 오래전에 만난 적이 있는 완진우의 아들이란 걸 알 수 있었다. 그는 몸을 굽혀 매화검을 집어들었다.

매화검이 몸에서 빠져나가는 느낌에 완하이퀴는 퍼뜩 깨어났다. 백우소와의 두 번째 만남은 이렇게 이루어졌다.

백우소는 희미하게 웃었다.

"아직도 청운도장을 찾지 못했나?"

이 말을 들으며 완하이퀴는 가물가물하던 기억을 떠올렸다. 최근 삼 년 동안 백우소를 찾아다니다 보니 청운도장을 깡그리 잊어버리고 있었다.

완하이쿼가 말했다.

"저는 지금 백우소를 찾고 있습니다."

"자넨 이미 백우소를 만나지 않았는가? 내가 바로 그 사람일세."

완하이쿼는 머리를 숙이고 잠시 생각에 빠졌다. 아무런 목표도 없는 이상한 나그넷길이 끝나고 있는 건지도 모른다. 그가 찾으려는 사람은 십오 년 전에 아버지를 죽인 원수다. 다시 말하면 그는 자신이 어떻게 죽을 것인지를 찾고 있는 셈이다.

그럼에도 불구하고 그는 "저의 아버지를 죽인 사람을 알고 싶습니다"라고 말했다.

백우소는 이 말을 듣더니 희미한 미소를 지으며 대답했다.

"자네의 아버지를 죽인 원수는 두 사람이네. 류톈과 리둥일세. 그들은 삼 년 전 화산 가는 길에 연지 바른 여인과 흑침대협의 손에 살해되었다네."

완하이쿼는 혼란스러웠다. 그는 바로 코앞에서 백우소가 매화검을 집어드는 모습을 보았다. 검이 칼집에서 빠져나왔다. 검신에 남아 있는 아흔아홉 군데의 녹이 찬란하게 쏟아지는 햇빛을 받아 두드러졌다.

백우소가 떠난 뒤에도 완하이쿼는 썰렁한 정자에 그대로 앉아 있었다. 오래전 집을 떠날 때의 풍경을 이리저리 떠올려보았다. 눈을 감자 산과 강, 마을과 읍내를 떠돌던 나그넷길이 아련하게 펼쳐졌다. 해질녘에 이상하게도 연지 바른 여인에게 가는 큰길에 올랐고, 여명이 오기도 전에 신비하게도 깨어났다. 거푸 자신의 의지와는 반대로 흑침대협에게 가기도 했다. 강물이 출렁출렁 흘러가는 강가에서 처음으로 백우소와 만났지만 이상하게 알아보지 못하고 그냥 지나쳤다. 산으로 둘러싸인 읍내에서는 비가 쏟아졌고 병이 나서 사흘을 내리 앓았다. 나무다리가 휩쓸려가 건너편 기슭으로 도저히 건너갈 수 없었는데, 그 때문에 청운도장을 만나기도 했다. 그 후로도 그의 정처 없는 나그넷길은 계속돼 어느 순간 흑침대협과 연지 바른 여인의 화초밭에 가 있었다. 그리고 또 삼 년이 흘러 이곳에서 백우소와 다시 만났다. 하지만 백우소는 이미 떠나버린 뒤였다.

운명

命中注定

현재

햇살이 유난히 부드럽고, 창밖에는 바람이 사르락사르락 불고 있다. 류동성은 고층 빌딩의 십팔 층 창가에 앉아 있다. 아래층에 있는 유치원에서 아이들이 부르는 천진한 노랫소리가 들려온다. 아무것도 모르는 순진한 아이들의 흥에 겨운 노랫소리가 신경에 거슬린다. 성의 해자 주위의 나무들은 녹색의 빛을 발하고 있다. 도로를 가득 메운 택시들이 바쁘게 오가고 있다. 사이사이에 트럭 몇 대를 끼운 채. 저 멀리 공원에서는 유람 자동차가 서서히 움직이고 있다. 신경 써서 보지 않으면 움직임을 알아차리지 못할 정도로.

바로 이 순간, 고딕체로 인쇄된 편지 한 통이 그의 수중으로 날아왔다. 그는 화들짝 놀랐다. 열어보지 않아도 봉투 위에 새겨진 글자가 오해할 소지라곤 전혀 없이 너무도 분명하게 어떤 사실을 알려주고 있었다. 어릴 적 친구 한 명이 죽은 것이다. 봉투에는 이렇게 인쇄되어 있었다. 천레이 장례위원회.

소싯적 친구들 가운데서 제일 부자인 사람이 살해되었다. 친구들이 행세깨나 했던 이 본토박이 부자를 위해 장례위원회를 구성해 사자(死者)의 신분을 드러내준 것이다. 그들은 이 불안스러운 부고를 읍내 곳곳에 부쳤다. 듣자하니 삼사백 통은 족히 된다고 했다. 부고는 느닷없이 내린 대설처럼 생기라곤 전혀 발견할 수 없던 작은 읍내를 발칵 뒤집어놓았다. 읍내에 이제껏 흥분이 없었던 건 이처럼 무서운 일을 당한 사람이 거의 없었기 때문이다. 돌연 이렇게 많은 사람이 부고장을 받아들게 되다니, 참으로 잔인한 일이었다. 골목, 집 앞, 심지어는 창문과 대문 앞에도 애도를 표하는 부고가 나붙었다. 부고는 단순한 사망을 알리는 소식이 아니라 흡사 초대장 같았다. 우리 집에 오세요,라는.

읍내 사람들의 분노와 공포가 자연스럽게 말로 터져 나오고 소문으로 번졌다. 하룻밤 사이에 부고장이 아무 소용도 없을 지경이 되었다. 그들이 받은 상처는 결코 아물지 않았다. 장례식 날, 고음의 나팔로 만가를 내보내는 트럭이 서서히 움직였다. 소리가 찢어질 듯 컸기 때문에 만가는 흡사 행진곡처럼 울리며 화장터를 향해 나아갔다.

류동성은 그 후 반달 동안 친구들의 편지를 연거푸 받아 보았다. 천 리 밖 먼 데서 온 편지들은 한결같이 천레이의 피살과 사후의 수사에 대해 설왕설래하는 내용이었다.

천레이는 읍내에서 제일 부유한 사람이었다. 공장 두 개와 읍내에서 가장 호화로운 호텔을 소유하고 있는. 최근에는 그곳에서 제일 기품 있기로 유명한 왕씨 구택까지 사들였다. 오 년 전 류동성이 설을 쇠러 시골에 내려갔을 때, 마침 그는 왕씨 구택을 다시 손보고 있었다. 류동성은 도중에 경찰복을 입은 어릴 적 친구를 만났다. 그에게 어디로 가면 천레이를 만날 수 있느냐고 묻자, 친구가 말했다.

"왕씨 구택에 가보게."

읍내를 관통하려면 대나무 숲을 지나야 마땅한데, 대나무 숲이 보이지 않았다. 대나무 숲은 온데간데없고 그 자리에는 새것도 아니고, 그렇다고 그리 낡지도 않은 아파트 다섯 동이 들어서 있었다. 왕씨 구택에 도착해보니 십여 명의 막노동꾼이 집을 수리하고 있었다. 구택의 사방에는 임시 다리가 설치되어 있었다. 막 집 안으로 들어서려던 참에 위에서 기왓장이 떨어졌다. 누군가 위쪽에서 소리를 질렀다.

"뒈지고 싶어 환장했어!"

고함소리가 류동성의 발걸음을 우뚝 멈추게 했다. 기왓장은 산산이 부서져 그의 발 옆에서 사방으로 튀었다. 그는 대문 밖으로 한 걸음 물러나와 차곡차곡 쌓여 있는 기와 옆에 앉았다. 한 식경이 지났을까, 천레이가 오토바이를 타고 나타났다.

가죽 재킷을 입은 천레이는 오토바이를 잘 세워두고 담배를 꺼내 불을 붙인 다음, 류동성을 힐끔 보고서 곧장 대문 안으로 들어가버렸다. 몇 걸음 가던 그가 문득 돌아보았다. 그제야 류동성을 알아본 모양이었다. 그는 씩 웃었고, 류동성도 따라 미소를 보냈다. 천레이가 류동성의 곁으로 다가오자 류동성이 일어났다. 천레이는 손을 뻗어 류동성의 어깨를 잡아당겼다.

"가자. 술 어때?"

이제 천레이는 이 땅에 없다.

친구들의 편지를 통해서, 류동성은 그날 저녁 천레이가 왕씨 구택에 혼자 있었다는 사실을 알게 되었다. 그의 아내는 아들을 데리고 삼십 리 떨어진 곳에 있는 친정에 갔기 때문이다. 천레이가 한창 잠에 빠져있을 때 누군가가 쇠망치로 그를 때려죽였다. 머리에서 가슴까지 온통 멍투성이였다.

천레이의 아내는 이틀을 보내고 왕씨 구택으로 돌아왔다. 그녀는 먼저 천레이의 회사로 전화를 넣었다. 비서가 말했다. 그도 천레이를 찾고 있다고.

아내는 천레이가 이틀 동안이나 행방이 묘연하다는 말을 듣고 더럭 겁이 났다. 여인의 첫 번째 반응은 바로 침실에 가보는 것이었다. 거기서 그녀는 쇠망치로 맞아 차마 눈뜨고 볼 수 없게 된 천레이의 몰골을 보고야 말았다. 그 순간 그녀는 오줌을 쌌다. 오줌은 바짓가랑이를 통과하여 카펫을 적시고 말았다. 그녀는 한마디 비명조차 지르지 못하고 그 자리에서 혼절해버렸다.

천레이는 생전에 라이터를 수집하는 취미가 있었다. 경찰이 현장에 도착했을 때 달리 없어진 물건은 없었다. 다만 그가 생전에 수집한 오백여 종의 라이터, 싸구려부터 최고급까지 모든 라이터를 살인범이 싸들고 가버렸다.

지금 천 리 밖 먼 곳에 있는 류동성은 친구들의 편지를 펼쳐보고 있다. 수사는 지금까지 아무런 진전도 보지 못하고 있다. 편지는 모두 천레이의 사인에 대한 추측과 혐의자들에 대한 이야기로 가득하다. 이름을 꼬집어 말하지는 않았지만, 혐의자들에 대한 묘사에서 류동성은 그 가운데 세 사람이 누군지 짐작할 수 있었다. 하지만 그는 이것에 관심이 없었다. 가장 절친한 친구의 죽음에 대해 그는 자기만의 견해를 가지고 있다. 그는 삼십 년 전의 일을 떠올리기 시작했다.

30년 전

보도블록이 깔린 거리는 비가 그친 뒤에 나온 햇살을 받으며 흠뻑 젖어 있었다. 그 모양이 대나무 빨랫대에 걸어둔 비닐 천 같았다. 거리를 오가는 발들은 비닐 천에 달라붙은 파리들처럼 새까맸다. 도로 양쪽에 서 있는 건물의 처마는 거의 맞닿을 정도로 앞으로 뻗어 있었다. 열어젖힌 창문 앞으로 침대보와 이불이 가득 널려 있었고, 전선 몇 줄이 빨랫대 사이를 통과하고 있었다. 참새들이 지지배배 날아와 그 위에 내려앉자 전선이 가볍게 아래위로 흔들거렸다.

류동성이라는 아이가 창가에 서 있었다. 석회로 된 창틀에 아래 턱을 받치고 아래쪽을 내려다보면서. 그때 천레이라는 아이가 걸어오는 게 보였다. 천레이는 어른들의 다리 틈에 끼어서 맥없이 걸어오고 있었다. 그는 두리번거리다 잡화점 앞에서 잠시 멈춰 서더니 주머니를 뒤져 먹을 것을 끄집어내 입으로 넣었다. 그리고 몇 걸음 걷다 철공소 앞에 섰다. 안에 있던 어른이 쇠를 두들기며 고함쳤다.

"꺼져! 썩 꺼져!"

그는 어쩔 수 없다는 듯이 느릿느릿 되돌아왔다.

류동성은 매일 아침, 부모가 바깥에서 찰칵 문을 잠그는 소리가 들리면 창틀에 기대어 창밖을 구경했다. 그럴 때면 맞은편 일층에 사는 천레이가 부모와 함께 나오는 모습이 보였다. 천레이는 고개를 쳐들고 부모가 문을 잠그는 모습을 보았다. 그의 부모는 출근할 때마다 그에게 말했다.

"물가에서 놀면 안 돼."

천레이는 그들을 바라보기만 할 뿐 아무 대답도 하지 않았다. 그들은 다시 신신당부했다.

"알아들었니?"

"네, 잘 알겠어요."

그즈음 류동성의 부모는 층계를 내려와 도로에 들어서고 있었다. 그들은 고개를 돌려 류동성을 바라보며 나무랐다.

"창틀에 기대면 안 돼."

류동성이 잽싸게 머리를 웅크리면, 부모는 다시 소리쳤다.

"류동성, 집에서 불장난하면 안 돼. 알겠지?"

류동성은 네, 대답했다. 그러나 출근하는 부모가 멀리 갔을 거라는 확신이 들면 다시 창틀에 기댔다. 그때는 천레이도 어디론가 멀리 가고 없었다.

천레이는 거리 가운데쯤에 있는 보도블록에 서 있었다. 그는 비스듬히 서서 순간적으로 발에 힘을 팍 주었다. 흙탕물이 보도블록에서 튀어 올라와 어른들의 바짓가랑이에 튀었다. 천레이는 누군가에게 어깨를 붙잡혔다.

"씹새끼!"

깜짝 놀란 천레이는 두 손으로 얼굴을 가리고 눈도 꼭 감아버렸다. 구레나룻이 성성한 그 남자는 손을 다소 늦추며 으름장을 놓았다.

"죽고 싶어?"

남자는 씩씩거리며 가버렸지만, 천레이는 놀란 가슴이 쉽게 진정되지 않았다. 얼굴에서 손을 떼고 주위를 오가는 사람들을 바라보았다. 아무도 그의 행동에 주목하지 않는다는 사실을 발견하고서야 다시 천천히 걸음을 옮기기 시작했다. 건장한 어른들 틈에 끼어서 그는 자신의 집으로 되돌아왔다. 그러고는 문에 기댄 채 땅바닥에 주저앉았다. 두 팔을 올려 눈을 비비고, 고개를 쳐든 채 하품을 하다가 우연히 맞은편 이층의 창문으로 눈길을 주었다. 어떤 아이가 그를 내려다보고 있었다.

류동성도 마침내 자기를 올려다보고 있는 천레이를 발견했다. 그는 웃으면서 소리쳤다.

"천레이!"

천레이는 큰소리로 물었다.

"내 이름을 어떻게 알아?"

류동성은 히히 웃으면서 말했다.

"다 아는 수가 있지."

두 아이는 함께 웃고, 한참 동안 서로를 바라보았다. 류동성이
물었다.

"너희 엄마, 아빠는 왜 매일 문을 잠가버려? 널 밖에 내놓고서."

"내가 불장난하다 집을 태워버릴까 봐."

이번엔 천레이가 물었다.

"너희 엄마, 아빠는 왜 널 집 안에 가둬두고 문을 잠가버려?"

"물가에서 놀다 물에 빠져 죽을까 봐."

두 아이는 서로 흥미진진해하는 상대방을 쳐다보았다. 천레이가
물었다.

"너 몇 살이야?"

"여섯 살."

"나도 여섯 살인데."

천레이가 말했다.

"난 네가 나보다 더 큰 줄 알았어."

류동성이 깔깔 웃으며 대답했다.

"난 의자도 뛰어넘을 수 있다구."

그때 앞쪽으로 뻗어 있는 거리의 모퉁이 쪽에서 별안간 사람들
이 한꺼번에 떼 지어 나타났다. 몇 사람이 두 아이의 눈앞에서 미

친 듯이 지나갔다. 류동성이 물었다.

"저쪽에 무슨 일 났어?"

천레이가 일어서며 말했다.

"내가 가서 보고 올게."

류동성은 목덜미를 창밖으로 잔뜩 빼내면서 천레이가 뛰어가는 모습을 바라보았다. 사람들이 시끌벅적 반대편 거리에서 돌아 나오고 있었지만, 류동성의 눈에는 그들이 보이지 않았다. 단지 사람들이 뛰어가고 뛰어오는 모습만 보였다. 천레이가 모퉁이를 돌아 류동성의 시야에서 사라졌다.

이윽고 천레이가 헉헉거리며 되돌아와 고개를 들고 숨을 헐떡이며 말했다.

"싸움이 벌어졌어. 어떤 사람 얼굴에서 피가 흐르는데, 사람들이 옷을 찢고 있고 여자도 있어."

류동성은 새파랗게 질렸다.

"때려죽인 거야?"

"나도 몰라."

천레이는 고개를 가로저었다.

두 아이는 더 이상 말하지 않았다. 그들은 느닷없이 다가온 폭력에 휩싸였다. 이윽고 류동성이 말문을 열었다.

"넌 정말 좋겠다!"

"좋긴 뭐가 좋아?"

"너는 가고 싶은 데는 어디든지 갈 수 있잖아. 난 못 해."

"나도 좋을 건 없어. 난 졸려도 집에 들어가지 못하는걸."

류동성의 가슴에 슬픔이 밀려왔다.

"난 앞으로 널 못 보게 될지도 몰라. 우리 아빠가 창문에 못을 박아버리려고 하거든. 창문에 기대지 못하도록 말이야. 떨어져 죽을까 걱정이래."

천레이는 고개를 숙이고 땅바닥에 발로 이리저리 금을 긋기 시작했다. 그러더니 한참이 지나 고개를 들면서 물었다.

"내가 여기서 말하는 거 잘 들려?"

류동성이 고개를 끄덕였다.

"이다음에 매일 여기서 너랑 이야기할게."

류동성이 웃었다.

"약속 지킬 거지?"

"내가 여기서 너랑 이야기하지 않으면, 개새끼가 날 잡아먹어도 할 말 없어."

천레이가 대답하고 나서 다시 물었다.

"거기서 지붕이 보여?"

류동성이 고개를 끄덕이며 말했다.

"보여."

"난 여태껏 지붕을 본 적이 없어."

천레이가 불쌍하게 말했다.

두 아이의 우정은 이렇게 시작됐다. 그들은 매일같이 상대방이 보지 못하는 것들을 말해주었다. 류동성은 하늘과 관련된 일을, 천레이는 땅에서 일어나는 일들을 말했다.

그들의 우정이 꼭 일 년 되던 해였다. 어느 날, 류동성의 아버지가 열쇠를 방에 두고 출근했다. 류동성은 열쇠를 천레이에게 던져주었고, 천레이가 층계를 올라와 문을 따주었다.

바로 그날, 천레이는 류동성을 데리고 읍내를 통과하여 대나무 숲을 지나 왕씨 구택까지 갔다.

왕씨 구택은 읍내에서 제일 기품 있는 집이었다. 지난 일 년 동안 천레이가 류동성에게 가장 많이 이야기해준 것도 바로 왕씨 구택이었다.

두 아이는 굳게 잠긴 구택의 담장 밖에 서서 높낮이가 다른 지붕 위로 오락가락하는 참새들을 바라보았다. 그때까지는 흠집 하나 없던 석회 담장이 햇살을 받고 있었다. 처마 위의 기와는 둥글었고 안쪽에는 온갖 그림이 그려져 있었다.

천레이는 멍해진 류동성에게 말했다.

"처마에 제비 집도 많이 있어."

천레이는 돌멩이를 집어들어 처마 쪽으로 내던졌다. 몇 차례 반복하고서야 겨우 적중했는데, 그 안에서 과연 놀란 제비들이 지지배배 울며 나와 근방을 날아다녔다.

류동성도 돌멩이를 집어들어 처마로 던져보았다.

그날 오후, 그들은 왕씨 구택의 담장을 빙 돌아가며 돌멩이를 던져 모든 제비를 쫓아버렸다. 제비는 오후 내내 불안스럽게 울어댔다. 석양이 질 무렵 피로해진 두 아이는 언덕배기에 앉아 근처 농민들의 뒷설거지 소리 속에서 제비들이 둥지로 돌아가는 모습을 바라봤다. 길 잃은 새끼 제비 몇 마리가 둥지를 잊어버렸는지 울면서 배회하고 있었다. 어미 제비가 그들을 데려갈 때까지.

천레이가 말했다.

"저게 저 새끼 제비의 엄마, 아빠야."

하늘이 점차 어두워지고 있었지만, 두 아이는 집에 돌아가야 한다는 생각을 미처 하지 못하고 있었다. 그들은 그대로 언덕에 앉아 구택 안으로 들어가볼지에 대해 의논하고 있었다.

"안에 사람이 있을까?"

류둥성이 물었다.

천레이가 고개를 저으며 말했다.

"있을 리 없어. 마음 놓아도 돼. 우릴 쫓아낼 사람은 없을 거야."

"깜깜해지려고 하잖아."

천레이는 막 어둠이 내리는 하늘을 올려다보더니 안으로 들어가려고 마음먹었던 일을 금세 까맣게 잊어버렸다. 그는 주머니 속을 뒤져 무언가를 끄집어내더니 입속에 집어넣었다.

류둥성이 침을 꿀꺽 삼켰다.

"뭐 먹어?"

"소금."

천레이는 또다시 주머니를 뒤적거리더니 소금을 끄집어내 류둥성의 입에 넣어주었다.

그 순간, 그들은 한 아이의 비명 소리를 들은 것 같았다.

"사람 살려!"

깜짝 놀란 그들은 자리에서 일어나 한동안 서로의 얼굴을 쳐다보기만 했다. 류동성이 슬그머니 말했다.

"방금 네가 소리친 거지?"

천레이가 고개를 저으며 말했다.

"난 소리친 적 없어."

말을 막 끝내자마자 천레이와 똑같은 목소리가 그 어두운 저택에서 다시 들려왔다.

"사람 살려!"

류동성의 얼굴이 하얗게 질렸다.

"네 목소리잖아."

천레이는 류동성을 빤히 쳐다보았다. 잠시 후 그가 말했다.

"난 아냐. 난 소리친 적 없어."

세 번째로 비명 소리가 들려왔을 때, 두 아이는 어둠이 쫙 깔리고 있는 그 길에서 달아나고 있었다.

두 사람의 역사

兩個人的歷史

1

1930년 8월, 탄보라는 남자애와 란화라는 여자애가 햇볕 한 점들지 않는 섬돌 위에 앉아 있었다. 그들의 뒤쪽에는 커다란 대문이 있었다. 문에 달린 구리 자물쇠는 사자의 형상이었다. 도련님인 탄보와 하녀의 여식인 란화는 종종 이렇게 함께 앉아 있었다. 그들 뒤로는 늘 마님의 중얼거리는 소리가 흩날렸고, 하녀가 그 소리 속에서 오락가락했다.

남자애와 여자애는 나란히 앉아 꿈에 대해 속살거렸다.

탄보는 꿈속에서 늘 오줌 때문에 시달렸다. 그때마다 요강을 찾아 온 방을 헤맸다. 그는 자신의 방인 남향의 곁채에서 초조와 불안에 떨었다. 침대 머리맡에 놓여 있는 요강은 꿈속에서는 어쩐 일인지 온데간데없이 사라졌다. 꿈속에서 정신없이 요강을 찾아 헤

맬 때면 참을 수 없을 만치 고통스러웠다. 그러다 보면 문득 거리가 나타났다. 인력거가 바쁘게 오가고 거지들이 그 곁을 지나가는 거리. 더 이상 참을 수 없게 된 탄보는 거리를 향해 오줌을 쌌다.

그다음 장면은 꿈이 아니었다. 막 먼동이 트기 시작하는 하늘이 창문을 희붐하게 물들이고 있었다. 꿈속의 거리는 사실 나무 침대였다. 탄보는 요의 따뜻하고 축축한 느낌 속에서 잠을 깼다. 이 모든 것이 끝난 다음, 장면이 신속하게 교체되었다. 잠이 덜 깬 눈으로 방금 전 꿈에서의 상황을 다시 한 번 곰곰이 곱씹고 나면 정신이 말똥말똥 돌아왔다. 그제야 침대에 오줌을 쌌다는 게 부끄러워졌다. 그러나 창문이 새하얗게 밝아오기 시작할 무렵 그는 다시 두 눈을 감고 이내 깊은 잠 속으로 빠져들었다.

"너는?"

남자애의 물음에는 따뜻함이 듬뿍 담겨 있었다. 그는 여자애도 같은 꿈을 꾼 적이 있기를 바랐다.

하지만 질문을 받은 여자애는 수줍어했다. 두 손으로 눈을 가리는 건 여자애들이 한결같이 쓰는 수법이다.

"너는 이런 때 없어?"

남자애는 끈덕지게 물었다.

그들의 눈앞으로는 깊은 골목이 나 있었다. 양쪽에는 푸른 벽돌을 차곡차곡 쌓아올린 높다란 담장이 있었다. 그다지 오래되지 않은 세월에도 벽돌 틈새로 푸른 풀들이 수줍은 듯 얼굴을 내밀고 있었고, 바람이 그것들을 가만히 흔들었다.

"말해봐."

남자애가 계속 못살게 굴었다.

여자애는 수줍어서 발개진 얼굴로 고개를 숙인 채 그와 비슷한 꿈을 이야기했다. 자기도 꿈속에서 오줌이 마려워 괴로워하다가 요강을 찾아 온 방을 헤맨 적이 있다고 했다.

"너도 거리에 대고 오줌 쌌어?"

남자애는 아주 흥분해 있었다.

하지만 여자애는 고개를 흔들었다. 자기는 결국 요강을 찾았다고 했다.

이 차이점 때문에 남자애는 몹시 부끄러웠다. 그는 고개를 들고 높다란 담장 위의 하늘을 바라보았다. 구름이 떠다니고, 햇살이 담장 제일 꼭대기에서 찬란하게 빛나고 있었다.

'애는 결국에 요강을 찾았는데, 왜 나는 끝내 찾지 못한 걸까?'

이런 생각이 들면 그의 마음속에서 질투의 불길이 타올랐다.

그는 다시 물었다.

"깨보면 이불이 젖어 있지 않아?"

여자애는 고개를 끄덕였다.

어쨌거나 결과는 마찬가지였다.

2

1939년 11월, 열일곱 살이 된 탄보는 열여섯 살 된 란화와 문 앞의 섬돌에 더 이상 나란히 앉지 않았다. 탄보는 검은색 학생복을 입고, 손에는 루쉰의 소설과 후스의 시를 들고 있었다. 뜨락에 나설 때면 언제나 원기 왕성한 모습이었다. 란화는 어머니의 일을 물려받아 홑적삼을 입고 마님의 잔소리를 들으며 집 안을 왔다 갔다 했다.

어쩌다 대화를 나눌 때도 꼭 필요한 말뿐이었다.

열일곱 살 탄보의 몸에선 청춘의 활력이 넘쳤다. 그는 느닷없이 란화를 가로막고는 희색이 만연한 얼굴로 진보의 이치에 관해 설명했다. 그럴 때마다 란화는 고개를 다소곳이 숙인 채 가만히 듣고 있었다. 어쨌거나 이제는 천진난만한 아이들이 아니었다. 어쩌면 란화는 도련님이라는 탄보의 지위를 중시하기 시작했을지도 모른다. 하지만 평등과 사랑의 정신에 도취한 탄보는 두 사람 사이에 차츰차츰 거리가 생기고 있다는 걸 전혀 의식하지 못했다.

그해 11월의 마지막 날, 란화는 평소와 다름없이 걸레로 주홍색 가구를 닦고 있었다. 탄보는 창가에 앉아 타고르의 나는 새에 관한 시를 읽고 있었다. 란화는 가구를 닦으면서 애써 소리를 죽였다. 그녀가 이따금 탄보에게 던지는 눈빛은 조금씩 떨렸다. 지금의 평온함이 부디 깨어지지 않기를 바랐다. 하지만 독서는 피로를 몰고 오게 마련이었고, 탄보는 책을 덮고 뭔가 이야기를 나누고 싶어 했다.

열일곱 살 내내 탄보는 꿈에서 출렁이는 파도 속에서 외항선을 타고 있는 자신을 보았다. 집을 떠나고 싶은 욕망은 깨어 있을 때에도 이상하리만치 강렬했다.

그는 최근 꿈에 나타나기 시작한 조급함 같은 것을 그녀에게 털어놓기 시작했다.

"난 옌안으로 갈까 해."

그녀는 아득하게 그를 바라보았다. 옌안이라는 말이 그녀에게 줄 수 있는 건 기껏해야 텅 빈 공백뿐이었다.

그는 그녀가 좀더 분명하게 깨달을 수 있도록 설명할 마음이 없었다. 알고 싶은 건 그녀가 최근에 꾼 꿈이었다. 이 습관은 1930년 8월, 그때부터 계속된 것이다.

그녀는 1930년의 수줍음을 다시 내보이면서 그에게 말했다. 최근에 그녀도 비슷한 꿈을 꾼다고. 다만 다른 건 외항선이 아니라 네 사람이 받쳐든 가마 안에 앉아 있는 거라고. 고운 색깔의 천으로 만든 신발을 신고서. 가마는 성안의 모든 거리를 돌아다녔다고 했다.

그는 그녀의 말을 듣고 희미하게 웃었다.

"네 꿈은 내 꿈과 달라."

그는 웃으며 말했다.

"넌 시집가고 싶은 거야."

그때는 벌써 일본인들이 그들이 사는 도시를 점령한 뒤였다.

3

1950년 4월, 해방군 문화선전단의 단장인 탄보는 가죽 허리띠를 차고 다리에 각반을 묶고 떠난 지 십 년 만에 집으로 돌아왔다. 전국은 해방되었고 탄보는 제대하기 전에 집을 둘러보러 온 것이다.

란화는 아직도 그의 집에 살고 있었다. 하지만 하인 신분이 아니라 독립적으로 자신의 생활을 꾸리고 있었다. 탄보의 집에서 방 두 칸은 란화의 소유가 되어 있었다.

늠름하고 씩씩하게 집으로 들어서는 탄보의 모습이 란화의 마음속 깊이 새겨졌다. 란화에게는 이미 아이들이 있었다. 지난날의 날씬한 자태는 흔적도 없었고, 살찐 허리에서는 예전의 아름다움을 찾아볼 수 없었다.

요 며칠 란화는 탄보가 집으로 돌아오는 꿈을 꾸었는데, 실제로 탄보가 돌아왔을 때의 모습과 모든 게 똑같았다. 어느 날 점심나절 란화는 남편이 집을 나간 뒤 자기가 꾼 꿈을 탄보에게 들려주었다.

"당신은 꼭 이런 모습으로 돌아왔어요."

란화는 예전처럼 수줍어하지 않았다. 그녀는 아이들의 어머니였던 것이다. 꿈속의 모습을 묘사할 때도 은근한 정을 담뿍 담고 있진 않았다. 말투는 주방에 놓인 그릇처럼 여성스러웠다.

그녀의 이야기를 들으며 탄보도 집으로 돌아오는 도중에 꾼 꿈을 기억해냈다. 꿈속에 란화가 나타났다. 꿈에 본 란화는 소녀 때의 모습 그대로였다.

"나도 꿈속에서 당신을 보았소."

그는 지난날의 아름다움을 애써 끄집어내고 싶지 않을 정도로 튼실하게 변해버린 란화를 보았다. 탄보는 앞으로 영원히 란화에 관한 꿈을 꾸지 않을 것 같았다.

4

1972년 12월, 풀이 죽고 기가 꺾인 탄보는 반혁명분자의 신분이 되어 집으로 돌아왔다. 어머니는 벌써 세상을 뜨고 없었다. 그는 뒷일을 처리하러 온 것이다.

란화의 자식들은 모두 성인이 되어 있었다. 란화는 여전히 직업이 없었다. 탄보가 집으로 들어설 때 란화는 마침 비닐 천을 씻고 있었다. 입에 풀칠이나마 하도록 해주는 일이었다.

닳아빠진 검정색 솜저고리를 입은 탄보는 란화 곁을 지나가다 아주 잠깐 멈춰 섰다. 란화에게 두려워하는 미소를 보내면서.

란화는 그를 발견하고는 가볍게 놀라워했다.

그는 그제야 안심하고 자신의 방으로 들어갔다. 잠시 후 란화가 그의 방문을 두드렸다.

"뭐 필요한 거 없어요?"

탄보는 제법 깔끔하게 정돈된 가구들을 돌아보며 무슨 말을 해야 할지 몰랐다.

어머니가 돌아가셨다는 소식은 란화가 궁리해서 알려준 거였다.

이제 그 두 사람은 함께 이야기할 만한 꿈이 하나도 없었다.

5

1985년 10월, 퇴직하고 집으로 돌아온 탄보는 온종일 뜨락에서 햇볕을 쬐고 앉아 있었다. 아직 가을이었지만 그는 추위를 타는 편이었다.

란화는 백발이 성성한 노파였지만 그래도 아직은 튼튼했다. 이제는 손녀와 손자들이 그녀의 주위를 둘러쌌다. 그녀는 손자들과 함께 한나절을 놀아도 조금도 피로를 느끼지 않았다. 그렇게 들고 나며 집안일을 돌보았다.

잠시 후 그녀는 시멘트를 발라 만든 빨랫돌로 옷가지를 빨고 헹구기 시작했다.

탄보는 실눈을 뜨고 힘차게 움직이는 그녀의 팔을 바라보았다. 찰방찰방거리는 소리를 들으며 시름겹게 란화에게 말을 건넸다.

최근에 다리 건너는 꿈을 자주 꾸는데, 다리가 느닷없이 무너진다고. 그리고 집 근처까지 걸어오면 기왓장이 그의 머리로 쏟아진다고.

란화는 아무 말도 하지 않고 그대로 빨래를 계속했다.

탄보는 물었다.

"당신도 이런 꿈을 꾸오?"

"전 아직……."

란화는 고개를 흔들었다.

공중분해

空中爆炸

　팔월의 어느 날 저녁, 방 안에는 열기가 가득했다. 나는 아내와 함께 털털대는 선풍기 앞 바닥에 멍석을 깔고 앉아 리모컨으로 텔레비전 채널을 이리저리 돌리고 있었다. 땀이 등줄기를 타고 흘러내렸고 마음은 공연히 짜증스럽기만 했다. 아내는 오히려 속이 편안한지, 한쪽에 앉아서 꼼짝도 하지 않았다. 반들거리는 그녀의 이마에는 땀방울 하나 맺혀 있지 않았다. 속담 중에 마음이 고요하면 저절로 시원해진다는 말이 있듯, 아내는 그렇게 앉아 있었다. 하지만 나는 현실이 만족스럽지 못했다. 결혼을 하고부터 현실에 만족할 수 없게 된 것이다. 욕지거리를 되씹으며 손가락으로 리모컨을 꾹꾹 눌렀다. 텔레비전 화면이 번쩍거리는 번개처럼 변하더니, 젊은 나의 눈이 노인네의 눈처럼 어른어른거렸다. 무더운 여름을 욕하고, 텔레비전 프로그램을 욕하고, 털털대는 낡은 선풍기를 욕하고, 방금 먹은 저녁을 욕하고, 베란다에 말리고 있는 반바지를 욕했다. 아내는 여전히 느긋했다. 내가 이 방에 들어오기만 하면, 그녀와 함께 있기만 하면, 아무리 더러운 욕지거리를 내뱉더라도, 어떤 나쁜 짓을 저지르더라도 그녀는 그렇게 느긋했다. 만일 내가 그녀가 있는 이 방을 나간다면 그녀는 달라질지 모른다. 그녀는 불안할 것이고 기분이 나빠질 것이다. 나에게 소리치고 나무랄 것이며, 그러고 나서는 상심해 눈물을 흘릴지도 모른다. 이게 바로 결혼이란 것이다. 나는 그녀와 한 치도 떨어져 있어서는 안 된다. 남편 된 사람으로서 머리카락이 파뿌리가 되도록 희로애락을 함께 나누어야 할 책임이 있다.

친구 탕자오천이 우리 집 문을 두드렸다. 손가락으로, 주먹으로, 발로, 아마 무릎으로도 찼을지 모른다. 그 소리는 마치 우리 집 문이 음악 한 소절을 연주하는 듯했다. 나는 맑은 나팔소리나 새벽녘 장닭의 울음소리라도 듣는 것처럼 벌떡 일어나 문을 열었다. 일 년 남짓 보지 못한 탕자오천이 서 있었다. 나는 큰소리로 말했다.

"탕자오천, 야 이 새끼야!"

탕자오천은 헐렁한 바지와 검붉은 양복 윗도리를 입고 있었다. 기름 바른 머리, 화장품 바른 얼굴로 웃고 있는 모습이 괴상망측했다. 그는 발을 들어 올렸지만 들어오지는 않았다.

"어서 들어와."

그제야 탕자오천은 조심스럽게 들어서며 좁은 복도를 이리저리 살폈다. 다섯 손가락이 보이지 않을 정도로 깜깜한 어둠 속을 걷고 있는 것처럼. 그의 눈이 아내를 찾고 있다는 걸 알 수 있었다. 그가 일 년여 동안 찾아오지 않은 것도 다 아내 때문이었다. 아내의 말을 빌면, 탕자오천은 개새끼다.

사실 탕자오천은 결코 개새끼가 아니다. 그의 마음은 너그럽고, 친구들에게도 따뜻하고 우정이 넘친다. 다만 흠이라면 여자가 너무 많다는 거다. 아내가 그를 개새끼라 하는 것도 그 때문이다. 지나간 세월 동안 그는 매번 여자를 데리고 우리 집에 왔다. 어쩌면 이건 별게 아닐 수도 있다. 문제는 데려온 여자가 그때마다 다르다는 데 있었다.

아내는 안절부절못했다. 그녀는 '근묵자흑 근주자적(近墨者黑 近朱者赤)'이라는 신조를 믿고 있었기 때문이다. 내가 그와 왕래하는 건 대단히 위험스런 일이라고 생각했다. 정확하게 말하자면 그녀 자신이 위험에 빠지게 될지도 모른다는 걸 느꼈다고 해야 할 것이다. 그녀는 내가 품행이 단정하고 본분을 지킬 줄 아는 사람이란 걸 깡그리 잊고, 늘 경고의 말을 했다. 어떤 때는 경고에다 으름장까지 놓았다. 만약 내가 탕자오천처럼 그렇게 논다면 나의 이후 생활은 심히 힘들어질 거라고 말했다. 그녀는 또 생활이 힘들어지면서 닥쳐올 모든 자질구레한 사건들을 생동적으로 묘사하기도 했다. 그녀의 생각이 여기에 미치면 빌어먹을, 그녀는 이 방면에서 뛰어난 상상력을 보였지만, 반면 나는 점점 더 겁쟁이가 되었다.

하지만 탕자오천은 데면데면한 사람이었다. 그는 아내의 경계를 조금도 감지하지 못했다. 내가 여러 차례 경고했는데도 별다른 반응을 보이지 않았다. 그럴 때 보면 그가 둔한 사람이지 싶기도 했다. 언젠가 그는 우리 집 소파에 앉아 쩌렁쩌렁한 소리로 말했다.

"친구들 하나하나 결혼하는 걸 봤는데 말이야, 처음에는 니가 했고, 그 다음이 천리다, 팡훙, 리수하이였지. 니들 네 사람 어쩜 그렇게 똑같냐. 첫 연애 상대와 결혼했으니 말이야. 니들이 왜 그렇게 빨리 결혼했는지 난 도무지 이해할 수 없어. 왜 연애를 더 해보지 않았냔 말이야. 왜 나처럼 이렇게 자유롭게 생활하지 않지? 왜 여자한테 꽉 잡혀 살려고 하지? 숨도 못 쉴 정도로 말이야. 니들 생각만 하면 웃음이 터져 나온다구. 니들은 이제 말하는 것조차도 마누라 안색을 살펴야 하잖니. 특히 너 말이야. 몇 마디 하는 데도 마누라 눈치를 보잖아. 피곤하지 않아? 그래도 아직은 늦지 않았다 이거야. 다행이라면 아주 늙어버린 건 아니니까 다른 여자를 만날 기회가 있다는 거지. 언제 한 사람 소개해줄 테니, 자네는 어떤가?"

이게 바로 탕자오천이다. 수다스러워지면 모든 걸 잊어버린다. 그는 아내가 부엌에서 요리하고 있다는 사실도 잊어버렸다. 그의 목청이 너무 커서 그가 꺼내는 한마디 한마디가 모두 아내의 귀에 박혔다. 아내는 시퍼런 얼굴을 하고 나왔다. 그녀는 손에 든 프라이팬을 탕자오천 앞에다 디밀었다. 프라이팬에는 아직도 기름이 지글지글 끓고 있었다.

"나가요, 나가주세요……"

탕자오천은 놀란 나머지 얼굴이 일그러졌다. 그는 필사적으로 머리를 젖히고는 두 손으로 더듬더듬 소파를 짚으며 일어났다. 그러고는 나에게 눈길 한 번 주지 못하고 황망히 도망쳤다. 나는 그가 그렇게 놀라는 모습을 본 적이 없었다. 그가 두려워한 것은 아내가 아니라 아내의 손에 들린 프라이팬이었다. 지글지글거리는 소리 때문에 혼줄이 났고, 그 때문에 일 년 남짓 우리 집 문지방을 넘어오지 못한 것이다.

일 년이 지나고 바로 지금 팔 월의 무더운 밤, 그는 느닷없이 우리 집에 나타나 아내와 마주쳤다. 아내는 일어나 있었다. 그녀는 탕자오천을 보고 호의적인 미소를 지었다.

"탕 선생님이세요? 한동안 우리 집에 오시지 않더니……."

탕자오천은 히히 웃었다. 그때의 프라이팬이 생각난 것 같았다. 그는 거북한 듯이 그 자리에 서 있었다. 아내는 바닥에 깔린 멍석 자리를 가리키며 말했다.

"앉으세요."

그는 우리가 깔아놓은 멍석 자리를 보고서도 그냥 거기에 서 있었다. 털털대는 선풍기 머리를 올려 바람을 그가 있는 쪽으로 가게 했다. 아내는 냉장고에서 가져온 음료수를 건네주었다. 그는 땀을 닦고 음료수를 마실 뿐 여전히 앉을 생각을 하지 않았다.

"왜 앉지 않지?"

그는 우리에게 호감을 사려는 듯 웃음을 흘리며 말했다.

"귀찮게 뭘."

그는 아내를 쳐다보더니 나에게 말했다.

"나 요즘 어떤 여자와……. 남편이 있는 여잔데, 지금 그 여자 남편이 우리 집 아래층에서 지키고 있어……."

무슨 일이 일어났는지 불 보듯 뻔하다. 여자의 남편은 질투심이 불타올라 이 순간 힘이 펄펄 넘쳐날 것이다. 그는 우리 친구 탕자오천의 머리를 깨고 피를 보려고 할 것이다. 아내는 리모컨으로 채널을 두어 번 돌리더니 진지하게 보기 시작했다. 그녀는 모른 척할 수 있을지 몰라도 나는 그럴 수가 없었다. 어쨌거나 탕자오천은 내 친구였다.

"어떡하지?"

탕자오천은 불쌍하게 말했다.

"함께 가줄 수 있겠어?"

나는 아내의 눈치를 살피지 않을 수 없었다. 그녀는 멍석 자리에 앉아 텔레비전을 보고 있었다. 그녀가 고개를 돌려 잠깐이나마 눈길을 주길 바랐다. 그러나 그녀는 그렇게 하지 않았다. 내가 물어볼 수밖에 없었다.

"저 친구랑 같이 가도 되겠나?"

아내는 텔레비전을 보며 말했다.

"몰라."

"모른다는데."

나는 탕자오천에게 말했다.

"이렇게 말하면 같이 가야 할지 말아야 할지 나도 모르겠는데."

탕자오천은 내 말을 듣더니 고개를 흔들었다.

"이리로 올 적에 천리다네 집도 지나왔고 팡홍네 집도 지나왔어. 리수하이네 집에 간대도 여기로 오는 것보단 편해. 그런데도 내가 왜 여기부터 왔겠냐? 너도 알잖아. 우린 일 년 남짓 안 보고 지내 긴 했어도 어쨌거나 제일 좋은 친구잖아. 그래서 내가 너부터 찾았 던 거야. 니가 이렇게 나올 줄 몰랐다. 뭐, 모른다고? 차라리 그러 고 싶지 않다고 해라……."

나는 탕자오천에게 따졌다.

"그러고 싶지 않다고 한 적 없어. 그냥 모르겠다고 했을 뿐이잖 아……."

"모르겠다니 그게 무슨 뜻이야?"

탕자오천이 나에게 물었다.

"모르겠다는 건……."

나는 아내를 쳐다보며 말을 이었다.

"내가 가고 싶지 않은 게 아니라 아내가 원하지 않는다는 거야. 저 사람이 못하게 하면 나도 어쩔 수 없다는 거지. 물론 널 따라갈 수도 있어. 하지만 이렇게 따라가면 다시는 집에 돌아올 수 없게 되거든. 저 사람이 문을 잠그고 열어주지 않을 거란 말이지. 내가 못 들어오도록. 니네 집에서 하루 이틀, 어쩌면 한 달까지도 지낼 수 있을지 몰라. 그렇다고 해도 언젠가는 집으로 돌아와야 하잖아. 집에 돌아와도 지내기 힘들어질 거란 말이지. 알아들어? 내가 가 고 싶지 않은 게 아니라 저 사람이 못 가게 한다는 거야……."

"난 가지 말라고 말한 적 없어."

이때 아내가 나섰다. 그녀는 몸을 돌려 탕자오천에게 말했다.

"탕 선생님, 저이 말 믿지 말아요. 저이는 지금 저렇게 불쌍하게 말하지만, 사실 집에선 완전히 독재예요. 무슨 일이든지 자기 하고 싶은 대로 하거든요. 털끝만치라도 맘에 들지 않는 일이 있으면 벌컥 성질내고, 이번 달만 해도 컵을 세 개나 깨뜨린걸요."

나는 그녀의 말을 잘랐다.

"난 정말 당신을 무서워한다고. 그건 탕자오천도 잘 알고 있어."

탕자오천은 연신 고개를 끄덕였다.

"맞아요, 저 친군 확실히 제수씨 무서워해요. 이건 우리가 다 아는 사실인데요 뭐."

아내는 나와 탕자오천을 보면서 웃기 시작했다. 그녀가 웃을 때 우리 두 사람은 선 채로 꼼짝도 하지 않았다. 그녀는 웃으면서 탕자오천에게 물었다.

"몇 사람이 지키고 있어요?"

"한 사람요."

탕자오천이 말했다.

"그 사람 칼 들고 있어요?"

아내는 계속 물었다.

"아니오."

탕자오천이 대꾸했다.

"선생님이 어떻게 알아요? 그 사람 옷 속에 칼을 숨기고 있을 수도 있잖아요."

"그럴 리가요."

탕자오천이 설명했다.

"그 사람 러닝셔츠를 입고 있어요. 아랫도리는 반바지고. 칼은 숨길 데가 없어요."

아내는 안심했는지 나에게 말했다.

"당신 빨리 돌아와요."

나는 재빨리 고개를 끄덕이며 말했다.

"빨리 갔다 빨리 올게."

탕자오천은 뜻밖이라는 듯 흥분했다. 그는 곧장 돌아가지 않고 그 자리에 서서 유창하게 떠들어댔다.

"이렇게 하실 줄 알고 있었습니다. 그렇지 않았다면 여기로 먼저 오지도 않았을 테고요. 생각하고 생각해봐도 친구 부인들 중에서 제일 사리에 밝으신 것 같더라고요. 팡훙 부인은 괴상야릇하고, 천리다 부인은 무지막지하고, 리수하이 부인은 가르치길 좋아하고……. 제수씨가 제일 현명하신 것 같아요. 제일……."

그리고 탕자오천은 고개를 돌려 나를 보며 말했다.

"저 자식 정말 운도 좋아요."

탕자오천이 계속 쓸데없는 말을 늘어놓는다면 아내가 마음을 고쳐먹을지도 모른다 싶어 발로 그를 툭 쳤다. 내가 너무 세게 찼는지 그는 외마디 비명을 내지르더니 내 뜻을 알아챘는지 금세 마무리를 지었다.

"우리 갑니다."

대문 밖으로 나서기가 무섭게 아내는 나를 불러세웠다. 마음이 변했기 때문이라고 생각했다. 그러나 그녀는 나지막이 나에게 말했다.

"당신 저 사람 앞에 가지 말고 뒤에서 따라가."

나는 고개를 끄덕였다.

"알았어."

나는 우리 집을 나와 탕자오천과 함께 리수하이네 집으로 갔다. 탕자오천이 말한 대로 리수하이의 부인은 탕자오천에게 주절주절 교훈을 늘어놓았다. 그녀는 방금 목욕을 마쳤는지 선풍기 앞에 앉아 머리를 빗고 있었다. 머리에 남아 있던 물기가 선풍기 때문에 타액처럼 탕자오천의 얼굴로 날아갔다. 탕자오천은 연신 얼굴을 닦았다. 리수하이의 아내가 말했다.

"전에도 말했잖아요. 그렇게 살다간 언젠가는 다리가 부러질 거라고. 리수하이, 내가 이렇게 말한 적 있지?"

우리 친구 리수하이는 입도 뻥끗 못하고 아내가 무례한 말투로 자기 친구에 대해 말하는 걸 가만히 듣고만 있었다. 심히 난감해하는 듯도 했지만, 그래도 아주 조금이나마 고개를 끄덕이기까지 했다. 그의 아내는 계속해서 말했다.

"탕자오천 당신은 그리 나쁜 사람은 아니에요. 다만 당신은 바람둥이일 따름이죠. 결혼하지 않은 아가씨와 사귀는 건 그래도 괜찮아요. 하지만 다른 사람의 아내를 꼬드기는 건 너무 도덕적이지 못

해요. 그 사람들 서로 행복하게 잘 살았을 거예요. 그런데 당신이
끼어드는 바람에 그 사람들의 행복이 고통으로 바뀌었잖아요. 잘
사는 집안이 당신 땜에 깨진 거잖아요. 만약 아이가 있다면 아이는
또 얼마나 안됐어요. 생각 좀 해보세요. 만일 날 유혹한다면 리수
하이가 얼마나 고통스럽겠어요. 리수하이, 내 말 맞지?"

그녀가 자신을 빗대어 말하는 바람에 리수하이는 앉지도 서지도
못하고 있었다. 하지만 그녀는 전혀 눈치채지 못한 듯 말을 이었다.

"당신은 늘 그래요. 자신의 행복을 남들의 고통 위에다 만들려고
해요. 그러다가 언젠가는 응보가 따를 거예요. 그 사람이 당신을
때려죽일지도 몰라요. 당신 같은 사람은 맞아 죽는대도 아무도 동
정하지 않을 거라고요. 내 말 기억하세요. 여자 좋아하는 그 버릇
을 고치지 않는다면 결국은 운수 사나운 일을 당하게 될 거라고요.
지금 어떤 사람이 당신 집 아래층에서 지키고 있다면서요. 그렇지
않아요?"

탕자오천은 고개를 끄덕이며 말했다.

"맞아요, 맞다고요. 당신 말이 정말 옳아요. 요즘 손속이 좋지 않
아 데리고 노는 여자마다 제기랄, 남자들이 찾아와 귀찮게 하네요."

나와 탕자오천, 그리고 리수하이는 팡홍의 집에 도착했다. 우리
세 사람은 팡홍네 거실에서 팡홍이 냉장고에서 꺼내다 준 아이스
크림을 먹으면서 팡홍이 웃통을 벗은 채 침실로 들어가는 모습을
보고 있었다. 안에서 남녀가 속살거리는 소리가 들렸다. 팡홍이 아
내에게 무슨 일이 일어났는지를 보고하고 내처 아내를 설득하고

있었다. 이 무더운 여름날 밤, 잠시 집을 비우고 탕자오천에게 조그만 힘이나마 보태주고 싶다고.

침실은 빗장을 걸지 않고 그냥 닫아둔 채였다. 손가락보다 조금 클까 말까 한 틈새가 나 있었다. 침실 등은 거실보다 조금 어두웠다. 두 사람의 목소리는 커졌다 낮아졌다 했다. 둘은 자신의 목소리를 최대한 누르고 있었기 때문에 목소리가 아니라 헉헉거리는 숨소리처럼 들렸다.

우리는 아이스크림을 다 먹고 선풍기의 머리가 왔다 갔다 하는 모습을 보고 있었다. 더운 바람이 땀을 흘리고 있는 우리 쪽으로 불어왔다. 우리 세 사람은 서로 쳐다보기도 하고 웃기도 하고 일어나 몇 걸음 걷다가 앉기도 했다. 한참을 기다린 뒤 이윽고 팡훙이 나왔다. 그는 조심스럽게 침실의 문을 닫고는 엄숙한 표정으로 문 앞에 서 있었다. 흰색의 러닝셔츠를 목덜미로 위로 끌어올렸다가 다시 잡아당겨 내리더니 우리에게 말했다.

"가자."

이제 우리는 네 사람이 되었다. 우리는 등줄기에서 땀을 흘리며 천리다의 집 아래 도착했다. 천리다의 집은 육 층에 있었다. 건물의 꼭대기였다. 우리 네 사람은 얼굴을 쳐들고 시끌벅적한 길가에 서 있었다. 주위는 바람 쐬러 나온 사람들로 가득했다. 천리다네 집의 불빛이 보였다. 우리는 고함을 질렀다.

"천리다! 천리다! 천리다!"

천리다가 베란다에 나타났다. 그는 고개를 쭉 늘어뜨려 우리를 내려다보며 말했다.

"누구야?"

"우리."

우리가 동시에 말했다.

"누구라고?"

내가 말했다.

"리수하이, 팡훙, 탕자오천 그리고 나."

"제기랄, 니들이구나."

천리다는 위에서 반갑게 소리쳤다.

"빨리 올라와라."

"안 올라갈래."

우리가 소리쳤다.

"너무 높잖아. 니가 내려와라."

이때 어떤 여자의 목소리가 들려왔다.

"뭐 하러 내려가."

우리는 위를 살펴보았다. 천리다의 아내가 베란다에 있었다. 그
녀는 손가락으로 우리를 가리키며 말했다.

"여기 무슨 일로 왔어요?"

내가 대답했다.

"탕자오천이 곤란한 일을 당했어요. 우리 친구들이 이 사람 좀
도와주려구요. 천리다 좀 내려보내 주세요."

천리다의 아내가 좀더 큰 소리로 물었다.

"탕자오천이 무슨 어려움을 당했다고요?"

리수하이가 설명했다.

"어떤 사람이 이 사람 집 밑에서 지키고 있답니다. 그를 죽이려구요."

천리다의 아내가 또 물었다.

"그 사람이 왜요?"

이번에는 팡홍이 말했다.

"탕자오천이 그 사람 부인과 좋아져서……."

"알겠어요."

천리다의 아내가 말을 잘랐다.

"탕자오천의 버릇이 또 도졌단 말이죠? 그래서 그 사람이 탕자오천을 죽이려 하는 거죠?"

"그래요."

우리가 동시에 대답했다.

"그만큼 심각하진 않아요."

탕자오천이 끼어들었다.

천리다의 아내가 궁금한 듯 물었다.

"이번에 꼬드긴 여자는 이름이 뭐예요?"

우리는 탕자오천에게 물었다.

"누구야?"

탕자오천이 대답했다.

"니네 이렇게 소리치지 마. 다른 사람들 다 들잖아. 저 사람들 웃는 거 안 보여? 추잡한 명성을 날리게 하는군."

천리다의 아내가 물었다.

"탕자오천이 지금 뭐라고 말하는 거예요?"

내가 대답했다.

"우리더러 다른 사람 다 듣게 소리 지르지 좀 말라고요. 더러운 이름 날리게 된다고요."

"저 사람 추잡한 명성은 이미 다 아는 사실이잖아요."

천리다의 아내가 웃으며 소리 질렀다.

"그러네요."

우리는 그녀의 말에 동의하며 탕자오천에게 말했다.

"사실 벌써부터 너의 추문은 유명하다구."

"제기랄."

탕자오천은 욕지거리를 내뱉었다.

"저 사람 또 뭐라는 거예요?"

천리다의 아내가 다시 물었다.

"제수씨 말이 옳다고요."

우리는 대답했다.

이렇게 해서 탕자오천의 친구들이 거의 다 모인 셈이 됐다. 팔월의 늦은 밤, 다섯 사람은 아직도 섭씨 삼십사 도의 열기를 뭉텅뭉텅 내뿜고 있는 거리를 걸어 탕자오천의 집으로 가고 있었다. 도중에 우리는 탕자오천에게 그의 집 밑에서 지키고 있는 그 남자가 누군지 물었다. 그는 모르는 사람이라고 했다. 우리는 그 남자의 아내는 누구냐고 했다. 우리가 모르는 사람이라고 했다. 우리는 마지막으로 물었다. 어떻게 남편이 있는 여자와 내통했느냐고. 그는 말했다.

"두말하면 잔소리지. 일단 서로 인사하고 나면 곧장 잠자리로 드는 거 아니겠어."

"그렇게 간단해?"

우리가 물었다.

탕자오천은 우리 질문에 대해 일고의 가치도 없다는 듯이 답했다.

"니들은 이 문제를 너무 복잡하게 생각하는 거야. 그러니까 일평생 다른 여자와 잠도 못 자보는 거지."

우리는 상점 입구에서 얼음을 채운 음료수를 들이켜며 그 열받은 남편을 어떻게 대응해야 할지 상의했다. 리수하이는 상대하지 말자고 했다. 우리 네 사람이 탕자오천을 집까지 데려다주면, 그 사람도 탕자오천에게 우리 같은 친구가 네 명이나 있다는 걸 알고 경거망동할 수 없을 거라는 것이다. 광홍은 아무래도 그 사람한테 몇 마디 하는 게 낫지 않겠느냐고 했다. 탕자오천을 찾아봤자 별수 없다는 걸 알게 해주고 자기 아내에게 따지도록 만들어야 한다는 것이다. 나는 그가 만약 탕자오천을 때리기 시작하면 어떻게 할 거냐고 했다. 천리다는 그러면 우리는 한쪽에 서서 탕자오천을 응원해주면 된다고 했다. 천리다는 우리 네 사람이 떡 버티고 있기만 해도 탕자오천이 분명 승리할 거라고 확신하는 것 같았다.

우리가 이런저런 의견을 주고받는 동안 탕자오천은 한마디도 하

지 않았다. 그의 의견을 물어보려 할 때, 우리는 그가 아름다운 아
가씨에게 은밀히 추파를 던지고 있다는 걸 발견했다. 우리의 말이
한마디도 들어가지 않았던 것이다. 탕자오천의 눈이 반짝거리고
있었다. 그의 오른쪽으로 이 미터 떨어진 곳에서 아름다운 머리카
락을 어깨에 늘어뜨린 아가씨가 음료수를 마시고 있었다. 검은색
조끼와 자잘한 무늬가 있는 긴치마를 입고 있었다. 우리가 그녀를
보자, 그녀도 두어 번 고개를 돌려 우리를 쳐다보았다. 탕자오천을
본 건 두말할 필요도 없었다. 하지만 그녀의 눈빛은 아랑곳하지 않
는 것처럼 보였다. 그녀는 음료수를 마신 다음, 그 병을 계산대에
놓고 몸을 돌려 그곳을 떠났다. 몸을 돌릴 때의 자태는 분명 아름
다웠다. 우리는 걸어가는 그녀의 뒷모습을 바라보았다. 그런데 잠
시 후 놀랍게도 탕자오천이 그녀의 뒤를 따라가고 있는 게 보였다.
우리는 동시에 똑같은 소리를 내뱉었다.

"탕자오천……."

탕자오천은 우리를 돌아보며 히히 웃음을 짓고는 곧장 아름다운
아가씨의 뒤를 따라갔다.

우리는 하나같이 눈이 휘둥그레지면서 말문이 막혔다. 그는 새
로운 행복을 좇으러 갔다. 하지만 지금이 어느 땐가? 가슴속에 분
노가 가득한 남자가 그의 집 밑에서 지키고 있지 않은가. 그 남자
는 이를 뿌드득 갈며 그를 사지로 몰아넣으려 하고 있는데 말이다.
그는 우리를 집에서 불러내 등줄기에 땀이 줄줄 흐르도록 걷게 하
고는 집으로 돌아갈 수 있도록 보호해달라고 했다. 그런데 이 모든

걸 몽땅 잊어버리기나 한 듯 우리를 상점 입구에 세워놓고는 말도 없이 떠나간 것이다.

우리는 터진 입으로 할 수 있는 모든 욕설을 퍼부었다. 저놈의 병은 약이 없다고. 개자식, 쌍놈의 자식이라고. 잘되나 두고 보자고. 언젠가는 매독에 걸릴 거라고. 매독으로 그곳이 썩어 문드러질 거라고. 동시에 우리는 이다음부터는 절대 그의 일에 관여하지 않겠다고 맹세했다. 설사 그가 다리가 부러지도록 맞더라도, 장님이 되도록 얻어터지더라도 우리는 보고도 못 본 척할 것이다.

우리는 땀이 줄줄 흐르도록, 기운이 쪽 빠질 정도로 실컷 욕을 내뱉은 다음에야 마음이 조금 편해졌다. 그곳에 서서 서로를 한참 쳐다보다 우리가 무엇을 해야 할지를 생각하기 시작했다. 나는 그들에게 물었다.

"각자 집으로 돌아가?"

아무도 대답하지 않았다. 나는 내 제의가 얼마나 바보스러운가를 알아채고 곧바로 수정했다.

"아니, 지금 집에 돌아가지 말자."

세 사람이 내 뜻을 알아차리는 데는 긴 시간이 필요하지 않았다. 그들은 말했다.

"맞아. 서둘러 돌아갈 필요 없지."

우리는 모두 같은 생각을 하고 있었다. 벌써 몇 년 동안이나 함께 모여본 적이 없었다는 생각을. 탕자오천이 아니었다면 우리 아내들이 우리가 외출하도록 내버려두었을 리가 없다. 이렇게 좋은 기회를 얻기란 결코 쉽지 않다는 사실을 순식간에 깨달았던 것이다. 우리는 맞은편에 있는 작은 술집으로 향했다.

그날 저녁 우리는 마침내 함께 술을 마셨고, 끝도 없는 대화를 나누었다. 시간 가는 줄도 몰랐으며, 누구도 집에 돌아갈 생각을 하지 않았다. 한 차례, 또 한 차례 과거를 기억했다. 옆에서 방해하는 여자가 없던 때를 말이다. 그때는 얼마나 아름다웠던가. 우리는 노래를 부르며 원 없이 거리를 걸었다. 아름다운 여자를 보고 상스러운 말을 던지기도 했다. 가로등도 하나하나 꺼지기 시작했다. 야심한 밤에 아무 집이나 대문짝을 쾅쾅 두들겼다. 사람들이 일어나 문을 열 때쯤이면 우리는 이미 줄행랑을 놓은 뒤였다. 우리는 창문을 꼭꼭 닫은 방 안에서 목숨을 걸고 담배를 줄창 피워댔다. 담배 연기가 점점 쌓이고 쌓여 상대방 얼굴이 보이지 않을 때까지. 우리가 얼마나 나쁜 짓을 하는지도 몰랐다. 너무나 웃어 배가 얼마나 아픈지도 몰랐다. 거기다가 우리는 있는 돈을 모두 털어 맥주를 샀다. 그리고 다 마신 맥주 병을 공중에 던졌다. 술병 두 개가 공중에서 맞부딪쳐 부서졌다. 깨진 유리 파편이 우박처럼 우두둑 떨어졌다. 우리는 이 놀이를 공중분해라고 이름붙였다.

충수

蘭尾

나의 아버지는 예전에 외과 의사였다. 몸집이 우람하고 목소리도 우렁찼다. 수술대에 한 번 섰다 하면 열 시간도 무섭지 않았다. 이렇게 오랜 수술을 끝낸 뒤에도 피로한 기색이라곤 눈곱만치도 없었으며, 집으로 돌아오는 발걸음도 굳세고 힘찼다. 대문 앞에 와서는 종종 담 모퉁이에 오줌을 내갈기곤 했는데, 오줌발이 담벼락을 내리칠 때면 폭우가 담벼락으로 쏟아지는 것 같았다.

아버지는 스물다섯 살 되던 해, 아름다운 방직공 아가씨를 아내로 맞이했다. 아내는 결혼한 이듬해 그에게 아들을 안겨주었는데, 그 아들이 바로 형이다. 다시 이태가 지나 아내는 또 아들을 낳았는데, 바로 나다.

내가 여덟 살이던 어느 날, 정력이 넘치는 외과 의사는 바쁜 나날 속에서 어쩌다 하루를 쉴 수 있게 되었다. 오전에는 집에서 편안하게 잠을 자고, 오후에는 두 아이를 오 리 밖 해변으로 데려가 서너 시간 가까이 놀았다. 그러고는 하나는 목마를 태우고, 하나는 품에 안은 채 오 리 길을 걸어 되돌아왔다.

저녁을 먹고 나자 날이 금세 깜깜해졌다. 그는 아내, 두 아이와 함께 방문 앞 오동나무 아래 앉아 있었다. 마침 달빛이 비추고 있어 나무 잎사귀가 반짝반짝하며 우리 몸에 와 닿았다. 솔솔 불어오는 시원한 바람 때문이었다.

외과 의사는 임시로 내다놓은 대나무 침대에 누워 있었고, 아내는 곁에 있는 등나무 의자에 앉아 있었다. 그들의 두 아이, 즉 형과 나는 긴 의자에 어깨를 나란히 하고 앉아 모든 사람의 뱃속에 들어 있다는 충수에 관해 아버지가 들려주는 이야기를 듣고 있었다. 아버지는 충수를 매일 적어도 스무 개 남짓 잘라낸다고,. 십오 분 만에 해치운 적도 있는데 그렇게 하려면 환자의 충수를 순식간에 잘라버려야 한다고 했다.

우리가 물었다.

"잘라낸 다음에는 어떻게 해요?"

"잘라낸 다음?"

아버지는 손을 휘휘 저으며 말했다.

"잘라낸 다음에는 버리지 뭐."

"왜 버려요?"

"충수는 아무짝에도 쓸모가 없거든."

이번에는 아버지가 우리에게 물었다.

"양쪽 폐는 무슨 역할을 하지?"

형이 대답했다.

"숨을 들이마셔요."

"또?"

형이 잠시 생각해보고 대답했다.

"숨을 내쉬는데요."

"위는? 위는 어디에 쓰지?"

"위에서는 먹은 음식이 소화되죠."

여전히 형이 대답했다.

"심장은?"

내가 얼른 소리쳤다.

"심장은 팔딱팔딱 뛰어요."

아버지는 나를 잠깐 빤히 쳐다보고 나서 말했다.

"네가 말한 것도 맞다. 너희가 말한 건 모두 맞단다. 폐, 위, 심장, 또 십이지장, 결장, 대장, 직장 따위는 모두 쓰이는 데가 있단다. 하지만 유독 충수는, 맹장 끝에 붙어 있는 충수는…… 니들 충수를 어디다 쓰는지 아니?"

형이 아버지가 한 말을 금방 따라 했다.

"충수는 아무짝에도 쓸모가 없어요."

아버지는 하하 함박웃음을 터뜨렸고, 곁에 앉은 어머니도 따라서 빙긋 웃었다. 아버지가 말을 계속했다.

"맞아, 충수는 아무런 쓸모가 없어. 너희가 숨 쉬고, 소화하고, 잠자는 것과 충수는 아무런 상관이 없단다. 배불리 먹고 나서 딸꾹질하거나 배가 더부룩할 때 방귀 뀌는 것과도 관계가 없어……."

딸꾹질, 방귀 어쩌고 하는 아버지의 말에 형과 나는 깔깔거리며 웃어댔다. 그때 아버지가 일어나 앉으며 심각하게 말했다.

"그런데 말이야, 충수에 염증이 생기면 배가 무지무지 아파오고, 구멍이라도 나면 복막염을 일으킬 수 있지. 그러다 목숨을 잃을 수도 있어. 목숨을 잃을 수도 있다고. 무슨 말인지 알겠니?"

형이 고개를 끄덕이며 말했다.

"그건 죽는다는 거예요."

죽는다는 소리를 듣자 내 입에서 찬바람이 쉭 빠져나갔다. 아버지는 두려워하는 내 모습을 보고 손을 뻗어 머리를 톡톡 두드려주었다.

"사실 충수를 잘라내는 건 간단한 수술이란다. 구멍만 생기지 않으면 그리 위험하지 않아……. 어떤 영국인 외과 의사가……."

아버지는 말하면서 자리에 드러누웠다. 이야기를 들려주려 할 때마다 취하는 자세였다. 눈을 감고 늘어지게 하품을 한 뒤 비스듬히 누워 우리와 마주 보았다.

영국인 외과 의사가 어느 날 작은 섬에 도착했다. 그 섬에는 병원도 없고 의사도 없고 심지어는 약상자조차도 없었는데, 그의 충수에 염증이 생겼다. 그는 야자나무 아래에 엎드려 반나절이나 고통스러워했다. 서둘러 수술하지 않으면 구멍이 생길 거라는 사실을 잘 알고 있었다.

"구멍이 생긴 다음에는 어떻게 될까?"

아버지는 몸을 일으키며 물었다.

"죽을 거예요."

형이 대답했다.

"복막염이 되고, 그다음에 죽게 되지."

아버지는 형의 대답을 고쳐 말했다.

"그 영국인 의사는 자기가 몸소 수술할 수밖에 없었어. 그곳 사람 둘에게 커다란 거울을 들고 있으라 하고서 말이야. 그는 거울 속의 자기를 보면서, 바로 여기……."

아버지는 자기 배의 오른쪽을 가리켰다.

"여기 피부를 갈라서, 지방을 분리시키고 손을 쑥 밀어넣어 맹장을 찾았지. 맹장을 찾아야 충수를 찾을 수 있거든……."

한 영국인 의사가 자기 몸을 스스로 수술했다는 이 엄청난 이야기에 우리는 어안이 벙벙해졌다. 곧이어 흥분한 표정으로 아버지를 쳐다보면서 아버지도 직접 자기 몸을 수술해본 적이 있는지 물었다. 그 영국인 의사처럼.

"상황에 따라 다르겠지. 만약 나도 작은 섬에 있는데 충수에 염증이 생겼다면, 목숨을 구하기 위해 직접 수술을 했겠지."

아버지의 대답에 우리의 피가 끓어오르기 시작했다. 우리는 언제나 아버지가 가장 건강하고 제일 대단하다고 생각해온 터라, 그 대답을 듣고 이러한 생각을 더욱 굳혔다. 뿐만 아니라 자신 있게 친구들에게 으스댈 수 있었다.

"우리 아버진 직접 자기 몸을 수술할 수도 있어⋯⋯."

형은 나를 가리키며 말을 보탰다.

"우리 둘이서 큰 거울을 들고 있고⋯⋯."

두 달 남짓 흘렀다. 그해 가을, 아버지의 충수에 느닷없이 염증이 생겼다. 일요일 오전, 어머니는 잔업 근무로 공장에 나가고 없었다. 아버지가 야근을 마치고 돌아와 대문을 들어설 때 마침 어머니는 출근하려던 참이었다. 아버지는 대문에서 어머니에게 말했다.

"어제 저녁 한숨도 못 잤어. 뇌에 외상 입은 사람 하나, 골절상 입은 사람 둘, 또 페니실린 중독자⋯⋯. 너무 피곤해선지 가슴이 아프네."

아버지는 가슴을 움켜쥐고 침대로 가서 잠이 들었다. 형과 나는 다른 방에서 책상을 의자 위에 올리고, 또 의자를 책상 위에 올리면서 세 시간을 보냈다. 침실에서 아버지의 끙끙대는 신음 소리가 들려와 우리는 방문에 바짝 다가가 귀를 쫑긋 세웠다. 이윽고 아버지가 안에서 우리 이름을 부르기에 우리는 얼른 문을 밀고 들어갔다. 게처럼 둥글게 웅크린 몸뚱이가 보였다. 아버지는 이를 악물고 우리를 쳐다보며 말했다.

"충수가⋯⋯ 아파 죽겠다⋯⋯. 급성 충수염인가 봐⋯⋯. 어서 병원에 가서 의사 불러오너라⋯⋯. 천 선생도 좋고, 왕 선생도 괜찮아⋯⋯. 빨리 가봐⋯⋯."

형은 내 손을 끌고 아래층으로 내려갔다. 나는 골목을 걷다가 펴뜩 정신이 들었다. 아버지의 충수에 염증이 생겼고, 형이 나를 끌고 병원으로 가고 있다. 천 선생님을 찾아야 한다. 아니면 왕 선생님이라도. 그들을 찾아오면, 그들은 뭘 하게 되는 거지?

아버지의 충수에 염증이 생겼다는 데 생각이 미치자 심장이 펄떡펄떡 뛰기 시작했다. 아버지의 충수에 마침내 염증이 생긴 것이다. 아버지는 직접 자기 몸을 수술할 수 있으니, 나는 형과 함께 큰 거울을 들고 있으면 된다.

골목 입구에 이르렀을 때 형이 발걸음을 멈추고 말했다.

"천 선생님 찾으러 갈 필요 없어. 왕 선생님도."

"왜?"

"생각해봐라. 선생님들을 데려오면, 그들이 아버지를 수술해줄 거 아냐."

내가 고개를 끄덕이자 형이 다시 물었다.

"아버지가 직접 수술하게 하고 싶지 않아?"

"와, 진짜 그러면 좋겠다."

"그러니까 천 선생님 찾을 필요 없다고. 왕 선생님도 마찬가지고. 수술실에 가서 몰래 수술 가방을 가져오는 거야. 큰 거울은 집에 있으니까……"

나는 신이 나서 소리 질렀다.

"그렇게 하면 아버지가 직접 수술할 수 있겠구나."

우리가 병원에 도착했을 때 그들은 모두 점심을 먹으러 식당에 가고 없었다. 수술실은 간호사 한 사람이 지키고 있었는데, 형이 나더러 그녀에게 말을 붙이라고 했다. 나는 그녀에게 다가가 이모라 부르며 어떻게 이렇게 예쁠 수가 있느냐고 물었다. 그녀는 싱글벙글 웃었고, 형은 그 사이 수술 가방을 몰래 들고 나왔다.

이윽고 집으로 돌아왔다. 아버지는 우리가 대문을 들어서는 소리를 듣고 방 안에서 들릴 듯 말 듯한 목소리로 말했다.

"천 선생! 천 선생! 왕 선생이신가?"

우리는 방으로 들어갔다. 아버지의 이마에는 땀이 송글송글 맺혀 있었다. 고통스런 땀방울이. 들어온 사람이 천 선생도 왕 선생도 아니고 자신의 두 아들, 그러니까 형과 나라는 걸 알아본 아버지가 끙끙거리며 물었다.

"천 선생은? 천 선생이 왜 안 왔지?"

형은 나더러 수술 가방을 열라 하고는 어머니가 매일 보는 커다란 거울을 가져왔다. 아버지는 우리가 뭘 하려는지 눈치 채지 못하고 거푸 물었다.

"왕 선생은? 왕 선생도 안 계셔?"

나는 수술 가방을 아버지의 오른편에 놓고 침대에 올라 아버지를 넘어갔다. 그리고 형의 반대편에서 거울을 붙잡았다. 형은 일부러 몸을 굽혀 거울을 들여다보기까지 했다. 아버지가 거울로 자신을 잘 볼 수 있는지 확인하는 거였다. 우리는 흥분하여 아버지에게 말했다.

"아버지, 빨리요."

아버지의 얼굴은 고통으로 일그러져 있었다. 아버지는 숨을 헉

헉 내쉬며 천 선생, 왕 선생을 불러댔다. 우리는 다급한 마음에 소리쳤다.

"아버지, 서두르세요. 안 그러면 구멍이 생길지도 몰라요."

아버지는 모기만 한 목소리로 물었다.

"뭘?"

"아버지, 어서 수술하시라고요."

아버지는 그제야 상황을 분명히 알아차린 것 같았다. 그러더니 눈을 치켜뜨고 욕설을 내뱉었다.

"짐승 같은 놈들!"

형은 놀란 나머지 침대에서 미끄러졌고, 나도 아버지의 발치에서 슬그머니 내려왔다. 우리는 침대에 누운, 힘은 하나도 없어 보였지만 노기에 부르르 떨고 있는 아버지를 바라보았다.

"아버진 수술하고 싶어 하지 않는 거지?"

형이 말했다.

"몰라."

잠시 후 아버지는 울기 시작했다. 눈물을 흘리며 끊어질 듯 말 듯 말을 이었다.

"어서 가…… 어서 가서 불러오……. 어머니, 니들 어머니를 불러와……."

우리는 아버지가 영웅처럼 몸소 수술하기를 바랐다. 하지만 아버지는 오히려 울음을 터뜨렸다. 형과 나는 아버지를 물끄러미 쳐다보았다. 형이 갑자기 내 손을 잡고 방에서 뛰쳐나갔고, 층계를

뛰어 내려가 골목으로 달려갔다……. 이번에는 아무 생각도 없었
다. 다만 어머니를 불러와야겠다는 생각뿐이었다.

아버지가 수술실에 들어갔을 때는 이미 충수에 구멍이 생기고
난 다음이었다. 배 안쪽은 온통 고름투성이였다. 복막염으로 발전
했던 것이다. 병상에서 한 달 남짓 누워 지내고 집에 돌아와서도
한 달을 몸조리하고 나서야 비로소 다시 하얀 가운을 입고 의사 노
릇을 하기 시작했다. 하지만 외과 의사로 되돌아갈 수는 없었다.
예전의 건강을 회복하지 못했기 때문에 수술대 앞에서 한 시간만
서 있어도 머리가 어찔어찔 눈앞이 깜깜해졌던 것이다. 단번에 엄
청 말라버리더니 그 뒤로는 살이 오르지 않았다. 길을 걸을 때도
그 전처럼 탕탕 박자를 맞추어 한 걸음은 크게, 그다음 한 걸음은
작게 내딛지도 못했다. 겨울이 되어서는 거의 하루도 거르지 않고
감기를 앓았다. 아버지는 내과 의사 노릇밖에 할 수 없게 되었다.
매일 탁자 옆에 앉아 빠르지도 느리지도 않게 환자와 대화를 나누
며 늘 그렇고 그런 처방을 내렸다. 퇴근할 때는 소독용 솜으로 손
을 닦고 느릿느릿 집으로 돌아왔다. 저녁에 잠자리에 들 무렵이면,
어머니를 나무라는 소리가 들려왔다.

"당신은 나한테 두 아들을 낳아주었지만, 정확히 말하면 충수 두
개를 안겨준 셈이지. 평소에도 아무짝에도 쓸모가 없더니, 위급한
지경에선 도리어 목숨마저 앗아갈 뻔했으니 말이야."

깡충깡충

跳跳的游戲

거리 한쪽의 식료품과 과일을 파는 가게에서는 지치고 늙어 보이는 얼굴이 일 년 내내 한결같이 비스킷, 라면, 사탕, 담배, 음료 따위와 함께 있었다. 벽에 걸린 퇴색한 달력의 그림처럼. 얼굴 아래에는 몸뚱이와 사지가 붙어 있었고, 린더순이라는 이름도 가지고 있었다.

린더순은 휠체어에 앉아 약간 열어둔 창문 사이로 바깥 거리를 내다보고 있었다. 길 저쪽에 서 있는 젊은 부부가 보였다. 그들은 비스듬히 서 있었다. 두 사람 사이에는 두꺼운 파카에 붉은 모자, 똑같은 색깔의 목도리를 두른 소년이 서 있었다. 예닐곱 살가량 돼 보였다. 꽃이 피고 새가 우는 계절이 왔는데도 꼬마는 아직도 한겨울 복장이었다.

그 세 사람이 서 있는 길 맞은편은 병원 입구이기도 했다. 그들은 시끌벅적 오가는 사람들 틈에서 조용하게 서 있었다. 아버지인 듯한 남자는 두 손을 주머니에 넣은 채 얼굴을 옆으로 돌려 시종일관 병원 안쪽을 보고 있었다. 그의 아내는 오른손으로 아이의 손을 잡고 그와 다름없이 병원을 뚫어져라 쳐다보았다. 사내 녀석만이 거리 쪽을 보고 있었다. 어머니가 손을 잡고 있었기 때문에 아이의 몸도 비스듬했다. 사랑스러운 눈으로 거리를 구경하는 꼬마의 머리는 끊임없이 흔들거렸다. 팔도 수시로 올라가 무언가를 가리키곤 했다. 그러면서 부모에게 무슨 말인가를 하고 있었지만 부모는 거기에 그렇게 꼼짝도 않은 채 서 있었다.

이윽고 아이의 부모는 병원 입구 쪽으로 걸어갔다. 잠시 후 린더순은 뚱뚱한 간호사와 그들이 함께 걸어오는 걸 보았다. 발걸음을 멈춘 뒤 그들은 이야기를 나누기 시작했다. 사내 녀석의 몸은 그대로 비스듬한 채였다. 녀석은 여전히 즐거워하며 거리를 구경하고 있었다.

간호사는 이야기를 끝낸 다음 병원으로 되돌아갔다. 아이의 부모도 몸을 돌렸다. 그들은 아들의 손을 잡고 조심스럽게 길을 건너 린더순의 가게 근처로 왔다. 아버지는 아들의 손을 놓고 가게의 창문 앞으로 걸어와 안쪽을 들여다보았다. 린더순은 털북숭이 얼굴을 보았다. 잠을 실컷 자지 못했는지 눈은 잔뜩 부어 있었고, 흰 셔츠의 옷깃은 시꺼멓게 때가 타 있었다. 린더순이 그에게 물었다.

"뭐 사실라우?"

그는 눈에 보이는 귤을 가리키며 말했다.

"귤 하나 주시오."

"귤 하나?"

린더순은 자기가 잘못 들었을 거라고 생각했다.

그는 손을 뻗어 귤 하나를 집어들었다.

"얼마요?"

린더순은 잠시 따져보고 말했다.

"이 마오(위안의 십분의 일) 주쇼."

그는 한 손으로 이 마오를 건네주었다. 그의 털옷 소매에서 풀린 실오라기가 보였다.

귤 하나를 사들고 돌아가던 아버지는 손을 맞잡고 인도에서 놀고 있는 두 사람을 물끄러미 바라보았다. 아들은 어머니의 발을 밟으려 했고 어머니는 번번이 아들의 발을 피했다. 어머니가 말했다.

"넌 못 밟아. 밟을 수 없다고……."

아들이 말했다.

"밟을 수 있어요. 밟을 거예요……."

아버지는 귤을 들고 한쪽에 서서 그들이 깡충깡충 뛰며 노닥거리는 모습을 보고 있었다. 드디어 아들이 어머니의 발을 밟고는 승리의 환호성을 내질렀다.

"밟았잖아요!"

아버지는 그제야 말했다.

"어서 귤이나 먹어."

린더순은 아이의 얼굴을 똑똑히 보았다. 고개를 들어 귤을 받는 아이의 눈동자가 까맣고 맑았다. 하지만 얼굴은 놀라우리만치 창백했고, 입술은 새파랬다.

그들은 다시 조금 전에 거리 맞은편에 서 있을 때와 마찬가지로 조용해졌다. 아이는 껍질을 벗겨 귤을 입에 넣으면서 부모 사이로 끼어들었다.

린더순은 그들이 아이를 입원시키러 왔다는 걸 알 수 있었다. 아마도 병원에 빈 침상이 없어서 집으로 되돌아가는 것이리라.

이튿날 오전, 린더순은 다시 그들을 보았다. 그들은 어제처럼 병원 입구에 서 있었다. 어제와 다른 점이라면 이번에는 아버지 혼자 병원 안쪽을 보고 있었다. 어머니와 아들은 손을 잡고 깡충깡충 신나게 놀고 있었다. 도로를 사이에 두고 있는데도 두 모자의 소리가 또렷하게 들렸다.

"넌 못 밟아. 밟을 수 없다니까……."

"할 수 있을 거예요. 밟을 수 있다구요."

어머니와 아들의 목소리에는 기쁨이 듬뿍 묻어 있었다. 병원 입구가 아니라 공원 잔디밭에나 있는 것처럼. 아이의 목소리는 뚝뚝 듣는 물소리처럼 낭랑했다. 병원 입구의 떠들썩한 사람들 사이에서, 도로를 달리는 차량의 소음 속에서 아이의 목소리는 유독 도드라졌다.

"밟을 수 있어요. 밟고말고요……."

어제의 그 뚱뚱한 간호사가 나오면서 깡충깡충 놀이는 끝이 났다. 부모와 아이는 간호사를 따라 병원 안으로 들어갔다.

일주일가량이 흘렀다. 역시 오전이었다. 린더순은 그 젊은 부부가 병원에서 나오는 걸 바라보고 있었다. 두 사람은 느릿느릿 걸었다. 남편은 아내의 어깨를 부축하고 아내는 머리를 남편의 어깨에 맡긴 채, 그들은 아주 느리고 조용하게 도로를 건너왔다. 그러고는 린더순의 가게 앞에서 발걸음을 멈추었다. 남편은 아내를 부축한 손을 놓고 가게 창문 앞으로 걸어왔다. 수염을 깎지 않은 얼굴이 창문 틈새에 꽉 끼었다. 그가 안쪽을 들여다보기에 린더순이 그에게 물었다.

"귤 하나 사려우?"

그는 힘없이 말했다.

"빵 하나 주오."

린더순은 그에게 빵을 하나 주었다. 그의 손에서 돈을 건네받은 린더순이 그에게 "아이는 괜찮우?" 하고 한마디 꺼냈을 때는 그가 몸을 돌린 다음이었다. 그가 린더순의 목소리를 듣고 순간적으로 얼굴을 돌렸다.

"아이?"

그가 한동안 린더순을 바라보더니 들릴까 말까 한 목소리로 말했다.

"아인 죽었어요."

그는 아내에게 다가가 빵을 주었다.

"먹어."

아내는 고개를 숙인 채 서 있었다. 마치 자신의 다리를 보고 있는 것처럼. 헝클어져 아무렇게나 흘러 내려온 머리카락이 얼굴을 가리고 있었다. 그녀는 고개를 저으며 말했다.

"먹고 싶지 않아."

"그래도 먹어야지."

남편은 연신 그녀를 달랬다.

"안 먹을래."

그녀는 또다시 머리를 내저으며 말했다.

"당신 먹어."

그가 머뭇거리다가 한 입 굼뜨게 빵을 베어 물었다. 그러고 나서 그는 아내에게 손을 뻗었다. 아내는 순종하듯이 그의 어깨에 머리를 기댔다. 그는 그녀의 어깨를 부축했다. 두 사람은 아주 천천히, 아주 조용히 서쪽으로 걸어갔다.

더 이상 그들이 보이지 않았다. 가게의 식료품이 린더순의 시야를 가렸다. 그래도 그는 맞은편의 병원 입구를 바라보고 있었다. 하늘이 조금씩 어두워지기 시작했다. 머리를 들어 하늘을 보니 비가 곧 쏟아질 것만 같았다. 그는 비를 좋아하지 않는다. 어느 비 오는 날에 재수 사나운 일을 당했기 때문이다. 오래전 어느 날 저녁, 두두둑 듣는 빗소리를 들으며 그는 외투를 안고 계단을 올라가 창문을 닫으려 했다. 계단 중간쯤에서 느닷없이 다리가 후들거렸다. 그때부터 영원히 반신불수가 된 것이다. 지금 그는 휠체어에 앉아 있다.

황혼 속의 소년

黃昏裏的男孩

화창한 가을날, 쑨푸라는 노인이 앉아 있다. 사과가 가득히 쌓인 좌판을 지키면서. 밝은 햇살이 내리쬐고 있어 쉰 살을 넘긴 그의 눈이 게슴츠레하다. 그는 두 손을 무릎 위에 얹은 채 몸을 팔뚝에 딱 붙이고 있다. 희끗희끗한 머리카락이 햇살 아래서 희부윰하다. 앞으로 난 길처럼. 널찍한 신작로는 저 멀리서 뻗어나와 그의 곁을 지난 뒤 다시 저 멀리로 이어진다. 이곳에 자리 잡은 지도 벌써 삼 년이다. 장거리 버스가 서는 이곳에서 그는 과일 행상으로 입에 풀칠을 한다. 버스 한 대가 그의 곁을 지나쳤다. 먼지가 말려 올라가며 어둠처럼 그를 뒤덮었다. 그와 그의 과일은 다시 새벽처럼 모습을 드러낼 것이다.

앞에 한 소년이 서 있는 게 보였다. 먼지가 지나가고 소년이 눈에 들어왔다. 소년의 까만 눈동자도 마침 그를 빤히 쳐다보고 있었다. 꼬질꼬질한 옷을 입은 소년은 한 손을 사과에 얹어놓고 있었다. 그는 소년의 손을 보았다. 긴 손톱에는 때가 잔뜩 끼어 있었다. 손톱이 새빨간 사과에 닿는 걸 보고 그는 손을 내저었다. 마치 파리를 쫓듯이.

"저리 꺼져."

소년은 때에 절어 시커먼 손을 거두어들이고 주춤주춤하더니 느릿느릿 앞쪽으로 걸어갔다. 두 팔은 흐느적거렸고, 왜소한 몸 때문에 머리는 엄청 커 보였다.

사람들이 사과 좌판 쪽으로 걸어왔다. 쑨푸는 걸어가는 소년에게서 자신의 눈을 거두어들였다. 사과를 사이에 두고 쑨푸의 맞은편에 선 사람들이 물었다.

"사과 어떻게 팔죠? 바나나는 한 근에 얼마고……"

쑨푸는 일어나 저울로 사과와 바나나를 달아보고 돈을 넘겨받았다. 그는 다시 앉아 무릎 위에 손을 얹었다. 방금 전의 그 소년이 보였다. 소년이 돌아왔다. 이번에는 쑨푸의 맞은편에 서지 않고 한쪽 옆에 비켜섰다. 까만 눈동자는 쑨푸의 사과와 바나나를 물끄러미 보고 있었다. 쑨푸도 그를 쳐다보았다. 소년은 한동안 사과를 바라보더니 머리를 들어 쑨푸를 보았다.

"배고파요."

쑨푸는 그저 쳐다볼 뿐 아무런 대꾸도 하지 않았다. 소년이 거푸 말했다.

"배가 고파요."

또랑또랑한 목소리였다. 그러나 쑨푸는 꼬질꼬질한 소년을 보고 눈썹을 찌푸렸다.

"저리 가."

소년의 몸이 부들부들 떨리는가 싶었다. 쑨푸는 쩌렁쩌렁 소리를 질렀다.

"썩 꺼져."

소년은 화들짝 놀랐다. 그리고 망설이는 듯 주춤주춤하더니 두 발을 움직이기 시작했다. 쑨푸는 다시 그를 쳐다보지 않고 눈앞의 신작로를 주시하였다. 장거리 버스가 길 한쪽에 서는 게 보였다. 차 안에 있던 사람들이 일어섰다. 차창을 통하여 수많은 어깨들이 서로 밀치락달치락하며 차 문 쪽으로 움직이는 게 보였다. 이윽고 차 안에 있던 사람들이 버스의 양쪽 문에서 흘러나왔다. 쑨푸는 얼굴을 다른 데로 돌렸다. 방금 전의 그 소년이 잽싸게 뛰어가고 있었다. 그는 소년을 보며 쟤가 왜 뛰어갈까 생각했다. 힘차게 흔들리는 소년의 손이 보였다. 오른손에 뭘 저리 꼭 쥐고 있는 걸까? 소년은 동그란 뭔가를 쥐고 있었다. 그는 똑똑히 보았다. 소년이 쥐고 있는 건 사과였다. 쑨푸는 일어나 소년이 뛰어간 쪽으로 쫓아갔다. 고래고래 소리를 지르면서.

"도둑놈 잡아라! 앞에 가는 저 도둑놈 잡아라……."

벌써 오후였다. 소년은 먼지가 풀풀 날리는 길에서 도망치고 있었다. 뒤에서 고함지르는 소리가 들려왔다. 머리를 돌려 쫓아오고 있는 쏜푸를 보며 소년은 죽어라 앞으로 내달렸다. 숨이 턱까지 차오르고 두 다리는 힘없이 흐느적거렸다. 더 도망가지 못할 거야. 소년은 다시 머리를 돌려보았다. 손을 휘휘 저으며 고함치고 있는 쏜푸가 보였다. 쏜푸는 금세 그를 따라잡고야 말 것이다. 달리기를 멈춘 소년은 몸을 돌려 얼굴을 쳐들고는 헉헉거렸다. 헐떡이며 쫓아오는 쏜푸를 바라보았다. 쏜푸가 자기를 거의 따라잡은 걸 보고는 사과를 입에 갖다대고 양껏 한 입 베어 물었다.

소년을 따라잡은 쏜푸는 손으로 쳐서 소년의 손에 든 사과를 떨어뜨리고, 소년의 귀싸대기를 내갈겼다. 소년은 휘청거리며 넘어졌다. 넘어진 뒤에도 두 손으로 머리를 가리며 입으로는 정신없이 사과를 씹었다. 사과 먹는 소리를 들은 쏜푸는 옷깃을 잡아 소년을 들어 올렸다. 소년은 옷깃에 눌려 더 이상 씹을 수가 없었다. 눈은 동그래졌고 두 뺨은 입속의 사과 때문에 땡땡 부풀어올랐다. 쏜푸는 한 손으로는 옷깃을 잡고 다른 한 손으로는 목덜미를 조였다. 그러면서 소년에게 소리쳤다.

"뱉어! 뱉어내!"

사람들이 둘러싸기 시작했다.

"이 녀석이 아직도 삼키려 하고 있다고! 이 녀석이 내 사과를 훔쳤단 말이오. 내 사과를 베어 먹고는, 그것도 모자라 삼키려 하고 있다구요!"

쏜푸는 소년을 한 대 때렸다.

"어서 토해내라니깐!"

소년은 땡땡해진 입을 꽉 다물었다. 쑨푸는 또다시 그의 목덜미를 조였다.

"토해내!"

소년의 입이 저절로 벌어졌다. 소년의 입속에서 잘근잘근 씹힌 사과를 보자 쑨푸는 목을 쥔 손에 한층 더 힘을 주었다. 쑨푸는 소년의 눈이 동그래지는 걸 보았다. 누군가 쑨푸에게 말했다.

"쑨푸, 그 녀석 눈동자가 튀어나올 것 같네그려. 그러다 목 졸려 죽겠어."

"싸지 뭘 그래!"

쑨푸가 거칠게 대답했다.

"목 졸려 죽어도 싸지 뭘."

쑨푸는 소년의 목을 죄고 있던 손을 늦추고 푸른 하늘을 가리키면서 말했다.

"내 평생 제일 싫어하는 게 도둑놈이라구…… 뱉어!"

소년은 입속에 든 사과를 뱉어냈다. 마치 치약 짜는 것처럼 한 덩이가 튀어나왔다. 소년은 잘디잘게 다져진 사과를 자신의 가슴 위에 토해냈다. 소년의 입이 닫히자 쑨푸는 입을 다시 억지로 벌린 다음 머리를 숙여 입속을 조사했다.

"더 있잖아. 아직 덜 뱉었어."

소년은 다시 밖으로 토해냈다. 하지만 나오는 것은 침뿐이었다. 침에 사과가 끼어 있기도 했다. 소년은 쉬지 않고 토했다. 마지막까지 다 토해내자 바싹 마른 소리만 흘러나왔다. 침조차도 남아 있지 않았던 것이다. 그제야 쑨푸가 그를 말렸다.

"그만둬."

주위를 둘러보니 아는 사람의 얼굴도 많이 보였다. 쑨푸는 그들에게 말했다.

"전 같으면 우린 대문도 잠그지 않고 살지 않았나. 이 읍내에 대문 잠그는 집은 한 집도 없었지. 그렇지 않나?"

누군가가 고개를 끄덕이는 게 보였다.

"이제는 대문을 잠그고도 다시 쇠사슬로 한 번 더 감아야 하지. 왜냐? 다 이런 도둑놈들 때문이지. 내 평생 제일 싫어하는 게 도둑놈이라고."

쑨푸는 소년을 보았다. 소년도 마침 얼굴을 쳐든 채 말간 눈으로 그를 바라보고 있었다. 소년의 얼굴은 온통 흙투성이였다. 눈은 방금 그가 한 말에 감동이나 한 것처럼 얼이 다 빠져 있었다. 소년의 표정이 쑨푸를 흥분시켰다.

"예전 같으면 도둑놈 손을 분질러버렸을 텐데. 훔친 손을 부러뜨려야 하고말고……."

소년은 부들부들 떨면서 오른손을 잽싸게 등 뒤로 감추었다. 쑨푸는 소년의 오른손을 잡아채 주위 사람들에게 보여주었다.

"바로 이 손이라고요. 아니라면 왜 이렇게 재빨리 숨기겠냐 이 말이오."

소년은 소리쳤다.

"이 손 아니에요!"

"그러면 이 손이란 말이겠군."

쑨푸는 소년의 왼손을 잡았다.

"아니에요!"

소년은 소리치며 왼손을 빼내려고 갖은 애를 썼다. 쑨푸가 뺨을 한 대 올려붙이자 소년의 몸이 휘청거렸다. 쑨푸는 연신 귀싸대기를 날렸다. 소년은 이번에는 미동조차 하지 않았다. 쑨푸는 그의 머리카락을 잡아당겨 머리를 들어 올리고는 얼굴에 대고 고함쳤다.

"어느 손이야?"

소년은 눈을 커다랗게 뜨고 쑨푸를 올려다보았다. 잠시 후 오른손을 내밀었다. 쑨푸는 한 손으로 그의 오른팔을 꽉 붙잡고, 다른 한 손으로 오른손 가운뎃손가락을 지그시 누르며 주위 사람들에게 말했다.

"옛날 같으면 이 녀석 가운뎃손가락을 분질렀을 거야. 이제 그렇게는 할 수 없으니 교육을 해야 해. 어떻게 교육하냐면 말이야……."

쑨푸는 소년을 잠시 쳐다보다 말했다.

"바로 이렇게 교육해야 한단 말이지."

이어 쑨푸는 두 손에 힘을 주었다. 뚜뚝 하는 소리와 함께 소년의 가운뎃손가락이 꺾였다. 소년은 날카로운 비명을 내질렀다. 비수처럼 예리한 외침을. 부러져 손등으로 축 늘어진 가운뎃손가락을 소년은 멍하니 내려다보았다. 소년은 느닷없이 땅바닥에 쓰러졌다.

쑨푸는 주위 사람들에게 말했다.

"도둑놈들에겐 이런 맛을 보여줘야 한다구. 팔을 분지르지 못한다면 손가락 하나라도 비틀어줘야 한다 이 말씀이야."

그러면서 손을 뻗어 소년을 들어 올렸다. 소년은 고통스러운 듯
두 눈을 꼭 감고 있었다. 소년에게 고함쳤다.

"눈 떠. 눈 안 떠?"

소년은 간신히 눈을 떴지만 심한 고통으로 입술이 일그러졌다.
쑨푸는 그의 다리를 퍽 차면서 말했다.

"가자!"

쑨푸는 소년의 옷깃을 잡아끌며 자신의 과일 좌판 앞으로 데려
갔다. 그러고는 상자에서 노끈을 찾아내 소년을 묶기 시작했다. 사
람들이 따라오는 게 보였다. 쑨푸는 소년에게 지시했다.

"소리 질러! 나는 도둑이다!"

소년은 쑨푸를 그저 바라보기만 할 뿐 소리는 지르지 않았다. 그
러나 쑨푸가 그의 왼손을 잡고 가운뎃손가락을 지그시 누르자 곧
장 소리가 비어져 나왔다.

"나는 도둑이다."

쑨푸는 소리쳤다.

"소리가 작잖아. 더 크게."

소년은 쑨푸를 힐끗 쳐다본 뒤 턱을 앞으로 내밀고 기를 쓰며 소
리쳤다.

"나는 도둑이다."

소년의 목에서 핏줄이 불쑥 튀어올랐다. 쑨푸는 고개를 끄덕이
며 말했다.

"그렇지. 그 정도는 돼야지."

가을날 오후, 햇살이 소년에게 내리고 있었다. 소년의 두 손은 뒤로 묶여 있었다. 노끈이 목 뒤로 묶여 있어 머리를 낮출 도리가 없었다. 별수 없이 머리를 쳐들고 앞으로 난 신작로를 바라보고 있었다. 곁에는 그렇게 먹고 싶어 하던 과일이 있었지만 쳐다볼 엄두조차 내지 못했다. 목이 묶여 있었기 때문이다. 누가 다가오기만 하면, 설령 그 사람이 스쳐 지나가는 사람이라 할지라도 쑨푸는 소년더러 소리치게 했다.

"나는 도둑이다."

쑨푸는 과일 좌판 뒤에 앉아 의자에 기댄 채 흡족한 표정으로 소년을 바라보고 있었다. 이제는 손해 본 사과 때문에 화가 나지도 않았다. 그는 흐뭇해졌다. 사과를 훔쳐간 소년을 붙잡았고, 벌도 주었고, 게다가 지금도 벌을 세우고 있으니 말이다. 그는 소년에게 소리치게 했다. 누가 걸어오기만 하면 큰소리로 외치게 했다. 덕분에 사과 좌판 앞에 행인이 끊이지 않는다는 걸 새삼 깨달았다.

사람들은 한결같이 소리치는 소년을 신기한 듯 쳐다보았다. 끈으로 묶여 있는 소년이 "나는 도둑이다"라고 힘껏 소리치는 모습을 보고 호기심이 일어났던 것이다. 쑨푸는 그들에게 일러주었다. 저 녀석이 자기 사과를 훔쳤다고. 도둑놈을 어떻게 잡아서, 어떻게 벌을 주었다고. 마지막으로 그들에게 이렇게 말했다.

"이게 다 저 녀석 잘되라고 하는 거라우."

쑨푸는 자신의 말을 해명했다.

"내가 이렇게 하는 건 맛 좀 보여주려고 하는 거라우. 이다음에
는 두 번 다시 물건을 훔치지 않도록 말이오."

여기까지 말하고서 쑨푸는 큰소리로 소년에게 물었다.

"이 녀석, 이다음에 또 훔칠 거야?"

소년은 도리질치려고 애를 썼다. 목이 묶여 있었기 때문에 도리
질의 폭은 그다지 크지 않았지만 속도만은 굉장히 빨랐다.

"당신들 모두 봤지요?"

쑨푸는 으스대며 그들에게 말했다.

이날 오후, 소년은 끊임없이 소리 질렀다. 입술은 햇빛으로 말라
터졌고 목청도 잠겨버렸다. 황혼이 깃들 즈음, 소년은 더 이상 소
리를 낼 수 없는 지경이 되었다. 꺼억꺼억, 마찰하는 소리만 나오
는데도 여전히 소리를 지르고 있었다.

"나는 도둑이다."

좌판 앞에 선 사람들은 소년이 무슨 소리를 지르고 있는지 도무
지 알아들을 수가 없었다. 쑨푸가 그들에게 알려주었다.

"저 녀석 지금 소리 지르고 있다오. '나는 도둑이다'라고 말이오."

이윽고 쑨푸는 노끈을 풀어주었다. 벌써 날이 컴컴해지고 있었
다. 남은 사과를 모두 수레에 옮겨 담아 정리를 끝낸 다음에야 노
끈을 풀어주었다. 쑨푸가 노끈을 거두어 수레에 내려놓으려는데
갑자기 꽈당 소리가 들렸다. 몸을 돌려 바라보니 소년이 땅바닥에
자빠져 있었다. 그는 소년에게 말했다.

"이 녀석, 다음에 또 물건을 훔치는지 두고 보겠어."

쑨푸는 수레를 끌며 널따란 신작로로 나아갔다. 소년은 땅에 그대로 쓰러져 있었다. 쑨푸가 노끈을 풀어주자마자 그 자리에 쓰러진 소년은 갈증이 한꺼번에 닥쳐와 기진맥진했다. 쑨푸가 떠나고 한참이 지난 뒤에도 소년은 땅바닥에 그대로 누워 있었다. 눈이 살짝 벌어진 채였다. 신작로를 보고 있는 듯도 하고, 아무것도 보고 있지 않은 듯도 했다. 미동도 하지 않은 채 그렇게 누워 있다가 찬찬히 몸을 일으켜 세웠다. 잠시 나무에 몸을 기대고 서 있던 소년은 신작로에 올라 서쪽을 향해 걷기 시작했다.

소년은 서쪽으로 걸어갔다. 그의 왜소한 몸이 황혼을 받으며 휘청휘청 한 발짝씩 읍내를 벗어났다. 몇몇 사람이 읍내를 벗어나는 소년을 보았다. 그들은 소년이 지난 오후 쑨푸에게 붙잡힌 그 도둑이라는 걸 알고 있었다. 하지만 그의 이름이 무엇인지, 그가 어디서 왔는지는 아무도 몰랐다. 어디로 갈 것인지를 모르는 건 당연했다. 그들은 소년의 오른손을 찬찬히 살펴보았다. 가운뎃손가락이 뒤집힌 채 손등에 붙어 있었다. 그들은 그렇게 저 멀리 황혼 속으로 걸어가는 소년을 바라보았다. 이윽고 소년은 황혼 속으로 사라졌다.

그날 저녁, 쑨푸는 평소와 다름없이 옆집 가게에서 황주 한 근을 받아온 뒤 두어 가지 반찬을 만들어 네모난 식탁에 앉았다. 황혼의 빛살이 창을 비집고 들어와 집 안이 따뜻해졌다. 쑨푸는 창으로 들어온 황혼 속에 앉아 천천히 황주를 들이켰다.

오래전, 이 집에는 아름다운 여인이 살고 있었다. 다섯 살 된 사내 녀석도 살고 있었다. 그때는 웃음소리가 그친 적이 없었다. 그와 그의 아내, 그리고 아들은 식탁에 앉아 끝도 없는 이야기꽃을 피웠다. 방 안의 의자에 앉아 그는 아내가 문밖에서 아궁이에 불을 지피는 모습을 바라보곤 했다. 아들은 엄마 곁에서 잠시도 떨어지지 않았다. 엄마의 옷을 붙잡고는 새된 목소리로 이 얘기 저 얘기를 속살거렸다.

어느 여름 한낮, 아이들이 달려왔다. 아이들은 쑨푸의 이름을 부르며 말했다. 그의 아들이 근처 연못에 빠졌다고. 그 여름 한낮에 그는 미친 듯이 연못으로 달려갔다. 아내는 뒤따라 오며 구슬프게 목 놓아 울었다. 아이를 영원히 잃어버린 것이다. 그날 밤, 찌는 듯한 더위 속에서 그들 부부는 마주 앉아 낮은 목소리로 흐느꼈다.

시간이 흘러 그들은 예전처럼 안정을 되찾았다. 몇 년이란 시간이 쏜살같이 흘러갔다. 지난 겨울, 떠돌이 이발사가 그들의 대문 앞에 자리를 잡았다. 아내는 대문을 나가 떠돌이 이발사가 가져온 의자에 앉아 햇빛을 받으며 눈을 감았다. 이발사는 그녀의 머리를 감기고 잘랐으며, 귀지를 파주고, 어깨와 팔을 안마해주었다. 그녀는 이제껏 이토록 편안해본 적이 없었다. 자신의 몸이 공기 속으로 사라지는 것 같은 편안함이었다. 그녀는 자신의 옷가지를 정리한 뒤 날이 어두워지길 기다려 쑨푸를 떠나 떠돌이 이발사를 따라갔다.

그렇게 해서 쑨푸는 혼자가 되었다. 과거는 아내와 아들이 함께 찍어 벽에 걸어둔, 누렇게 퇴색한 흑백 사진으로 남아 있었다. 아들은 가운데 서서 제 머리보다 훨씬 큰 모자를 쓰고 있었다. 왼편에 선아내는 땋은 머리를 양쪽 어깨로 늘어뜨린 채 흐뭇한 미소를 짓고 있었다. 그리고 오른편에 선 그는 원기 왕성한 청년의 얼굴이었다.

허름해서 좋은 위화의 사람들

나는 지금껏 중국인에게 은근히 호감을 가져왔다. 덧붙여서 말하면 중국인에 대한 호감을 아주 어려서부터 몸에 지니고 자란 셈이었다. 우리 집 사랑채의 아랫목에 고여 있던 고색창연한 유가(儒家)의 공기 탓이 아니었다. 내가 어려서 한 중국인에게 입은 큰 은혜 때문이었다.

읍내에 '공화창(共和廠)'이라고 하는 큰 가게가 있었다. 읍내 한복판에 있었으나 아이들은 얼씬거릴 일이 없는 가게였다. 북어쾌에서 창호지까지 없는 것이 없었지만 장사나 제사에만 쓰는 물건뿐이어서 가끔 가다 큰일을 치르는 어른들이나 드나드는 상포(喪布) 가게였던 것이다.

그 가게의 주인은 슈쭤차이(秀作才)라고 하는 중국인이었다. 슈씨는 우리 집안의 평생 귀빈이었다. 내 생명의 은인이었던 것이다. 슈씨가 나를 살린 이야기는 나중에 하기로 하고, 하여간 그가 우리 집에 오면 반드시 사랑에 불려 나가 절을 해야 했던 네댓 살 무렵부터 중국인에 대한 내 호감도 함께 나이를 먹기 시작했다.

나는 중국을 두 번(1991년, 1993년) 가보았다. 갈 때는 번번이 중국과 중국인들을 살펴보고 여겨보기로 작정했다. 그러나 보고 온 것은 대개 백두산의 웅장함과 천지의 장엄함, 압록강의 흐린 물과 두만강의 더러운 물, 그리고 연변 조선족의 소박한 문인들 몇 명이 전부였다.

그러니까 내가 본 최초의 중국인은 어렸을 때 공화창의 슈씨였고, 다음에는 소설에서 본 아큐(阿Q)류와 위화의 소설 《허삼관 매혈기》에 나오는 허씨 일가 및 그 언저리에서 노는, 그렇지만 작가의 따뜻한 눈길과 푸짐한 입담이 아니면 구제받기 어려운 구차하고 따분한 위인들이 전부였다.

그리고 위화의 이 소설집에서 또 여러 종류의 중국인을 구경하게 되었다. 이 소설집에 실린 작품은 상당수가 일인칭 소설이지만 작중 인물 가운데 작가의 사소설적인 요소를 엿볼 수 있는 작품은 〈북서풍이 불어오는 오후에〉 한 편뿐이다. 그러므로 작중 인물로서의 수많은 '나'는 오직 배역이 화자일 뿐 아직 덜 오염되고 덜 파괴된 중국 생태계의 본모습에 지나지 않은 것이라고 생각한다. 따라서 이 단편집에 등장하는 인간 군상 역시 중국인들에 대한 나의 근본적인 호감에 에누리도 없고 덤도 없이 그저 생긴 그대로 보고 이해하면 되는 인간들이었다.

독자에 따라서는 불가사의한 모습으로 비치기도 할 인간도 따라

가다가 보면 어느덧 구면처럼 여겨질 뿐 아니라, 무슨 짓을 하거나 무슨 짓을 저질러도 으레 그러려니 하고 그냥 넘어가게 되는 것이 '위화의 사람들'의 매력이다.

이 '위화의 사람들'은 대개 한두 가지씩은 닮은 데가 있다. 그중 하나는 〈북서풍이 불어오는 오후에〉의 '나'와 같이 소시민에 대한 혐오나 탈소시민주의이다. 그들이 어떤 부류를 가리켜 소시민이라고 손가락질하는지 반듯하게 금을 그은 작품은 없다. 다만 〈북서풍이 불어오는 오후에〉에서 정체 불명의 털북숭이 사내가 문짝까지 부수고 들어와 덮어놓고 동행을 요구하며 "비겁한 소시민 같은 놈!"이니 "배은망덕한 소시민 같은 놈!"이니 하고 행패를 부릴 때, '나'가 "눈을 부라리며" "난 소시민 따위가 아니오. 책을 산더미같이 쟁여놓은 소시민 봤소?" 한다거나 "난 소시민이 아니란 말이오. 내 책들이 증명하잖소." 하고 화를 내며 따지는 것으로 보아, 평소에 식자층(識者層)을 원수로 여기면서 살거나 매사에 경위 없이 막무가내로 나오는 필부유죄형(匹夫有罪形)의 말류(末流)를 두고 이르는 말이 아닌가 짐작할 따름이다.

또 하나는 작가의 소설 실험대에 올라 주어진 운명 앞에 옴나위를 못하고 그대로 마감하는 패배주의의 처절한 몰골이다. 인생은 다 팔자놀음이라는 식의 패배주의는 물론 작가의 부지런한 실험 정신에 의해 부위별로 해부되고 해체되는 과정이며, 작가의 따뜻한 눈길과 푸짐한 입담과 능숙한 솜씨를 통해 이 시대의 중국인으로 다시 태어나기 위한 태아기일 뿐이다.

이 소설집에 등장하는 인물은 한결같이 어딘가에 이상이 있는 사람들이다. 머리에 이상이 있거나, 정서에 이상이 있거나, 행동에 이상이 있는 탓에 자기 정체성과 주변 환경 파악에 미숙한 지진아들로, 작가 특유의 차고 넘치는 해학과 풍자 정신을 효과적으로 소화하기 위해 선별적으로 동원된 중국인들이다. 작가가 바야흐로 막 사십 줄에 접어든 재기발랄한 청장년이면서도 무림(武林)이 아닌 문림(文林)의 고수이자 대륙적인 대가의 풍모로 비치는 부분도 바로 여기다.

상하이에 갔을 때 지나는 길에 황푸강 가의 조촐한 공원을 스쳐본 일이 있다. 아편전쟁에서 이긴 값으로 상하이를 빼앗아 눌러앉은 아편장수들이 '개와 중국인은 출입 금지'라는 경고판을 세워놓았다던 그 공원이었다.

이 소설집에 나오는 위화의 사람들이야말로 놀아도 꼭 그 출입 금지 공원에 들어가서 놀 위인들이다. 따라서 이 소설집은 '위인열전(爲人列傳)'인 셈이기도 하다.

〈십팔 세에 집을 나서 먼 길을 가다〉의 '나'는 법은 아무 데도 없고 주먹은 늘 눈앞에 있는 성년식을 길에서 치르면서 세상을 하루에 다 느낀 허름한 아이의 이야기, 〈벗〉의 '나'는 악동기(惡童期)에 읍내 불량배의 비루한 삶을 보고 비로소 위선의 안팎을 가늠하게 된 허름한 아이의 이야기, 〈내게는 이름이 없다〉의 '나'는 개와 한 식구로 살되 '내가 알고 있는 것을 알고 있는 사람은 바보'라는 것쯤은 아는 실력이라 개보다는 좀 나은 허름한 아이의 이야기, 〈왜 음악이 없는 걸까〉의 '나'는 제 여편네의 정부가 제 여편네의 행위를 찍은 몰래카메라 비디오 테이프를 빌려다 보고 문화인의 금도를 지킨 그 문화인 친구 덕분에 작중 화자가 된 허름한 사내의 이야기, 〈난 쥐새끼〉의 '나'는 전형적인 마마보이로서 아비의 불행을 충동질하여 친구들의 왕따를 보상하는 허름한 아이의 이야기, 〈내가 왜 결혼을 해야 하죠〉의 '나'와 〈북서풍이 불어오는 오후에〉의 '나'와 〈오래된 사랑 이야기〉의 '나'와 〈공중분해〉의 '나'는 각각 나의 삶이 남의 삶으로 바뀌는 과정에서 나를 남으로 여길 수밖에 없는 허름한 사내들의 이야기이다. '사기열전(史記列傳)'까지는 안 갈지언정 현대 중국의 '소시민 열전'이란 측면에서 봐도 편편이 백미라고 하지 않을 수가 없는 작품들이다.

이 위인들 내지 중국의 소시민들은 혈통이 분명치 않게 태어난 인공 수정아들이 아니다. 또 인큐베이터를 거치지 않은 팔삭둥이들도 아니다. 중원 천하의 음양에 근본이 있는 오늘날의 중국 서민으로서 작가의 눈에 든 인물들이다. 그리고 〈두 사람의 역사〉의 탄보와 란화는 그들의 대표 격인 인물이다. 그들은 1930년에 예닐곱 살짜리 상전의 자식과 하녀의 자식으로 집 안의 뜨락에서 만나 꿈에 대한 이야기를 나눈다. 그 꿈은 어렸을 때 누구나 크느라고 꾸는 꿈이다. 그들이 그 뜨락에서 만나 마지막으로 꿈 이야기를 나누는 것은 그로부터 오십오 년 뒤의 일이다. 영욕으로 점철된 두 인생의 파란만장한 오십오 년사를 한 편의 단편으로 집약한 것이다. 이 작가의 장인다운 솜씨를 거듭 확인시키는 작품이다.

인생살이에 설명은 부질없고 살아지는 대로 속절없이 살아가는 수밖에 없는 것이 인생이라는, 인생파적인 달인대관풍(達人大觀風)을 한 특징으로 들 수도 있는 것이 위화의 소설들이다.

비현실적인 소위 무림의 뜬소문 같은 야담류에 문학의 향기를 불어넣어 딱부러지는 예술 작품으로 빚어낸 〈선혈의 매화검〉은 바로 그 좋은 예가 아닌가 싶다. 기교상의 왕성한 실험 의식과 높은 성취도 역시 이 작가와 같은 문림의 고수가 아니면 이룰 수 없는 경지라고 생각한다.

위화의 소설들에 대한 내 안목은 여기까지가 한계다. 그의 작품마다 단골로 출연하는 허름한 중국인들에게 임자를 잘 만났다는 인사를 보내고 싶다.

이문구(소설가)

며칠 전 오랜만에 친구 P와 명동의 한 카페에 나란히 앉았다. 대학 시절 함께 몰려다니던 친구 중 하나가 결혼한다는 소식을 갑작스레 전해듣고 부랴부랴 선물을 챙겨 특급우편으로 부친 다음, 수런거리는 마음을 가라앉히던 참이었다. 서른 넘어 이제야 첫 테이프를 끊었으니 세상 시계로 따지자면 다들 늦어도 한참 늦은 셈이다.

P가 동생이 시집간단다, 하며 모친의 당부를 옮긴다.

"니는 내려올 생각 마라. 남들이 뭐라 한다. 다 닐 위해서다. 알았었째?" 했단다.

그때 퍼뜩 스쳤다. 내가 왜 결혼해야 돼? 잇따른 생각. 어쩜, 위화는 알고 있었을까? 신의 장난에 놀아나는 가여운 인간의 '운명'을.

2000년 봄
이보경

옮긴이 이보경

1969년생. 연세대학교 중어중문학과를 졸업하고 동 대학원 중어중문학과에서 석·박사 학위를 취득
했다. 현재 연세대학교에 출강 중이다. 논문으로 〈정령(丁玲)초기 소설집 '어둠 속에서'에 관한 연구〉,
〈20세기 초 중국의 소설 이론 재편 연구〉등이 있다.

내게는 이름이 없다

첫판   1쇄 펴낸날 2000년 5월 31일
개정판 8쇄 펴낸날 2022년 1월 25일

지은이 위화   옮긴이 이보경
발행인 김혜경
편집인 김수진
편집기획 김교석 조한나 이지은 김단희 유승연 임지원 곽세라 전하연
디자인 한승연 성윤정
경영지원국 안정숙
마케팅 문창운 백윤진 박희원
회계 임옥희 양여진 김주연

펴낸곳 (주)도서출판 푸른숲
출판등록 2003년 12월 17일 제2003-000032호
주소 경기도 파주시 심학산로 10(서패동), 3층 우편번호 10881
전화 031)955-9005(마케팅부), 031)955-9010(편집부)
팩스 031)955-9015(마케팅부), 031)955-9017(편집부)
홈페이지 www.prunsoop.co.kr
페이스북 www.facebook.com/prunsoop   인스타그램 @prunsoop

ⓒ푸른숲, 2000
ISBN 978-89-7184-279-2(03820)